W9-AWN-806

Fablehaven

Nadie saldrá como había entrado

Todo intruso será convertido en piedra

Fablehaven

Brandon Mull

Traducción de Inés Belaustegui

Rocaeditorial

Título original: *Fablehaven*
© Brandon Mull, 2009

Primera edición: noviembre de 2009

© de la traducción: Inés Belaustegui
© de esta edición: Roca Editorial de Libros, S.L.
Marquès de l'Argentera, 17. Pral. 1.ª
08003 Barcelona.
info@rocaeditorial.com
www.rocaeditorial.com

Impreso por Brosmac, S.L.
Carretera Villaviciosa - Móstoles, km 1
Villaviciosa de Odón (Madrid)

ISBN: 978-84-9918-033-5
Depósito legal: M. 40.503-2009

Todos los derechos reservados. Esta publicación no puede ser reproducida,
ni en todo ni en parte, ni registrada en o transmitida por, un sistema de
recuperación de información, en ninguna forma ni por ningún medio,
sea mecánico, fotoquímico, electrónico, magnético, electroóptico, por
fotocopia, o cualquier otro, sin el permiso previo por escrito de la editorial.

Índice

Para Mary,
que hizo posible la escritura

1

Vacaciones forzosas

$\mathcal{K}$endra iba mirando por la ventanilla del todoterreno deportivo, viendo pasar ante sus ojos la vegetación emborronada por efecto de la velocidad. Cuando notaba que debido a la imagen se mareaba, dirigía la vista al frente y la fijaba en algún árbol, y lo acompañaba con la mirada mientras se aproximaba lentamente al vehículo para pasar por su lado como una centella y después perderse de vista poco a poco en la distancia.

¿La vida era también así? Se podía mirar hacia delante, al futuro, o hacia atrás, al pasado, pero el presente transcurría demasiado deprisa como para asimilarlo. A veces quizá. Hoy no. Hoy cruzaban en coche las montañas arboladas de Connecticut por una autovía de dos carriles que no se acababa nunca.

—¿Por qué no nos habías dicho que el abuelo Sorenson vivía en la India? —se quejó Seth.

Su hermano tenía once años e iba a empezar sexto. Se había cansado de jugar con su consola (prueba de que aquel viaje en coche estaba siendo verdaderamente interminable).

Su madre se giró para mirar al asiento trasero.

—Ya no falta mucho. Disfruta del paisaje.

—Tengo hambre —dijo Seth.

Ella empezó a rebuscar en una bolsa de supermercado repleta de aperitivos y tentempiés.

—¿Unas crackers con crema de cacahuete?

Seth estiró el brazo para coger las galletitas. Su padre, al volante, pidió una Almond Roca. Las últimas Navidades había decidido que las Almond Roca eran sus chocolatinas favoritas y que debía tener alguna a mano todo el año. Casi seis meses después seguía haciendo honor a su resolución.

—¿Tú quieres algo, Kendra?

—Estoy bien.

Kendra volvió a fijar la atención en el vertiginoso desfile de árboles. Sus padres se iban de crucero por Escandinavia durante diecisiete días en compañía de todas las tías y los tíos por el lado materno de la familia. Iban todos gratis. No porque hubiesen ganado ningún concurso. Se iban de crucero porque los abuelos de Kendra habían muerto asfixiados.

La abuela y el abuelo Larsen habían ido a ver a unos parientes en Carolina del Sur. Los parientes vivían en una caravana. La caravana tuvo no se sabe qué problema relacionado con un escape de gas y habían perecido todos mientras dormían. Mucho tiempo atrás, la abuela y el abuelo Larsen habían especificado que cuando muriesen, todos sus hijos y sus cónyuges tenían que hacer un crucero por los mares escandinavos, empleando cierta suma de dinero asignada a tal efecto.

Los nietos no habían sido invitados.

—¿No os vais a aburrir como unas ostras, metidos en un barco diecisiete días? —preguntó Kendra.

Su padre le lanzó una mirada por el espejo retrovisor.

—Supuestamente la comida que dan es fabulosa. Caracoles, huevas de pescado…, la bomba.

—A nosotros el viaje no nos hace ninguna ilusión —repuso la madre en tono triste—. No creo que vuestros abuelos tuvieran en mente una muerte accidental cuando plantearon ese deseo. Pero trataremos de pasarlo lo mejor posible.

—El barco va haciendo escala en varios puertos —añadió el padre para cambiar deliberadamente el curso de la conversación—. Y te dejan bajar unas horas.

—¿Este viaje en coche va a durar también diecisiete días? —preguntó Seth.

—Ya casi estamos —le respondió su padre.

—¿Tenemos que quedarnos en casa de los abuelos Sorenson? —preguntó Kendra.

—Lo pasaréis estupendamente. Deberíais sentiros honrados. Casi nunca invitan a nadie a su casa.

—Precisamente. Apenas los conocemos. Son unos ermitaños.

—Bueno, son mis padres —repuso él—. De algún modo, yo sobreviví.

La carretera dejó de serpentear entre montañas cubiertas de bosque al atravesar una población. Mientras esperaban a que un semáforo se pusiera en verde, Kendra se quedó mirando a una mujer obesa que estaba llenando el depósito de combustible de su furgoneta. El parabrisas de la furgoneta estaba sucio, pero la señora no parecía tener la menor intención de lavarlo.

Kendra miró hacia delante. El parabrisas del todoterreno deportivo daba pena, lleno de bichos muertos espachurrados, a pesar de que su padre lo había restregado bien la última vez que habían parado a repostar. Hoy habían venido desde Rochester sin parar.

Kendra sabía que los abuelos Sorenson no les habían invitado a quedarse en su casa. Había escuchado a hurtadillas la conversación entre su madre y el abuelo Sorenson, cuando le había planteado la idea de dejarles a los chicos. Fue durante el funeral.

El recuerdo del funeral hizo estremecer a Kendra. Antes de la ceremonia se hizo el velatorio, con la abuela y el abuelo Larsen expuestos en sus dos idénticos ataúdes. A Kendra no le gustó ver al abuelo Larsen con maquillaje. ¿A qué chalado se le habría ocurrido la idea de, al morir alguien, tener que pagar a un taxidermista para retocar al difunto para su última aparición en público? Ella prefería mil veces recordarlos vivos, y no expuestos grotescamente con sus mejores galas. Los Larsen eran los abuelos que habían formado parte de su vida. Habían pasado juntos muchas vacaciones y largas temporadas.

Kendra apenas podía recordar haber pasado algo de tiempo en compañía de los abuelos Sorenson. Más o menos en la época en que se casaron sus padres, los abuelos Sorenson habían heredado unas propiedades en Connecticut. Nunca les habían invitado a ir a verlos y rara vez iban ellos a Rochester. Cuando se decidían a hacerlo, generalmente iba uno de los dos. Sólo habían ido juntos en dos ocasiones. Los Sorenson eran agradables, pero sus visitas habían sido demasiado infrecuentes y breves como para que surgiera un verdadero vínculo. Kendra

13

sabía que la abuela había dado clases de Historia en una facultad y que el abuelo había viajado mucho, como dueño de una pequeña empresa de importación. Eso era todo.

Todo el mundo se sorprendió cuando el abuelo Sorenson se presentó en el funeral.

Habían pasado más de dieciocho meses desde la última vez que los Sorenson habían ido a verlos. El abuelo se había disculpado por que su mujer no asistiera al funeral, ya que se encontraba enferma. Parecía que siempre había alguna excusa. A veces, Kendra se preguntaba si se habrían divorciado en secreto.

Hacia el final del velatorio, Kendra oyó a su madre tratar de convencer al abuelo Sorenson para que cuidase de los chicos. Estaban en el pasillo de al lado del área del velatorio. Kendra les oyó hablar antes de alcanzar la esquina, y se detuvo a escuchar.

—¿Por qué no pueden quedarse con Marci?

—Normalmente se quedarían, pero Marci también viene al crucero.

Kendra se asomó a mirar desde la esquina. El abuelo Sorenson llevaba una americana marrón con coderas y pajarita.

—¿Dónde se quedan los chicos de Marci?

—En casa de sus suegros.

—¿Y si contratáis una canguro?

—Dos semanas y media es mucho tiempo para contratar una canguro. Recuerdo que alguna vez comentaste que te gustaría que fuesen a pasar unos días con vosotros.

—Sí, lo recuerdo. ¿Tiene que ser a finales de junio? ¿Por qué no en julio?

—La fecha del crucero está cerrada. ¿Qué diferencia habría?

—En esa época todos andamos siempre más atareados de lo normal. No sé, Kate. Ya no tengo práctica con críos.

—Stan, no tengo ningunas ganas de hacer este crucero. Para mis padres era importante, y por eso vamos. No es mi intención obligarte si no quieres. —Parecía a punto de echarse a llorar.

El abuelo Sorenson suspiró.

—Supongo que podremos encontrar algún lugar donde encerrarlos.

En ese momento, Kendra se alejó del pasillo. Desde entonces, sin decir nada a nadie, le había preocupado la perspectiva de quedarse en casa del abuelo Sorenson.

Tras dejar atrás la población, el todoterreno deportivo subió por una empinada pendiente. A continuación la carretera rodeó un lago y se perdió entre colinas cubiertas de bosque. De vez en cuando pasaban por delante de un buzón particular. A veces se divisaba una casa entre los árboles; otras sólo se veía un largo camino de acceso.

Tomaron una carretera más estrecha y prosiguieron el viaje. Kendra se inclinó hacia delante y comprobó el nivel del combustible.

—Papá, te queda menos de un cuarto del depósito —dijo.

—Ya casi hemos llegado. Lo llenaremos cuando os hayamos dejado.

—¿Por qué no podemos apuntarnos al crucero? —preguntó Seth—. Podríamos escondernos en los botes salvavidas. Y vosotros podríais birlar comida para nosotros.

—Chicos, os lo pasaréis mucho mejor con los abuelos Sorenson —le contestó su madre—. Esperad y veréis. Dadles una oportunidad.

—Ya hemos llegado —dijo su padre.

Salieron de la carretera por una pequeña carretera de grava. Kendra no veía ni rastro de una casa, únicamente el sendero que se perdía entre los árboles al doblar por un recodo.

Con la grava crujiendo bajo los neumáticos, fueron dejando atrás varios letreros en que se les advertía de que se encontraban en propiedad privada. Otros letreros prohibían el paso a los intrusos. Llegaron a una cancela metálica baja que estaba abierta, pero que podía cerrarse para impedir el acceso.

—¡Es la carretera de entrada más larga del mundo! —se quejó Seth.

Cuanto más se adentraban, menos convencionales resultaban los letreros. En vez de leerse «Propiedad privada» y «Prohibido el paso», rezaban: «ATENCIÓN: CALIBRE 12» o «LOS INTRUSOS SERÁN PERSEGUIDOS».

—Estos letreros son curiosos —comentó Seth.

—Más bien siniestros —murmuró Kendra.

15

Al cabo de otra curva del camino, llegaron a una verja alta de hierro forjado, coronada con unas flores de lis. La doble puerta estaba abierta. A cada lado, la verja se extendía entre los árboles hasta más allá de donde le alcanzó la vista a Kendra. Cerca de la verja había un último letrero: «MUERTE SEGURA».

—¿Está paranoico el abuelo Sorenson? —preguntó Kendra.

—Los letreros son una broma —respondió su padre—. El abuelo heredó estas tierras. Estoy seguro de que la verja venía en el lote.

Una vez cruzaron por la puerta, seguía sin haber casa alguna a la vista. Sólo más árboles y maleza. Cruzaron un puentecillo que salvaba un riachuelo y subieron por una suave pendiente. Los árboles terminaban allí de repente, y mostraban una casa al otro lado de una vasta explanada de hierba.

La casa era grande, pero no enorme, con un montón de tejados y hasta una torrecilla. Después de la verja de hierro forjado, Kendra se había esperado un castillo o una gran mansión. Construida a base de madera oscura y piedra, la casa parecía vieja, y sin embargo, en buen estado de conservación. El terreno impresionaba más. Delante de la casa había un brillante jardín de flores. Unos setos podados y un estanque de peces añadían un toque personal al jardín. Detrás de la casa se levantaba, imponente, un enorme granero marrón, de por lo menos cinco pisos de alto, rematado por una veleta.

—Me encanta —dijo la madre de Kendra—. Ojalá nos quedáramos todos.

—¿Nunca habías estado aquí? —preguntó Kendra.

—No. Vuestro padre vino un par de veces antes de casarnos.

—Hacen lo imposible por evitar las visitas —dijo él—. Ni yo ni el tío Carl ni la tía Sophie hemos pasado mucho tiempo aquí. No lo entiendo. Sois unos afortunados, chicos. Lo vais a pasar genial. Aunque sólo sea por una cosa: os podéis pasar todo el tiempo jugando en la piscina.

Se detuvieron delante del garaje.

La puerta principal se abrió y apareció el abuelo Sorenson, seguido de un hombre alto y desgarbado de orejas enormes y de una mujer delgada de más edad. Seth y sus padres salieron del coche. Kendra se quedó dentro y observó.

El abuelo se había presentado en el funeral perfectamente afeitado, pero ahora lucía una barba blanca de varios días. Iba vestido con unos vaqueros gastados, unas botas de faena y una camisa de franela.

Kendra estudió a la mujer mayor. No era la abuela Sorenson. Pese a su pelo blanco, con mechones negros aquí y allá, su rostro poseía la cualidad de parecer joven. Sus ojos almendrados eran negros como el café y sus rasgos sugerían un vestigio de antepasados asiáticos. Baja y ligeramente encorvada, conservaba una belleza exótica.

El padre de los chicos y el larguirucho abrieron el maletero del todoterreno deportivo y empezaron a sacar maletas y bolsos de lona.

—¿Vienes, Kendra? —le preguntó su padre.

Kendra abrió la puerta y descendió al suelo de grava.

—Dejad las cosas dentro sin más —le estaba diciendo el abuelo a su hijo—. Dale las subirá a la habitación.

—¿Dónde está mamá? —le preguntó.

—Ha ido a ver a tu tía Edna.

—¿A Misuri?

—Edna se está muriendo.

Kendra apenas había oído hablar de la tía Edna en toda su vida, por lo que la noticia no significó gran cosa para ella. Levantó la vista para contemplar la casa. Se fijó en que el cristal de las ventanas presentaba burbujas. Bajo los aleros había nidos de pájaros adheridos.

Todos se dirigieron a la puerta principal de la casa. El padre de los chicos y Dale portaban los bolsos más grandes. Seth llevaba una bolsa de lona más pequeña y una caja de cereales. La caja de cereales era su kit de emergencia. Estaba llena de cachivaches que él consideraba que podrían serle útiles para alguna aventura: gomas elásticas, una brújula, barritas de cereales, monedas, una pistola de agua, una lupa, unas esposas de plástico, cuerda, un silbato.

—Ésta es Lena, nuestra ama de llaves —dijo el abuelo. La mujer mayor asintió e hizo un leve gesto de saludo con la mano—. Dale me ayuda con la jardinería.

—Eres una preciosidad, ¿eh? —le dijo Lena a Kendra—.

17

Debes de tener unos catorce años. —Lena tenía un ligero acento que Kendra no consiguió identificar.

—Los cumplo en octubre.

De la puerta principal colgaba una aldaba de hierro que representaba un trasgo con los ojos entrecerrados y un anillo en la boca. La gruesa puerta tenía unas voluminosas bisagras.

Kendra entró en la casa. El suelo del vestíbulo era de madera lustrada. En una mesa baja había un jarrón de cerámica blanca con un arreglo floral mustio. En un lateral se veía un perchero alto, de hierro, junto a un banco negro con el respaldo alto y tallado. De la pared colgaba un cuadro de una cacería del zorro.

Kendra podía ver el interior de otra estancia, cuyo suelo de madera aparecía cubierto en su mayor parte por una alfombra bordada de grandes dimensiones. Igual que la casa misma, los muebles eran antiguos, pero en buen estado de conservación. Los sofás y las sillas eran, casi todos ellos, del tipo que esperarías encontrar en una visita a un lugar histórico.

18   Dale estaba subiendo por las escaleras con algunos de los bolsos. Lena se excusó y se metió en otra habitación.

—Vuestro hogar es precioso —le elogió la madre—. Ojalá tuviéramos tiempo para que nos los enseñarais.

—Tal vez cuando regreséis —dijo el abuelo.

—Gracias por acceder a que los chicos se queden con vosotros —le dijo su hijo.

—Un placer. Pero no quiero entreteneros.

—Vamos con el tiempo bastante justo —se disculpó él.

—Portaos bien, chicos, y haced caso al abuelo Sorenson en todo lo que sea —les dijo su madre a los chicos, y abrazó a Kendra y a Seth.

Kendra notó que los ojos se le llenaban de lágrimas. Luchó por contenerlas.

—Qué disfrutéis del crucero.

—Estaremos de vuelta antes de que os deis cuenta —le contestó su padre, que rodeó a Kendra con un brazo y le revolvió el pelo a Seth.

Diciendo adiós con la mano, sus padres salieron por la puerta abierta. Kendra se acercó al umbral y los miró mientras ellos se montaban en el coche. Al iniciar la marcha, su padre tocó el claxon. Kendra volvió a luchar por contener las lágrimas, mientras el todoterreno deportivo se perdía de vista entre los árboles.

Seguramente sus padres estarían riéndose, sintiendo el alivio de hallarse solos para disfrutar de las vacaciones más largas de su vida de casados. Prácticamente podía oír el tintineo de sus copas de cristal al brindar. Y allí estaba ella, abandonada. Kendra cerró la puerta. Seth, ensimismado como siempre, examinaba las intrincadas piezas de un juego de ajedrez ornamental.

El abuelo estaba en el vestíbulo, observando a Seth con semblante cortés pero incómodo.

—Deja esas piezas de ajedrez en su sitio —dijo Kendra—. Parecen caras.

—Oh, no pasa nada —replicó el abuelo. Por cómo lo dijo, Kendra estaba segura de que se sentía aliviado al ver que Seth depositaba las piezas en el tablero—. ¿Os muestro vuestra habitación?

Siguieron al abuelo por las escaleras y por un pasillo alfombrado hasta llegar al pie de una angosta escalera de madera que conducía a una puerta blanca. El abuelo reanudó la subida por los peldaños crujientes de esta segunda escalera.

19

—No solemos tener invitados, y menos aún niños —dijo el abuelo por encima del hombro—. Creo que estaréis más cómodos en el desván.

Abrió la puerta y los chicos entraron detrás de él. Kendra se había preparado para encontrarse telarañas e instrumentos de tortura, y se llevó un alivio al ver que el desván era una alegre estancia de juegos. Espaciosa, limpia y luminosa; la alargada estancia contaba con dos camas, estanterías repletas de literatura infantil, armarios roperos independientes, unos pulcros tocadores, un unicornio balancín, varios arcones para juguetes y una gallina en una jaula.

Seth se fue derecho a por la gallina.

—¡Cómo mola! —Metió un dedo entre los finos barrotes para intentar tocar las plumas del ave, color naranja dorado.

—Cuidado, Seth —le avisó Kendra.

—No le pasará nada —dijo el abuelo—. *Ricitos de Oro* es más una mascota doméstica que una gallina de corral. Vuestra abuela es quien se ocupa generalmente de ella. Pensé que no os importaría sustituirla mientras está fuera. Tendréis que darle de comer, limpiarle la jaula y recolectar los huevos.

—¡Pone huevos! —Seth estaba maravillado y encantado.

—Un huevo o dos al día, si la mantenéis bien alimentada —puntualizó el abuelo. Y señaló un cubo blanco de plástico lleno de grano, cerca de la jaula—. Un cucharón por la mañana y otro por la noche deberían bastar para cuidarla. Tendréis que cambiarle el relleno de la jaula cada dos días, y aseguraros de que tiene agua suficiente. Todas las mañanas le damos un pequeño cuenco de leche. —El abuelo guiñó un ojo—. Ése es el secreto de su producción de huevos.

—¿Podemos sacarla alguna vez? —La gallina se había acercado lo bastante como para que Seth pudiera acariciarle las plumas con un dedo.

—Sólo guardadla después en la jaula otra vez. —El abuelo se inclinó para meter un dedo en la jaula y *Ricitos de Oro* le dio un picotazo de inmediato. El hombre retiró la mano—. Nunca le he caído muy simpático.

—Algunos de estos juguetes parecen caros —dijo Kendra, que estaba de pie junto a una recargada casita de muñecas victoriana.

—Los juguetes están hechos para que se juegue con ellos —respondió el abuelo—. Procurad mantenerlos en buen estado y será más que suficiente.

Seth dejó la gallina para acercarse a un pequeño piano que había en un rincón de la habitación. Aporreó las teclas, y a Kendra le pareció que las notas que sonaron tenían un timbre diferente a lo que había esperado. Se trataba de un pequeño clavicémbalo.

—Considerad esta habitación vuestro espacio —dijo el abuelo—. Dentro de lo razonable, no os daré la lata con que tengáis el cuarto recogido, siempre que tratéis el resto de la casa con respeto.

—De acuerdo —dijo Kendra.

—Tengo también malas noticias que daros. Estamos en el momento álgido de la temporada de garrapatas. ¿Habéis oído hablar alguna vez de la enfermedad de Lyme?

Seth negó con la cabeza.

—Creo que sí —contestó Kendra.

—Se descubrió por primera vez en la ciudad de Lyme, en Connecticut, no muy lejos de aquí. Se contagia por la picadura de la garrapata. Este año el bosque está llenito de ellas.

—¿Y en qué consiste? —preguntó Seth.

El abuelo hizo una pausa solemne.

—Empieza con un sarpullido. En poco tiempo puede provocar artritis, parálisis e insuficiencia cardiaca. Aparte de eso, con enfermedad o sin ella, no querréis que se os metan garrapatas en la piel y se pongan a chuparos la sangre. Cuando intentas arrancarlas, se les desprende la cabeza. Y cuesta sacarlas.

—¡Qué asco! —exclamó Kendra.

El abuelo asintió con semblante muy serio.

—Son tan pequeñas que casi no se ven, al menos hasta que se atiborran de sangre. Entonces, se hinchan hasta quedar del tamaño de una uva. En cualquier caso, la cuestión es que no tenéis permiso para meteros en el bosque bajo ninguna circunstancia, chicos. Quedaos en la pradera de hierba. Violad esta norma, y vuestros privilegios de permanencia al aire libre os serán revocados. ¿Nos entendemos?

Kendra y Seth asintieron.

—Además, no debéis entrar en el granero. Demasiadas escaleras de mano y trastos de labor viejos y oxidados. Las mismas normas que valen para el bosque, valen también para el granero: poned un pie allí, y os pasaréis el resto de las vacaciones metidos en esta habitación.

—De acuerdo —replicó Seth, que cruzó la habitación en dirección a un caballete colocado sobre una lona llena de manchurrones de pintura. Apoyado en el caballete había un lienzo sin estrenar. Había más lienzos blancos apoyados contra la pared próxima, junto a baldas repletas de tarros de pintura—. ¿Puedo pintar?

—Os lo digo por segunda vez: sois los amos de esta habitación —respondió el abuelo—. Sólo procurad no destrozarla. Tengo un montón de tareas que atender, así que puede que no me veáis mucho el pelo. Aquí tiene que haber suficiente cantidad de juguetes y entretenimientos para manteneros ocupados.

—¿Y tele? —preguntó Seth.

—No hay ni tele ni radio —respondió el abuelo—. Normas de la casa. Si necesitáis cualquier cosa, tenéis a Lena, que nunca andará muy lejos—. Señaló un cordón morado que colgaba de la pared, cerca de una de las camas—. Tirad de esa cuerda si la necesitáis. De hecho, dentro de unos minutos, vendrá con vuestra cena.

—¿No vamos a cenar juntos? —preguntó Kendra.

—Algunos días. Ahora mismo tengo que pasar por el henar del lado este. Puede que no vuelva hasta tarde.

—¿Cuánta tierra posees? —preguntó Seth.

El abuelo sonrió.

—Más de lo que debiera. Vamos a dejarlo ahí. Chicos, os veré por la mañana. —Dio media vuelta para marcharse y entonces se detuvo, al tiempo que buscaba algo en el bolsillo de su abrigo. Se dio la vuelta y tendió a Kendra una pequeña arandela en la que había prendidas tres pequeñas llaves de tamaños diferentes—. Cada una de estas llaves encaja en una cerradura de esta habitación. A ver si conseguís averiguar qué abre cada una.

El abuelo Sorenson salió de la habitación y cerró la puerta tras él. Kendra se quedó escuchando sus pisadas al descender la escalera. Se colocó junto a la puerta, esperó y a continuación probó a girar el picaporte lentamente. Kendra abrió la puerta con cuidado, se asomó a mirar la escalera vacía y entonces cerró. Por lo menos no los había dejado encerrados.

Seth había abierto un baúl de juguetes y estaba examinando su contenido. Los juguetes eran de otra época, pero se encontraban en excelente estado. Soldados, muñecas, rompecabezas, peluches, bloques de madera.

Kendra se acercó distraídamente a un telescopio que había junto a una ventana. Observó por la mirilla, colocó el telescopio de manera que pudiese mirar a través del cristal de una ventana y se puso a ajustar los mandos de enfoque. Consiguió hacer más nítida la imagen, pero no logró que se viera del todo bien.

Dejó de mover los mandos y observó la ventana. Los cristales estaban hechos de vidrio irregular, como los de la parte delantera de la casa. Las imágenes llegaban distorsionadas antes de pasar por el telescopio.

Descorrió un pestillo y empujó la ventana para abrirla. Desde allí se dominaba el bosque que quedaba al este de la casa, iluminado por las tonalidades doradas de la puesta de sol. Kendra acercó el telescopio a la ventana, se entretuvo un poco más en ajustar el enfoque y consiguió ver con toda nitidez las hojas de los árboles de allá abajo.

—Déjame ver —dijo Seth. Se había puesto a su lado.

—Antes recoge todos esos juguetes. —Junto al baúl abierto había un revoltijo de juguetes.

—El abuelo ha dicho que aquí dentro podemos hacer lo que nos dé la gana.

—Sin convertirlo todo en un desastre. Estás poniéndolo todo patas arriba ya.

—Estoy jugando. Esto es un cuarto de juegos.

—¿No te acuerdas de que mamá y papá nos dijeron que teníamos que recoger nosotros solitos nuestras cosas?

—¿No te acuerdas de que mamá y papá no están aquí?

—Se lo diré.

—¿Cómo? ¿Les vas a poner una notita en una botella? Para cuando regresen, ni siquiera te acordarás.

Kendra se fijó en que había un calendario en la pared.

—Lo anotaré en el calendario.

—Vale. Y mientras tanto yo echaré un vistazo con el telescopio.

—Esto es lo único de toda la habitación que estaba usando yo. ¿Por qué no te buscas otra cosa?

—No me había fijado en el telescopio. ¿Por qué no lo compartes? ¿No nos dicen también mamá y papá que compartamos las cosas?

—De acuerdo —respondió Kendra—. Todo tuyo. Pero voy a cerrar la ventana. Están entrando bichos.

—Lo que tú digas.

Kendra cerró la ventana.

Seth miró por la mirilla y se puso a mover los mandos de enfoque. Kendra contempló detenidamente el calendario. Era de 1953. Cada mes iba acompañado de una ilustración de un palacio de cuento de hadas.

Pasó las hojas hasta dar con la de junio. Hoy era 11 de junio. Los días de la semana no coincidían con los actuales, pero igualmente pudo contar los que faltaban hasta que volviesen sus padres. Estarían de vuelta el 28 de junio.

—Este cacharro ni siquiera enfoca bien —se quejó Seth.

Kendra sonrió.

2

Juntando pistas

$\mathcal{A}$ la mañana siguiente, Kendra se sentó a la mesa del desayuno justo enfrente de su abuelo. Encima de él, el reloj de madera de la pared marcaba las 8.43. Por el rabillo del ojo percibía un reflejo de luz que se movía. Seth estaba usando el cuchillo de untar la mantequilla para reflejar los rayos del sol. Estaba sentada demasiado lejos de la ventana como para tomar represalias.

—A nadie le gusta que el sol le dé en los ojos, Seth —dijo el abuelo.

Seth paró.

—¿Y Dale? —preguntó.

—Dale y yo nos levantamos hace unas horas. Está fuera, trabajando. Yo he venido sólo para haceros compañía en vuestra primera mañana en la casa.

Lena puso un cuenco delante de Seth y otro delante de Kendra.

—¿Qué es esto? —preguntó Seth.

—Crema de trigo —respondió Lena.

—Se adhiere a las costillas —añadió el abuelo.

Seth probó la crema de trigo con su cuchara.

—¿Qué lleva? ¿Sangre?

—Bayas del jardín y confitura casera de frambuesa —explicó Lena, al tiempo que dejaba sobre la mesa una fuente con tostadas, mantequilla, una jarra de leche, un cuenco con azúcar y otro con mermelada.

Kendra probó la crema de trigo. Estaba deliciosa. Las bayas y la confitura de frambuesa le daban el toque perfecto de dulzor.

—¡Pero qué bueno! —exclamó Seth—. Y pensar que papá está comiendo caracoles...

—Chicos, recordad las normas relativas al bosque —dijo el abuelo.

—Y no meternos en el granero —observó Kendra.

—Buena chica. Detrás hay una piscina, que hemos preparado para vosotros: con su adecuado equilibrio químico y todo lo demás. Podéis explorar los jardines. Y siempre podéis subir a jugar a vuestra habitación. No tenéis más que respetar las normas y nos llevaremos bien.

—¿Cuándo vuelve la abuela? —preguntó Kendra.

El abuelo bajó la vista a sus manos.

—Eso dependerá de tía Edna. Podría ser la semana próxima. Podría ser dentro de un par de meses.

—Me alegro de que la abuela se recuperara de su enfermedad —comentó Kendra.

—¿Qué enfermedad?

—La que le impidió ir al funeral.

—Ah, sí. Bueno, seguía aún un poco floja cuando partió hacia Misuri.

El abuelo se comportaba de una manera un tanto peculiar. Kendra se preguntó si le costaba tratar con niños.

—Me da pena no haber llegado a tiempo de verla —dijo Kendra.

—A ella también. En fin, será mejor que me marche ya. —No había probado bocado. Echó la silla hacia atrás, se levantó y se apartó de la mesa mientras se frotaba las palmas de las manos en los vaqueros—. Si vais a la piscina, no os olvidéis de poneros protección solar. Os veré más tarde, chicos.

—¿En la comida? —preguntó Seth.

—Más bien a la hora de la cena. Lena os ayudará con cualquier cosa que necesitéis.

Y se marchó.

Enfundada en su bañador y con una toalla echada al hombro, Kendra salió por la puerta al porche trasero. Llevaba un espejo de mano que había encontrado en la mesilla de noche que había junto a su cama. Tenía el mango de madreperla con incrustaciones de diamantes falsos. El día estaba un tanto húmedo, pero la temperatura resultaba agradable.

Se acercó a la baranda del porche y contempló el jardín trasero, tan bien cuidado y perfectamente podado, con sus senderos de piedras blancas serpenteando entre los arriates de flores, los setos, los huertecillos, los árboles frutales y las plantas en flor. Los tallos entrelazados de las parras cubrían con sus rizos celosías colgadas. Todas las plantas parecían hallarse en plena floración. Kendra no había visto nunca flores así de radiantes.

Seth estaba bañándose ya. La piscina tenía el fondo negro y estaba rodeada de piedras para darle el aspecto de un estanque. Kendra bajó rápidamente los escalones y tomó un sendero en dirección a la piscina.

El jardín rebosaba vida. Había colibríes que pasaban como flechas entre la vegetación, con las alas casi invisibles mientras revoloteaban suspendidos en el aire. Abejorros gigantes de panzas peludas zumbaban de flor en flor. Una asombrosa variedad de mariposas aleteaba por el lugar con sus alas de papel de seda.

Kendra pasó por delante de una fuentecilla seca con forma de estatua de rana. Y se detuvo al ver que una gran mariposa se posaba en el borde de un bebedero de pájaros vacío. Tenía unas alas enormes de color azul, negro y violeta. Nunca había visto una mariposa de colores tan vivos. Por supuesto, era la primera vez que pisaba un jardín de semejante categoría. La casa no era exactamente una mansión, pero la finca era digna de un rey. No era de extrañar que el abuelo Sorenson tuviera tantas cosas que hacer.

El sendero llevó finalmente a Kendra ante la piscina. La zona de la orilla estaba pavimentada con losas multicolores. Había varias tumbonas y una mesa redonda con una gran sombrilla.

Seth saltó a la piscina desde una piedra que sobresalía, y se zambulló con las piernas recogidas, salpicando a lo grande. Kendra dejó la toalla y el espejo encima de la mesa y cogió un bote de protección solar. Se untó de crema blanca la cara, los brazos y las piernas, hasta que su piel la absorbió.

Mientras Seth buceaba, Kendra cogió el espejo. Inclinó la parte reflectante de modo que reflejase la luz del sol en el agua. Cuando Seth sacó la cabeza, Kendra se aseguró de que el manchón brillante de luz solar le diese de lleno en la cara.

—¡Eh! —gritó él, que se apartó a brazadas. Pero ella mantuvo el destello del espejo en su nuca.

Seth se agarró al borde de la piscina y se volvió para mirarla de nuevo; levantó una mano y guiñó los ojos para protegerse de la luz. Tuvo que apartar la mirada.

Kendra se echó a reír.

—Corta ya —dijo Seth.

—¿No te gusta?

—Que lo dejes. No volveré a hacerlo. Ya me ha abroncado el abuelo.

Kendra dejó el espejo en la mesa.

—Este espejo es mucho más brillante que un cuchillo de untar mantequilla —dijo—. Apuesto a que ha causado ya un daño irreparable en tus retinas.

—Espero que sí, así te reclamaré ante los tribunales daños por un billón de dólares.

—Buena suerte. Debo de tener unos cien en el banco. Podría llegarte para comprar un par de parches para ojos.

Seth nadó enojado en dirección a ella y Kendra se acercó al borde de la piscina. Y cuando él empezó a encaramarse para salir, ella le empujó al agua otra vez. Le sacaba casi una cabeza y normalmente podía con él si entablaban pelea, pero si acababan luchando él sabía escabullirse hábilmente.

Seth cambió de táctica y empezó a salpicarla, empujando la mano rápidamente contra la superficie del agua. El agua estaba fría y, al principio, Kendra se encogió, pero entonces se tiró a la piscina saltando por encima de la cabeza de Seth. Tras el impacto inicial, enseguida se acostumbró a la temperatura y se alejó de su hermano en dirección a la parte menos honda.

Él fue a por ella, y acabaron enzarzándose en un combate a ver quién salpicaba más al otro. Con las manos entrelazadas, Seth dibujó amplios círculos con los brazos, rozando con fuerza la superficie del agua. Kendra empujaba el agua con ambas manos, batiéndola de tal modo que no salpicaba tanto como él, pero sí de forma más dirigida. Pronto se cansaron. No resultaba fácil ganar un combate acuático cuando ambos contrincantes estaban ya calados.

—Echemos una carrera —propuso Kendra cuando empezaron a salpicarse menos.

Echaron varias carreras en la piscina. Primero nadaron en estilo crol, luego de espaldas, luego braza y al final de costado. Después de eso se inventaron impedimentos, como nadar sin utilizar los brazos, o hacer anchos saltando a la pata coja por la parte menos honda. Solía ganar Kendra, pero Seth era más veloz en estilo espalda y en algunas de las carreras con impedimentos.

Cuando Kendra se aburrió de jugar, salió de la piscina. Se dirigió a la mesa para coger la toalla y se frotó con ella la larga melena, disfrutando de la textura gomosa del cabello, dividido en mechones compactos por efecto de la humedad.

Seth se subió a lo alto de una roca que había cerca de la parte más profunda.

—¡Mira este abrelatas! —Saltó con una pierna estirada y la otra recogida.

—Bien hecho —dijo Kendra para apaciguarlo cuando sacó la cabeza del agua. Entonces dirigió la vista hacia la mesa y se quedó petrificada. Colibríes, abejorros y mariposas revoloteaban en el aire por encima del espejo de mano. Otras cuantas mariposas y un par de enormes libélulas se habían posado directamente en la faz del espejo.

—¡Seth, ven a ver esto! —le llamó Kendra, susurrando con todas sus fuerzas.

—¿El qué?

—Tú ven.

Seth salió de la piscina y fue hasta Kendra pisando sin hacer ruido y con los brazos cruzados. Se quedó mirando la nube palpitante que daba vueltas encima del espejo.

—¿Qué hacen?

—¿No lo sé? —respondió ella—. ¿A los insectos les gustan los espejos?

—A éstos sí.

—Mira esa mariposa roja y blanca. Es enorme.

—Igual que esa libélula —indicó Seth.

—Ojalá tuviera una cámara de fotos. Te reto a que cojas el espejo.

Seth se encogió de hombros.

—Vale.

Él trotó hasta la mesa, agarró el espejo por el mango, se fue corriendo hacia la piscina y se zambulló. Algunos insectos se dispersaron al momento. La mayoría voló en la dirección que había tomado Seth, pero se dispersaron también antes de alcanzar la piscina.

Seth emergió del agua.

—¿Tengo alguna abeja?

—Saca el espejo del agua. ¡Lo vas a estropear!

—Cálmate, está bien —dijo él, nadando hacia el borde.

—Dámelo. —Kendra le quitó el espejo de la mano y lo secó con su toalla. Parecía intacto—. Hagamos un experimento.

Kendra colocó el espejo bocarriba en una silla de asiento reclinable y se apartó.

—¿Crees que volverán?

—Ahora lo veremos.

Kendra y Seth se sentaron ante la mesa, no lejos de la silla. Pasado menos de un minuto llegó volando un colibrí y se quedó suspendido por encima del espejo. Al poco se le unieron unas cuantas mariposas. Un abejorro se posó sobre el cristal. En cuestión de minutos se había formado otro enjambre de pequeñas criaturas aladas encima del espejo.

—Ve a darle la vuelta —dijo Kendra—. Quiero ver si lo que les atrae es el espejo en sí o el reflejo.

Seth fue a cuatro patas hasta el espejo. Los animalillos no parecieron percatarse de su llegada. Alargó el brazo lentamente, dio la vuelta al espejo y a continuación se retiró a la mesa.

Las mariposas y las abejas que se habían posado en el espejo alzaron el vuelo cuando Seth le dio la vuelta, pero sólo unas pocas de aquellas criaturas aladas se marcharon volando. La mayor parte del enjambre se quedó revoloteando cerca. Un par de mariposas y una libélula se posaron en la silla misma, junto al filo del espejo. Alzando el vuelo, volcaron el espejo y a punto estuvieron de tirarlo de la silla.

Con la superficie reflectora de nuevo visible, el enjambre se agolpó encima. Varias de las criaturas se posaron en ella.

—¿Has visto eso? —preguntó Kendra.

—Qué cosa tan rara —comentó Seth.

—¿Cómo han podido tener la fuerza suficiente para levantarlo?

—Eran varias a la vez. ¿Quieres que le dé la vuelta otra vez?

—No, me da miedo que se caiga y se haga pedazos.

—De acuerdo. —Se puso la toalla al cuello—. Voy a cambiarme.

—¿Te importa llevarte el espejo?

—Bueno, pero me largo pitando. No me apetece que me piquen.

Seth se acercó lentamente al espejo, lo cogió de la silla y echó a correr por el jardín en dirección a la casa. Parte del enjambre le persiguió perezosamente y a continuación se dispersó.

Kendra se envolvió la cintura con la toalla, cogió la crema protectora que Seth se había dejado y se encaminó hacia la casa.

Cuando llegó al cuarto de juegos del desván, se encontró a Seth vestido con vaqueros y una camisa de camuflaje de manga larga. Recogió del suelo la caja de cereales que le servía de kit de supervivencia en casos de emergencia y se fue hacia la puerta.

—¿Adónde vas?

—No es asunto tuyo, a no ser que quieras venir.

—¿Cómo voy a saber si quiero ir si no me dices adónde vas? Seth la evaluó con la mirada.

—¿Me prometes que guardarás el secreto?

—A ver si lo adivino: vas al bosque.

—¿Quieres venir?

—Vas a pillar la enfermedad de Lyme —le advirtió Kendra.

—Y a mí qué. En todas partes hay garrapatas. Igual que hiedra venenosa. Si la gente dejara que eso la detuviera, nadie iría nunca a ninguna parte.

—Pero el abuelo Sorenson no quiere que nos metamos en el bosque —protestó ella.

—El abuelo no va a estar por aquí en todo el día. No va a enterarse nadie, a no ser que te chives.

—No lo hagas. El abuelo ha sido amable con nosotros. Deberíamos obedecerle.

—Tienes el mismo valor que un cubo de arena.

—¿Qué tiene de valiente desobedecer al abuelo?

—Vamos, que no vienes, ¿no?

Kendra vaciló.

—No.

—¿Te chivarás de mí?

—Si me preguntan dónde estás, sí.

—No tardaré mucho.

Seth salió por la puerta. Kendra oyó sus pisadas al bajar los escalones.

Cruzó la habitación en dirección a la mesilla de noche. El espejo de mano estaba allí encima, al lado de la arandela con las tres llavecitas. La noche anterior se había pasado un buen rato tratando de descubrir qué abría cada llave. La más grande abría un joyero que había sobre la cómoda, repleto de alhajas de fantasía: gargantillas de diamantes, pendientes de perlas, colgantes de esmeraldas, anillos de zafiro y pulseras de rubíes, todo de mentira. Aún no había descubierto lo que abrían las otras dos.

Cogió las llaves de la mesilla. Eran todas diminutas. La más pequeña no medía más que una chincheta. ¿Dónde encontraría una cerradura tan minúscula?

La noche anterior había dedicado casi todo el rato a probar con cómodas y baúles de juguetes. Algunas de las cómodas tenían cerradura, pero estaban ya abiertas y las llaves no encajaban. Lo mismo le pasó con los baúles de juguetes.

La casa de muñecas victoriana atrajo su atención. ¿Qué mejor lugar para encontrar pequeñas cerraduras que en el interior de una casita de muñecas? Soltó los cierres y, al abrir la casita, descubrió dos pisos y varias habitaciones llenas de muebles en miniatura. Cinco personitas de mentira habitaban la casa: un padre, una madre, un niño, una niña y un bebé.

El grado de detalle era extraordinario. Las camitas tenían su colcha, su manta, sus sábanas y sus almohadas. Los sofás estaban hechos con almohadones de quita y pon. Los grifos de la bañera giraban de verdad. Los armaritos tenían ropita colgada dentro.

El gran armario de la habitación de matrimonio de la casita de muñecas levantó las sospechas de Kendra. En el centro tenía una cerradura desproporcionadamente grande. Kendra insertó la llave más diminuta y la giró. Las puertas del armario se abrieron de par en par.

Dentro había algo envuelto en papel dorado. Al abrirlo, vio que se trataba de un bombón en forma de capullo de rosa. Detrás del bombón encontró una llavecilla dorada. La unió a las otras tres en la arandela. La llave dorada era más grande que la llave que abría el armario, pero más pequeña que la llave que abría el joyero.

Kendra mordió un trocito del capullo de rosa de chocolate. Estaba blando y se fundió en su boca. Era el bombón más rico y cremoso que había probado en su vida.

Se lo comió en tres mordiscos más, paladeando cada bocado.

Volvió a indagar en el interior de la casita, investigando cada mueble de juguete, rebuscando en cada armarito, mirando detrás de cada cuadro en miniatura que decoraba las paredes. Al no hallar más cerraduras, echó los cierres de la casa de muñecas.

Repasó la habitación con la mirada, tratando de decidir cuál sería el siguiente sitio en que miraría. Sólo le quedaba una llave, o tal vez dos, si la llave dorada abría también algo. Había examinado casi todos los objetos de los baúles de juguetes, pero siempre podía cerciorarse por segunda vez. Había mirado en los cajones de las mesillas de noche, en las cómodas y en los armarios roperos a conciencia, así como en todos los adornos de las estanterías. Podía haber cerraduras en los sitios más insospechados, como, por ejemplo, debajo de la ropita de una muñeca o detrás del pilar de una cama.

Kendra acabó junto al telescopio. Aunque le parecía improbable, comprobó si tenía alguna cerradura. Nada.

Tal vez podría usar el telescopio para localizar a Seth. Abrió la ventana y vio que Dale cruzaba la pradera de hierba de las lindes del bosque. Llevaba algo en las manos, pero como le daba la espalda no le dejaba ver lo que sostenía. Se encorvó y de-

33

positó la carga detrás de un seto bajo, lo cual siguió impidiéndole ver el objeto. Dale se alejó de allí a paso ligero, echando vistazos a su alrededor como para asegurarse de que nadie le seguía, y enseguida se perdió de vista.

Presa de la curiosidad, Kendra bajó a toda velocidad a la planta baja y salió por la puerta trasera. No se veía a Dale por ninguna parte. Cruzó corriendo la pradera de hierba en dirección al seto que quedaba justo debajo de la ventana del desván. Al otro lado del seto había otros dos metros más o menos de hierba, que terminaba de golpe en las inmediaciones del bosque. En la hierba, detrás del seto bajo, había un gran molde de tarta lleno de leche.

Un colibrí iridiscente se mantenía suspendido en el aire por encima del molde de tarta, sus alas convertidas en una mancha borrosa. Alrededor del colibrí revoloteaban unas cuantas mariposas. De vez en cuando, una descendía y tocaba la leche, levantando gotitas. El colibrí se marchó y se acercó una libélula. Formaban un conjunto menos numeroso que el que había atraído el espejo, pero había mucha más actividad de lo que Kendra habría esperado encontrar en torno a un pequeño estanque de leche.

Se quedó observando, mientras toda una variedad de animalillos alados iba y venía a alimentarse del molde de tarta. ¿Bebían leche las mariposas? ¿Y las libélulas? Al parecer, sí. No pasó mucho tiempo antes de que el nivel de leche del molde de tarta hubiese descendido notablemente.

Kendra alzó la vista hacia el desván. Tenía sólo dos ventanas, las dos en la misma cara de la casa. Visualizó la habitación tras esas ventanas salientes con sus respectivos tejadillos, y de pronto cayó en la cuenta de que el cuarto de juegos ocupaba sólo la mitad del espacio que debía llenar el desván.

Abandonó la fuente de leche y rodeó la casa para ir a la otra cara del edificio. En el otro lado había otro par de ventanas de desván. Tenía razón. El desván constaba de otra mitad. Pero no sabía de ninguna otra escalera que diese acceso a esa planta superior. Eso quería decir que… ¡el cuarto de juegos podría contener una especie de pasadizo secreto! ¡Tal vez la última llave abriese su puerta!

Justo cuando decidió regresar al desván y buscar alguna puerta oculta, Kendra se dio cuenta de que Dale venía desde la zona del granero con otro molde de tarta en las manos. Echó a correr hacia él. Al verla acercarse, pareció incomodarse momentáneamente, pero a continuación le ofreció una gran sonrisa.

—¿Qué estás haciendo? —preguntó Kendra.

—Estoy llevando algo de leche a la casa, nada más —respondió él, cambiando ligeramente la dirección de sus pasos. Antes se había encaminado hacia el bosque.

—¿De verdad? ¿Y por qué has dejado esa otra leche detrás del seto?

—¿Otra leche? —No podía haber puesto más cara de culpabilidad.

—Sí. Se la están bebiendo las mariposas.

Dale había dejado de andar. Miraba a Kendra con expresión de astucia.

—¿Sabes guardar un secreto?

—Claro.

Dale miraba a su alrededor como si pudiera estar viéndolos alguien.

—Tenemos unas cuantas vacas lecheras. Dan leche en abundancia, así que aparto un poco de la que sobra para los insectos. El jardín está más lleno de vida de esta manera.

—¿Por qué es un secreto?

—No estoy seguro de que tu abuelo dé su consentimiento. Nunca le pedí permiso para hacerlo. Podría considerar que es un derroche.

—A mí me parece una buena idea. Me he fijado en todas las clases diferentes de mariposas que hay en vuestro jardín. Jamás había visto tantas. Además de todos los colibríes…

Él asintió.

—Me gusta. Contribuye a la atmósfera del lugar.

—Entonces, no ibas a llevar esa leche a la casa.

—No, no. Esta leche no está pasteurizada. Está llenita de bacterias. Podrías pillar toda clase de enfermedades. No es apta para el consumo humano. Por el contrario, a los insectos parece gustarles más así. ¿No echarás a perder mi secreto, verdad?

—No diré nada.

—Buena chica —replicó él, con un guiño de complicidad.

—¿Dónde vas a poner esa leche?

—Allí. —Señaló con el mentón en dirección al bosque—. Todos los días pongo unos cuantos recipientes por el extremo del jardín.

—¿No se estropea?

—No da tiempo. Hay días en que los insectos se toman toda la leche antes de recoger las fuentes. Bichos sedientos.

—Te veré luego, Dale.

—¿Has visto por aquí a tu hermano?

—Creo que está en la casa.

—¿Ah, sí?

Ella se encogió de hombros.

—Tal vez.

Kendra se dio la vuelta y fue en dirección a la casa. Cuando subía las escaleras del porche trasero, echó la vista atrás. Dale estaba colocando la leche detrás de un pequeño arbusto de forma redondeada.

3

La choza de hiedra

Seth fue abriéndose paso por entre la densa maleza, hasta dar con un sinuoso sendero casi invisible, del tipo que se acaba formando cuando los animales pasan repetidamente por ella. Cerca de allí había un árbol chato y retorcido, de hojas espinosas y corteza negra. Seth revisó las mangas de su camisa en busca de garrapatas, examinando bien el estampado de camuflaje. De momento no había visto ninguna. Por supuesto, seguramente las garrapatas que no lograse ver serían las que le picarían. Esperaba que el repelente de insectos que se había rociado por el cuerpo estuviese sirviendo de algo.

Tras encorvarse hacia el suelo, se puso a recoger piedras y fue construyendo con ellas una pequeña pirámide con la que señalar el punto en el que se había topado con el sendero. Probablemente no tendría dificultades para encontrar el camino de vuelta, pero más valía prevenir que lamentar. Si tardaba demasiado en volver, el abuelo podría deducir que había desobedecido sus órdenes.

Rebuscó dentro de su caja de cereales y extrajo una brújula. La senda dejada por los animales iba de norte a este. Seth había partido en dirección este, pero la maleza había ido espesándose conforme avanzaba. Un rastro borroso representaba una buena excusa para desviarse ligeramente de su ruta. Le sería mucho más fácil ir por ella que tratar de abrirse paso a duras penas entre los arbustos con una navaja. Le hubiera gustado tener un machete.

Siguió por aquel sendero. Los altos árboles se encontraban bastante juntos unos de otros, por lo que difuminaban la luz del sol, y la transformaban en un fulgor verduzco entreverado de sombras. Seth se figuró que el bosque quedaría negro como boca de lobo en cuanto anocheciera.

Algo sonó entre los arbustos. Seth se detuvo y sacó de la caja de cereales un par de prismáticos pequeños. Repasó la zona con ellos, pero no encontró nada de interés.

Reanudó la marcha por el sendero hasta que a menos de seiscientos metros un animal salió al camino de entre la maleza. Era una criatura redonda e hirsuta, que no le llegaría ni a las rodillas. Un puercoespín. El animal echó a andar por el sendero en dirección a Seth con total confianza. Seth se quedó petrificado. El puercoespín se encontraba tan cerca que podía ver perfectamente sus púas, finas y afiladas.

Mientras el animal avanzaba pesadamente hacia él, Seth retrocedió. ¿No se suponía que los animales huían del hombre? A lo mejor tenía la rabia. O tal vez ni siquiera le había visto. Al fin y al cabo, llevaba una camisa de camuflaje.

Seth abrió los brazos en cruz, dio un pisotón y gruñó. El puercoespín levantó la vista, arrugó el hocico y, acto seguido, salió del sendero. Seth aguzó el oído, mientras el animal se alejaba del camino abriéndose paso entre la vegetación.

Seth respiró hondo. Había sentido verdadero miedo por un instante. Casi podía notar las púas clavándosele en la pierna a través de los vaqueros. No sería nada fácil ocultar su excursión por el bosque si volvía a casa hecho un acerico.

Le daba rabia reconocerlo, pero deseó que Kendra hubiese ido con él. Seguramente el puercoespín le habría hecho gritar, y su temor habría incrementado su valentía. En vez de sentirse asustado él mismo, habría podido reírse de ella. Era la primera vez que veía un puercoespín en su vida. Estaba sorprendido de pensar en lo vulnerable que se sentía ante la visión de todas esas púas puntiagudas. ¿Y si pisaba uno sin querer en medio de la maleza?

Miró a su alrededor. Había recorrido un largo trecho. Por descontado, encontrar el camino de vuelta sería pan comido. No tenía más que retroceder sobre sus pasos por el mismo sendero y luego dirigirse hacia el oeste. Pero si daba la vuelta ahora, tal vez nunca más volvería a pisar por allí.

Seth prosiguió por la senda. En algunos de los árboles crecían musgo y líquenes. Unos cuantos tenían hiedra enroscada alrededor de la base. El sendero se bifurcaba. Seth consultó la brújula y vio que uno de los caminos iba hacia el noroeste y el otro hacia el este. Ciñéndose al criterio anterior, dobló hacia el este.

Allí el espacio entre los árboles empezó a ser mayor y los arbustos, más bajos. Pronto pudo ver mucho más en todas direcciones y el bosque se tornó algo menos oscuro. A un lado del sendero, al límite de su capacidad de visión, se fijó en que había algo anormal. Parecía un cuadrado enorme de hiedra, oculto entre los árboles. El objetivo mismo de explorar el bosque consistía en encontrar cosas curiosas, por lo que abandonó el sendero y se dirigió hacia aquel cuadrado de hiedra.

La espesa maleza le llegaba por los gemelos y a cada paso que daba le arañaba los tobillos. A medida que se aproximaba, dificultosamente, al cuadrado de hiedra se dio cuenta de que se trataba de una edificación completamente cubierta de dicha planta. Parecía ser un gran cobertizo.

Se detuvo y miró con más atención. La hiedra era tan tupida que Seth no era capaz de discernir de qué estaba hecho el cobertizo; sólo podía ver frondosas lianas. Rodeó la estructura. Al otro lado había una puerta abierta. Por poco soltó un grito cuando echó un vistazo al interior.

El cobertizo era, en realidad, una choza erigida alrededor de un enorme tocón. Sentada junto al tocón, y vestida de puros harapos, había una anciana enjuta que mordisqueaba el nudo de una soga áspera. La mujer, marchita por la edad, se aferraba a la soga con unas manos huesudas de grandes nudillos. Su cabello, largo y blanco, era una maraña de pelo de una horrorosa tonalidad amarillenta. Uno de sus ojos velados estaba horriblemente enrojecido. Le faltaban algunos dientes y en el nudo que mordisqueaba había sangre, al parecer de sus encías. Sus brazos pálidos, desnudos casi hasta el hombro, eran flacos y arrugados, con unas venas azul claro y varias costras moradas.

Cuando la mujer vio a Seth, dejó caer la soga inmediatamente; de las comisuras de sus finos labios le goteaba saliva rosada. Apoyándose en el tocón, la anciana se levantó. Seth repa-

39

ró en que tenía los pies largos, de color marfil, acribillados con picaduras de insecto. Las uñas grises de sus pies eran gruesas, como infestadas de hongos.

—Saludos, joven maestro. ¿Qué le trae a mi morada?

Su voz era incongruentemente dulce y melodiosa.

Por un instante, Seth no pudo hacer nada más que mirar sin pestañear. Incluso doblada y encorvada como estaba, la mujer era alta. Olía mal.

—¿Vive usted aquí? —preguntó finalmente.

—Aquí vivo. ¿Desearía entrar?

—Más bien no. Sólo estaba dando un paseo.

La mujer entrecerró los ojos.

—Extraño lugar para que un muchacho se dé un paseo a solas.

—Me gusta explorar. Mi abuelo es el dueño de esta tierra.

—¿El dueño, dices?

—¿Sabe él que está usted aquí? —preguntó Seth.

—Depende de quién sea él.

—Stan Sorenson.

Ella sonrió de oreja a oreja.

—Lo sabe.

La soga que había estado royendo estaba en el suelo mugriento. Tenía otro nudo más, al lado del que ella había estado mordisqueando.

—¿Por qué mordía usted esa cuerda? —preguntó Seth.

Ella le miró con recelo.

—A mí los nudos me traen sin cuidado.

—¿Es usted una ermitaña?

—Podrías decirlo así. Entra y te prepararé un té.

—Más vale que no.

Ella bajó la vista a sus manos.

—Debo de tener un aspecto espantoso. Deja que te muestre una cosa. —Se dio la vuelta y se acurrucó detrás del tocón.

En un rincón de la choza una rata tanteó y se arriesgó a salir de su agujero. Cuando la vieja asomó por detrás del tocón, la rata se escondió.

La vieja se sentó con la espalda contra el tocón. Sostenía una pequeña marioneta de madera, de unos veinte centímetros de alto. Era rudimentaria, estaba hecha de madera oscura en su totalidad, y no llevaba vestido ni tenía ningún rasgo pintado. Era simplemente una figura humana básica, con unos ganchitos dorados haciendo las veces de articulaciones. La marioneta tenía un palito en la espalda. La mujer se puso una plancha de madera en el regazo y empezó a hacer bailar la marioneta subiendo y bajando el palito, dando golpecitos en la madera con un ritmo que poseía cierta regularidad musical.

—¿Qué es eso? —preguntó Seth.

—Un *limberjack* —respondió ella.

—¿Y dónde tiene el hacha?

—Un *limberjack*, no un *lumberjack*. No tiene nada que ver con los leñadores. Es un muñeco que baila danzas de zuecos. Que brinca. Unos lo llaman «Dan, el Danzarín», otros «Arrastrapiés». Yo le llamo «Mendigo». Me hace compañía. Entra y te dejaré que pruebes tú.

—Será mejor que no —insistió él—. No entiendo cómo puede vivir aquí de esta manera y no volverse loca.

—A veces las buenas personas se hartan de la sociedad. —Su tono de voz denotaba cierto enojo—. ¿Has dado conmigo por casualidad? ¿Estabas de exploración?

—De hecho, vendo chocolatinas para mi equipo de fútbol. Es una buena causa.

Ella se lo quedó mirando.

—Donde mejor se me da es en las zonas residenciales.

La vieja seguía mirándole fijamente.

—Era un chiste. Estaba bromeando.

Ahora su voz sonó grave:

—Eres un jovenzuelo insolente.

—Y usted vive con un tocón.

La vieja lo midió con la mirada.

—Muy bien, mi joven y arrogante aventurero, ¿qué tal si pones a prueba tu coraje? Todo explorador merece la oportunidad de demostrar su valía. —La vieja se metió en la choza y volvió a acurrucarse detrás del tocón. Regresó a la puerta con una caja burda, estrecha, hecha de madera astillada, alambre y unos clavos demasiado largos a los que se les veía la punta.

—¿Qué es eso?

41

—Mete la mano en esta caja para demostrar tu valor, y te ganarás una recompensa.

—Prefiero jugar con la marioneta de los horrores.

—Tú mete aquí la mano y toca el fondo de la caja. —La vieja sacudió la caja y algo sonó dentro. Era tan larga que Seth habría tenido que meter todo el brazo hasta el codo para alcanzar el fondo.

—¿Es usted una bruja?

—Un hombre de lengua tan osada debería apoyar sus palabras con actos valerosos.

—Estas cosas me parecen típicas de una bruja.

—Ten cuidado lo que dice tu lengua suelta, jovencito, o tal vez no tengas un agradable regreso a casa.

Seth retrocedió y la observó detenidamente.

—Será mejor que me marche ya. Que lo pase bien royendo su cuerda.

Ella chasqueó la lengua.

—Qué insolencia. —Su voz seguía sonando dulce y serena, pero ahora poseía un tono amenazador en el trasfondo—. ¿Por qué no pasas y tomas un té?

—La próxima vez.

Seth rodeó la choza sin apartar la mirada de la harapienta anciana, que seguía en la puerta y que no hizo el menor ademán de ir tras él.

Antes de desaparecer de su vista, la mujer levantó una artrítica mano con dos dedos cruzados y los otros doblados en una posición imposible. Con los ojos medio cerrados, parecía estar murmurando algo. Luego, la perdió de vista.

Una vez al otro lado de la choza, Seth se adentró de nuevo entre la espesa maleza para regresar al sendero, echando todo el rato miradas hacia atrás. La mujer no le perseguía. Pero sólo ver tras él aquella choza cubierta de hiedra le daba escalofríos. La vieja bruja tenía un aspecto tan horroroso y olía tan mal… Ni en sueños iba a meter él la mano en aquella extraña caja suya. Cuando la mujer le retó, lo único en lo que podía pensar era en el día en que aprendió en el colegio que los tiburones tienen los dientes inclinados hacia dentro para que los peces puedan entrar pero no salir. Se imaginaba que aquella caja casera estaría, seguramente, llena de clavos o de trozos de cristal colocados con un ángulo cruel para cumplir un propósito similar.

Aunque la mujer no le iba siguiendo, Seth se sentía inseguro. Brújula en mano, corrió por el sendero en dirección a casa. De pronto, sin previo aviso, notó un golpe en la oreja, apenas lo suficientemente fuerte como para producir un dolor agudo. A sus pies, en el sendero, cayó un guijarro del tamaño de un dedal.

Seth dio una vuelta sobre su propio eje. Alguien le había lanzado aquella piedrecita, pero no veía a nadie. ¿Podría ser que la vieja estuviera siguiéndole a hurtadillas? Probablemente conocía el bosque como la palma de su mano.

Otro pequeño objeto le rebotó en la nuca. No era ni tan duro ni tan pesado como una piedra. Al darse la vuelta, vio otra bellota que silbaba en dirección a él, y se agachó para esquivarla. Las bellotas y el guijarro habían volado hacia él desde ambos flancos del sendero. ¿Qué estaba pasando?

Desde lo alto le llegó un sonido de madera que se resquebrajaba y justo detrás de él cayó al suelo una rama enorme que se quedó atravesada en el sendero, no sin antes golpearle con unas cuantas hojas y ramitas. Si se hubiese encontrado dos o tres metros más atrás en el camino, la rama, más gruesa que su pierna, le habría caído directamente en la cabeza.

Seth miró la pesada rama y echó a correr por el sendero a toda prisa. Le parecía oír ruiditos entre los arbustos a cada lado del difuso rastro, pero no aminoró la marcha para investigar de qué se trataba.

De repente algo le asió firmemente por el tobillo y le hizo caer al suelo. Tumbado bocabajo, con un corte en una mano y tierra en la boca, oyó que algo se movía entre la vegetación, detrás de él, y un extraño sonido que podía ser una risa o un rumor de agua. Una rama seca chasqueó con el mismo sonido de un disparo de escopeta. Sin mirar atrás por temor a lo que pudiera encontrarse, Seth se puso en pie como pudo y echó a correr como una flecha por el sendero.

Fuera lo que fuera lo que le había cogido del tobillo, no había sido ni una rama ni una piedra. Había sido algo parecido a una fuerte cuerda extendida de un lado a otro del camino. Un cable trampa. Antes no había reparado en que hubiese seme-

43

jante cuerda en el sendero. Pero era imposible que la vieja lo hubiese preparado, ni siquiera si hubiese empezado a correr en el instante en que Seth había desaparecido de su vista.

Seth siguió corriendo y pasó por el punto en el que se bifurcaba el sendero, y apretó aún más la marcha por el camino por el que había venido. Iba repasando la senda con la mirada en busca de cuerdas u otras trampas. Empezaba a costarle respirar, pero no aminoró la marcha. Parecía que hacía más calor y más humedad que antes. El sudor empezó a empaparle la frente y a gotearle por los lados de la cara.

Seth permaneció atento a la aparición del pequeño montículo de piedras que señalaba el punto en el que debía salir del sendero. Cuando llegó a un arbolillo nudoso de corteza negra y hojas punzantes, se detuvo. Se acordaba del árbol. Se había fijado en él cuando se cruzó con el sendero. Utilizando el árbol como referencia, encontró el lugar en el que había levantado la pirámide de piedras, pero éstas habían desaparecido.

A un lado del sendero crujió la hojarasca. Seth consultó la brújula para confirmar que iba en dirección oeste y salió corriendo por el bosque. Había venido andando tranquilamente, examinando los hongos y las piedras raras que iba encontrando por el camino. Ahora atravesaba el bosque como una centella, abriéndose paso entre la vegetación; los arbustos le arañaban las piernas y las ramas le daban latigazos en la cara y en el pecho.

Al final, jadeando y cada vez con menos energía a causa del pánico, vislumbró la casa delante de él, entre los árboles. Los sonidos que le habían perseguido se habían reducido hasta la nada. Cuando salía de la espesura al sol del jardín, se preguntó cuánto de lo que había oído había sido realmente algo que le perseguía, y cuánto había sido fruto de su atribulada imaginación.

En el cuarto de juegos, la pared de enfrente de las ventanas albergaba varias hileras de estanterías. La puerta de las escaleras había sido abierta en esa pared. Y uno de los voluminosos armarios roperos estaba apoyado contra ella.

Kendra tenía en las manos un libro azul con letras doradas. Su título era *Diario de secretos*. El libro permanecía cerrado mediante tres gruesos broches, cada uno con su cerradura. La llave cuya cerradura aún no había encontrado no encajaba en ninguna de éstas. Pero la llave dorada que había encontrado en el armario de la casa de muñecas abría la cerradura inferior del diario. Así pues, había liberado uno de los cierres del libro.

Había encontrado el diario mientras registraba las estanterías de libros en busca de algo que desvelase un pasadizo secreto. Valiéndose de un taburete, Kendra había llegado incluso a las estanterías más altas, pero hasta el momento la búsqueda había sido infructuosa. No había ni rastro de una puerta secreta. Al fijarse en un libro con cierres y con un título intrigante, había abandonado la búsqueda para comprobar si sus llaves los abrían.

Con el cierre inferior abierto, Kendra intentó levantar un poco la esquina del libro para escudriñar el contenido. Pero la tapa era dura y el libro estaba firmemente encuadernado. Tenía que encontrar las otras dos llaves.

45

Oyó que alguien subía en estampida por las escaleras y sabía que sólo podía ser una persona. Rápidamente, volvió a meter el libro en la estantería y se guardó las llaves en un bolsillo. No quería que el fisgón de su hermano se entrometiera en su rompecabezas.

Seth irrumpió en la habitación y cerró dando un portazo. Estaba colorado y le costaba respirar. Traía los vaqueros manchados de tierra en las rodillas, y la cara sucia de sudor y mugre.

—Deberías haber venido conmigo —suspiró, y se dejó caer extendido en su cama.

—Estás ensuciando la colcha.

—Daba miedo —dijo—. Cómo ha molado.

—¿Qué ha pasado?

—Encontré un sendero en medio del bosque y a una señora vieja rarísima que vivía en una choza. Creo que es una bruja. Una bruja de verdad.

—Lo que tú digas.

Seth rodó sobre sí mismo y la miró.

—Hablo en serio. Deberías haberla visto. Estaba hecha un desastre.

—Igual que tú.

—No, estaba toda como llena de costras y asquerosa. Estaba mordisqueando una soga vieja. Quiso que metiera la mano en una caja.

—¿Y la metiste?

—Ni hablar. Salí pitando. Pero ella, o algo, me persiguió. Me tiró piedras y derribó una rama enorme. ¡Podría haberme matado!

—Debes de estar muy aburrido.

—¡No te miento!

—Le preguntaré al abuelo Sorenson si en su bosque tiene viviendo a una mendiga —dijo Kendra.

—¡No! Se enteraría de que he violado las normas.

—¿No te parece que le interesaría saber que una bruja se ha hecho una choza en su propiedad?

—Por lo que dijo, le conoce. Llegué muy lejos, tal vez salí de la finca.

—Lo dudo. Creo que es el dueño de mogollón de terreno a la redonda.

Seth se recostó, con los dedos entrelazados detrás de la cabeza.

—Deberías venir a visitarla conmigo. Podría dar otra vez con el sendero.

—¿Estás loco? Acabas de decir que intentó matarte.

—Deberíamos vigilarla. Descubrir qué se trae entre manos.

—Si de verdad hay una vieja rara que vive en el bosque, deberías decírselo al abuelo para que pueda avisar a la Policía.

Seth se sentó.

—De acuerdo. Olvídalo. Me lo he inventado todo. ¿Mejor así?

Kendra entornó los ojos.

—También he encontrado otra cosa que mola mucho —añadió Seth—. ¿Has visto la casa del árbol?

—No.

—¿Quieres que te la enseñe?

—¿Está en el jardín?

—Sí, al final.

—Vale.

Kendra siguió a Seth al exterior y a través de la pradera de hierba. Como no podía ser de otro modo, en la esquina del jardín, justo enfrente del granero, había una casita azul claro en un árbol de tronco grueso. La casita estaba colocada en la parte trasera del árbol, por lo que costaba divisarla desde prácticamente todo el jardín. Se le estaba desconchando un poco la pintura, pero tenía sus planchas de madera en el tejadito y sus visillos en la ventana. En el árbol había varios tablones clavados para formar una escalera.

Seth subió primero. Los travesaños llevaban hasta una trampilla, que abrió empujándola. Kendra ascendió tras él.

Una vez dentro, daba la impresión de que la casita del árbol era más grande de lo que parecía desde abajo. Había una mesita con cuatro sillas. Las piezas de un puzle aparecían esparcidas por la mesa. Sólo dos estaban ensambladas.

—¿Has visto? No está mal —dijo Seth—. He empezado a hacer este puzle.

—Es magnífico. Debes de tener un don.

—No le dediqué mucho rato.

—¿Y has encontrado las esquinas?

—No.

—Es lo primero que hay que hacer. —Kendra se sentó y se puso a buscar las piezas de las esquinas. Seth se sentó en otra silla y la ayudó—. A ti nunca te han gustado los puzles —dijo Kendra.

—Es más chulo hacerlos en una casa de árbol.

—Si tú lo dices…

Seth encontró una esquina y la apartó.

—¿Crees que el abuelo dejaría que me instalase aquí?

—Mira que eres bicho raro…

—Sólo necesitaría un saco de dormir —dijo Seth.

—Te morirías de miedo en cuanto se hiciera de noche.

—Para nada.

—Podría venir la bruja a por ti.

En lugar de replicar, Seth empezó a buscar con más detenimiento las otras esquinas del puzle. Kendra se dio cuenta de que el comentario le había llegado hondo. Decidió no tomarle más el pelo con ese asunto. El hecho de que Seth pareciera asustado de la señora que había conocido en el bosque daba mucha verosimilitud a su historia. Seth nunca se había asustado fácilmente. Era el mismo chaval que se había tirado desde el tejado bajo la errónea presunción de que una bolsa de basura le serviría de paracaídas. El chaval que, por una apuesta, se había metido en la boca la cabeza de una serpiente viva.

Encontraron las esquinas y formaron casi todo el perímetro del puzle; entonces, oyeron que Lena los llamaba para cenar.

4

El estanque escondido

*L*a lluvia repiqueteaba incesantemente contra el tejado. Kendra nunca había oído un chaparrón tan ruidoso. Pero, claro, nunca había estado en un desván durante una tormenta. Había algo relajante en aquel firme tamborileo, tan constante que casi se volvía inaudible sin ni siquiera decrecer en volumen.

Contemplaba el diluvio de pie ante la ventana, al lado del telescopio. Llovía fuerte, en vertical. No había viento, tan sólo capa tras capa de hileras de gotitas, que a lo lejos se transformaban en una difuminada bruma gris. El canalón que veía justo debajo estaba a punto de desbordarse.

Seth estaba en un rincón, pintando sentado en un taburete. Lena había estado preparándole varios lienzos para pintar siguiendo la numeración; los había esbozado con veloz pericia, adaptando cada imagen a las especificaciones que le daba Seth. El proyecto en el que estaba trabajando en esos momentos era un dragón en plena lucha contra un caballero montado a lomos de un corcel, en mitad de un páramo envuelto en neblinas. Lena había dibujado las imágenes con un grado considerable de detalle, y había incluido sutilezas de luz y sombra, de tal modo que el producto terminado parecía de lo más conseguido. Había enseñado a Seth a mezclar los colores y le había preparado muestras para que supiera qué tonalidad correspondía a cada número. Para el cuadro que estaba pintando en esos momentos, Lena había incorporado más de noventa tonos diferentes.

Kendra casi nunca había visto a Seth demostrar tanta diligencia como la que estaba poniendo en aquellos cuadros. Al cabo de unas pocas lecciones someras sobre cómo aplicar la pintura y cuestiones como para qué servía cada pincel y cada instrumento, Seth había terminado ya un gran lienzo de unos piratas saqueando una población y otro más pequeño de un encantador de serpientes apartándose de una cobra con malas intenciones. Dos cuadros impresionantes en tres días. ¡Estaba enganchado! Y el último proyecto lo tenía casi terminado.

Kendra cruzó la habitación en dirección a la estantería y recorrió con una mano el lomo de los volúmenes. Había buscado por toda la habitación, a conciencia, pero aún no había encontrado la última cerradura, y menos aún un pasadizo secreto al otro lado del desván. Seth podía ser un plasta, pero ahora que estaba absorto en sus pinturas, Kendra empezaba a echarle de menos.

A lo mejor Lena podía dibujarle un cuadro a ella también. Kendra había declinado su ofrecimiento inicial, pues le había parecido infantil, algo así como colorear un dibujo. Pero el resultado final parecía mucho menos infantil de lo que Kendra había previsto.

Abrió la puerta y bajó las escaleras. La casa estaba a oscuras y en silencio, y la lluvia se oía cada vez más lejana conforme se distanciaba del desván. Cruzó el pasillo y bajó las escaleras hasta la planta baja.

La casa parecía demasiado en silencio. Todas las luces estaban apagadas, pese a la penumbra reinante.

—¿Lena?

No hubo respuesta

Kendra cruzó el salón, el comedor y entró en la cocina. Ni rastro del ama de llaves. ¿Se había marchado?

Kendra abrió la puerta del sótano y se asomó a mirar en la oscuridad del fondo de los escalones. La escalera era de piedra, como si condujese a una mazmorra.

—¿Lena? —la llamó con voz vacilante. La mujer no podía estar allá abajo, sin ninguna luz.

Kendra volvió a cruzar el pasillo y abrió la puerta del estudio. Como aún no había entrado en esta habitación en concreto, lo primero que le llamó la atención fue la enorme mesa de despacho, abarrotada de libros y papeles. Arriba, en la pared, lucía una cabeza descomunal de un jabalí peludo con dos grandes colmillos puntiagudos. En un estante había apoyada una colección de grotescas máscaras de madera. Otra estaba repleta de trofeos de golf. Varias placas decoraban las paredes forradas de madera, junto con una colección enmarcada de medallas y cintas militares. Había una fotografía en blanco y negro de un abuelo Sorenson mucho más joven; en ella, el hombre mostraba con orgullo un pez espada enorme. Sobre la mesa, dentro de una bola de cristal con la base plana, había una espeluznante réplica de un cráneo humano no más grande que su pulgar. Kendra cerró sigilosamente la puerta del estudio.

Buscó en el garaje, en la sala y en el cuarto de estar. Tal vez Lena había salido corriendo a la bodega.

Kendra salió al porche trasero, protegido de la lluvia gracias al alero del tejado. Le encantaba el aroma fresco y húmedo de la lluvia. Seguía cayendo con fuerza, encharcando todo el jardín. ¿Dónde se escondían las mariposas de semejante chubasco?

Entonces vio a Lena. El ama de llaves estaba arrodillada al lado de un arbusto cubierto de grandes rosas azules y blancas, calada hasta los huesos, aparentemente arrancando malas hierbas. Tenía el cabello blanco pegado a la cabeza y el vestido de trabajo empapado.

—¿Lena?

El ama de llaves levantó la vista, sonrió y la saludó con la mano.

Kendra cogió un paraguas del armario del vestíbulo y se reunió con Lena en el jardín.

—Estás como una sopa —dijo Kendra.

Lena arrancó de raíz una mala hierba.

—Es una lluvia cálida. Me encanta estar fuera con este tiempo. —Metió la hierba en una bolsa de basura llena a más no poder.

—Te vas a resfriar.

—No suelo caer enferma. —Hizo una pausa para levantar la vista a las nubes—. No durará mucho más.

Kendra echó el paraguas hacia atrás y miró a las alturas. Cielos plomizos en todas direcciones.

—¿Tú crees?

—Espera y verás. La lluvia cesará dentro de menos de una hora.

—Tienes las rodillas cubiertas de barro.

—Crees que he perdido la chaveta. —La diminuta mujer se puso en pie y abrió los brazos en cruz, al tiempo que echaba la cabeza hacia atrás—. ¿Tú nunca miras la lluvia caer sobre ti, Kendra? Es como si el cielo estuviese desmoronándose.

Kendra volvió a echarse el paraguas hacia atrás. Millones de gotas de lluvia cayeron hacia ella a toda velocidad, unas salpicándole en la cara y obligándola a guiñar los ojos.

—O como si te elevaras hacia las nubes —dijo ella.

—Supongo que debería llevarte a la casa antes de que me sea imposible seguir con mis estrambóticos hábitos.

—No, no quería molestarte. —De nuevo al amparo del paraguas, Kendra se enjugó las gotitas de la frente—. Supongo que no querrás el paraguas.

—Perdería la gracia. Entraré enseguida.

Kendra volvió a la casa. Desde una ventana miró furtivamente a Lena. Era algo tan peculiar que no podía resistir la tentación de espiarla. A ratos, Lena trabajaba. Y a ratos, olía una flor o acariciaba sus pétalos. Y la lluvia seguía cayendo.

Kendra estaba sentada en su cama, leyendo poemas de Shel Silverstein, cuando de repente la habitación se llenó de luz. Había salido el sol.

Lena había acertado respecto de la lluvia. Había cesado unos cuarenta minutos después de su predicción. El ama de llaves había entrado en la casa, se había quitado la ropa mojada y había preparado unos bocadillos.

El cuadro del caballero atacando al dragón, al otro lado del cuarto, estaba terminado. Seth había salido al jardín hacía una hora y Kendra no tenía muchas ganas de nada.

Justo cuando Kendra fijaba su atención en el último poema, Seth irrumpió en la habitación, respirando con fuerza. Llevaba sólo los calcetines en los pies, y tenía la ropa toda manchada de barro.

—Tienes que venir a ver lo que he encontrado en el bosque.

—¿Otra bruja?

—No. Mucho más chulo.

—¿Un campamento de vagabundos?

—No te lo pienso decir; tienes que venir a verlo.

—¿Implica la presencia de ermitaños o lunáticos?

—No hay nadie —respondió él.

—¿A qué distancia del jardín?

—No está lejos.

—Podríamos meternos en un lío. Además, está todo embarrado.

—El abuelo tiene escondido un precioso parque dentro del bosque —soltó Seth a bocajarro.

—¿Cómo? —preguntó Kendra.

—Tienes que venir a verlo. Ponte unas galochas o lo que sea.

Kendra cerró el libro.

La luz del sol iba y venía, dependiendo del movimiento de las nubes. Una suave brisa despeinaba el follaje. El bosque olía a mantillo. Kendra tropezó con un leño mojado y putrefacto y lanzó un grito al ver una reluciente rana blanca.

Seth se dio la vuelta.

—Alucinante.

—Dirás mejor «asqueroso».

—Nunca había visto una rana blanca —comentó Seth. Trató de cogerla, pero la rana dio un salto enorme al ver que se le acercaba.

—¡Madre mía! ¡Ese bicho ha volado!

Rebuscó entre la maleza donde había aterrizado la rana, pero no encontró nada.

—Date prisa —dijo Kendra, mirando hacia atrás el sendero por el que habían venido. La casa ya no estaba a la vista y no podía quitarse de encima la sensación de náusea y nervios que notaba en el estómago.

A diferencia de su hermano, Kendra no era una vulneradora natural de las normas. Formaba parte de todas las clases avanzadas del colegio, sacaba notas casi perfectas, tenía siempre la habitación recogida y siempre practicaba al piano antes de sus clases particulares. Por el contrario, Seth no sacaba nunca más que una birria de notas, se saltaba los deberes día sí y día también y se ganaba castigos frecuentes que consistían en no salir al patio. Por supuesto, él era el que tenía todos los amigos, así que tal vez había cierto método en su chaladura.

—¿A qué viene tanta prisa? —Volvió a ponerse a la cabeza y fue abriendo un caminito entre la maleza.

—Cuanto más tiempo estemos fuera, más probabilidades habrá de que alguien se dé cuenta de que no estamos en casa.

—No queda mucho. ¿Ves ese seto?

No era un seto exactamente. Más bien una especie de alta barrera de arbustos asilvestrados.

—¿A eso lo llamas tú un seto?

—El parque está al otro lado.

El muro de arbustos se extendía en ambas direcciones hasta donde le alcanzaba la vista a Kendra.

—¿Cómo lo sorteamos?

—Hay que cruzarlo. Ya verás.

Llegaron hasta los arbustos. Seth dobló a la izquierda y fue mirando detenidamente la frondosa barricada conforme avanzaba, agachándose de vez en cuando para comprobar su estado desde más cerca. La maraña de arbustos medía entre tres y casi cuatro metros de alto, y parecía de lo más tupida.

—Vale, me parece que aquí es por donde crucé antes. —En la base de donde se superponían dos arbustos había un hueco profundo. Seth se puso a cuatro patas y fue abriéndose paso por él.

—Se te van a pegar doscientas mil garrapatas —le anunció Kendra.

—Se han escondido todas de la lluvia —respondió él con total confianza.

Kendra se agachó y le siguió.

—Me parece que no es el mismo sitio por donde crucé la otra vez —reconoció Seth—. Está un poco más apretado. Pero debería valer igual. —Ahora iba reptando sobre el vientre.

—Más vale que sí.

Kendra apoyó los codos en el suelo y se retorció de angustia con los ojos apretados. El suelo empapado estaba frío y, al zarandear el arbusto, le cayeron encima un montón de gotitas. Seth alcanzó el otro lado y se incorporó. Ella salió también reptando; al ponerse en pie, los ojos se le abrieron como platos.

Ante ella, a unos doscientos metros de distancia, había un estanque de aguas cristalinas con un verde islote en el centro. Una serie de elaborados cenadores circundaban el estanque, conectados entre sí mediante una pasarela de tablones blanqueados. A lo largo de las celosías del bellísimo paseo se enroscaban enredaderas floridas. En el agua se deslizaban elegantes cisnes. Mariposas y colibríes tremolaban y cruzaban a toda velocidad entre las flores. Al otro lado del estanque unos pavos reales se paseaban y se acicalaban con el pico.

—¿Qué narices…? —dijo Kendra, conteniendo el aliento.

—Vamos.

Seth echó a andar por aquella exuberante pradera de césped perfectamente cortada, en dirección al cenador más cercano. Kendra echó un vistazo hacia atrás y entendió por qué Seth había llamado «seto» a aquella enmarañada barrera de arbustos. De este lado estaban perfectamente recortados. El seto estaba en sintonía con el resto del lugar, con su entrada en forma de arco a un lado.

—¿Por qué no hemos pasado por esa entrada? —preguntó Kendra, corriendo detrás de su hermano.

—Un atajo. —Seth se detuvo en los escalones blancos que subían al cenador para coger una fruta de un espaldar—. Prueba una de éstas.

—Deberías lavarla antes —dijo Kendra.

—Si acaba de llover… —Dio un mordisco—. Está buenísima.

Kendra probó una. Era la nectarina más dulce que había probado en su vida.

—Deliciosa.

Subieron los dos juntos los escalones de aquel extravagante pabellón. La barandilla de madera era completamente lisa. Pese a estar expuesta a los elementos, toda la carpintería parecía encontrarse en un estado inmejorable: no presentaba ni desconchones ni grietas ni astillas.

El cenador estaba provisto de canapés tipo confidente y de sillas, todo ello de mimbre blanco. Aquí y allá, las omnipresentes enredaderas habían sido moldeadas en forma de coronas vivientes y otros imaginativos diseños. Un loro de brillante plumaje los observaba desde una alta percha.

—¡Mira ese loro! —exclamó Kendra.

—La otra vez vi unos monos —dijo Seth—. Unos monitos de brazos largos. Pasaban balanceándose por todas partes. Y había una cabra. Salió corriendo en cuanto me vio.

Seth echó a andar por uno de los paseos elevados, haciendo ruido con las pisadas sobre la madera. Kendra le siguió a paso más lento, absorbiendo todo lo que veían sus ojos. Parecía el decorado de una ceremonia nupcial de cuento de hadas. Contó doce cenadores, cada uno diferente de los demás. Uno tenía un pequeño embarcadero blanco que se metía en el estanque. El pequeño pantalán daba a una cabañita flotante que no podía ser sino un cobertizo para barcas.

Kendra caminó en pos de Seth, cuyo ruido al andar estaba haciendo que los cisnes salieran nadando hacia el otro extremo del estanque, dejando al alejarse estelas en forma de uve. El sol se abrió paso entre las nubes y resplandeció en el agua.

¿Por qué el abuelo Sorenson mantendría en secreto un lugar como éste? ¡Era una maravilla! ¿Por qué tomarse la molestia de cuidarlo si no era para disfrutarlo? Allí podían caber cientos de personas, y aún sobraría sitio.

Kendra se dirigió al cenador del embarcadero y descubrió que el cobertizo estaba cerrado con llave. No era grande; calculó que albergaría unas cuantas canoas o botes de remos. A lo mejor el abuelo Sorenson les daba permiso para salir en bote por el estanque. ¡No, no debía decirle siquiera que sabía de la existencia de aquel paraje! ¿Sería por eso por lo que les había hablado de las garrapatas y por lo que les había impuesto normas para impedir que se adentraran en el bosque? ¿Para mantener oculto este pequeño edén? ¿Podía ser tan egoísta y reservado?

Kendra terminó de dar una vuelta entera al estanque; en todo el camino no pisó sino inmaculados tablones blancos. Al otro lado del pequeño lago, Seth gritó y una pequeña bandada de cacatúas levantó el vuelo. El sol volvió a esconderse detrás de las nubes. Tenían que volver ya. La chica se dijo a sí misma que podría regresar allí más tarde.

Kendra se inquietó cuando cortó el filete que le había tocado. Estaba rosa por dentro, casi rojo en el centro. El abuelo Sorenson y Dale estaban ya masticando los suyos.

—¿Está hecho mi filete? —se arriesgó a preguntar.

—Pues claro que está hecho —respondió Dale con la boca llena.

—Está bastante rojo en el centro.

—Es la única forma de comer un filete —replicó el abuelo, al tiempo que se limpiaba la boca con una servilleta de lino—. Poco hecho. Así conserva su jugo y está más tierno. Si lo cocinas del todo, lo mismo te daría comerte una suela de zapato.

Kendra miró a Lena.

—Come, querida —la instó la mujer—. No te pondrás mala; está hecho de sobra.

—A mí me gusta —intervino Seth, masticando un trozo—. ¿Tenemos kétchup?

—¿Por qué ibas a estropear con kétchup un filete perfectamente bueno? —se lamentó Dale.

—Tú te pusiste antes en el huevo —le recordó Lena, mientras dejaba un bote de kétchup delante de Seth.

—Eso era diferente. Kétchup y cebolla con los huevos es una necesidad.

—Es vomitivo —replicó Seth, volcando el bote sobre su filete.

Kendra probó las patatas al ajillo. Estaban muy sabrosas. Reuniendo todo su valor, probó también el filete. Al estar empapado en aquella deliciosa salsa, le resultó mucho más fácil de masticar que otros filetes que había probado.

—El filete está delicioso —dijo.

—Gracias, querida —dijo Lena.

Comieron en silencio durante unos minutos. El abuelo se limpió de nuevo la boca con la servilleta y se aclaró la voz.

—¿Por qué creéis vosotros que a la gente le gusta tanto violar las normas?

Kendra sintió una punzada de culpabilidad. La pregunta no había sido dirigida a nadie en particular, y flotó en el aire, aguardando una respuesta. Como nadie contestó, el abuelo prosiguió:

—¿Es simplemente por el placer de desobedecer? ¿Por la emoción de la rebeldía?

Kendra miró a Seth. Él miraba su plato y se entretenía en pinchar las patatas.

—Kendra, ¿eran injustas las normas? ¿Estaba siendo poco razonable?

—No.

—Seth, ¿os dejé sin nada que hacer? ¿No hay una piscina? ¿Una casa en el árbol? ¿Juguetes y actividades?

—Teníamos cosas para hacer.

—Entonces, ¿por qué os habéis metido los dos en el bosque? Os advertí de que habría consecuencias.

—¿Por qué tienes ancianas extrañas escondidas en el bosque? —le soltó Seth de repente.

—¿Ancianas extrañas? —preguntó el abuelo.

—Sí, ¿qué me dices de eso?

El abuelo asintió muy pensativo.

—Tiene una vieja soga podrida. ¿No soplarías sobre la cuerda, verdad?

—No me acerqué a ella. Daba miedo.

—Acudió a mí y me preguntó si podía construirse una choza en mi finca. Me prometió que no incordiaría. No vi nada malo en ello. No deberíais molestarla.

—Seth ha encontrado tu retiro particular —añadió Kendra—. Quiso que lo viera. Me pudo la curiosidad.

—¿Qué retiro particular?

—¿El gran estanque? ¿El precioso paseo de tablones? ¿Los loros, los cisnes y los pavos reales?

El abuelo miró a Dale, sin decir nada. Dale se encogió de hombros.

—Tenía la esperanza de que nos llevases a dar un paseo en barca —dijo Kendra.

—¿Cuándo me has oído tú hablar de barcas?

Kendra puso los ojos en blanco.

—Abuelo, vi el cobertizo de los botes.

Él levantó las manos y meneó la cabeza.

Kendra dejó el tenedor en la mesa.

—¿Por qué dejarías que se echara a perder un lugar tan bonito?

—Eso es asunto mío —replicó el abuelo—. El tuyo era obedecer mis normas, por tu propia seguridad.

—No nos dan miedo las garrapatas —apuntó Seth.

El abuelo entrelazó los dedos y bajó la mirada.

—Cuando os expliqué por qué teníais que manteneros alejados del bosque, no os dije toda la verdad. —Levantó la mirada—. En mi finca doy refugio a una serie de animales peligrosos, muchos de ellos en peligro de extinción. Se trata, entre otros, de serpientes venenosas, sapos, arañas y escorpiones, además de criaturas de mayor tamaño. Lobos, primates, panteras. Utilizo sustancias químicas y otros medios de control para mantenerlos lejos del jardín, pero el bosque es un lugar extremadamente peligroso. En especial, la isla del centro del lago. Está plagada de serpientes taipán del interior, llamadas también «serpientes feroces», las más mortíferas conocidas por el hombre.

—¿Por qué no nos avisaste? —preguntó Kendra.

—Mi reserva es secreta. Dispongo de todos los permisos necesarios, pero si mis vecinos se quejasen, podrían quitármelos. No debéis decírselo a absolutamente nadie, ni a vuestros padres siquiera.

—Vimos una rana blanca —dijo Seth, conteniendo la respiración—. ¿Era venenosa?

El abuelo asintió.

—Más bien letal. En Centroamérica, los indígenas las utilizan para fabricar dardos envenenados.

—Seth intentó atraparla.

—De haberlo logrado, estaría muerto —dijo el abuelo en tono grave.

Seth tragó saliva.

—No volveré a entrar en el bosque.

—Confío en que así sea —dijo el abuelo—. De todos modos, una norma carece de valor a menos que se aplique el co-

59

rrespondiente castigo. Tendréis que quedaros en vuestro cuarto el resto del tiempo que estéis aquí.

—¿Qué? —dijo Seth—. ¡Pero tú nos mentiste! ¡Tener miedo de unas garrapatas es un motivo bastante débil para permanecer alejados del bosque! Yo sólo pensé que nos estabas tratando como a bebés.

—Deberíais haberme hecho saber vuestro disgusto —replicó el abuelo—. ¿No fui claro respecto de las normas o de las consecuencias?

—No fuiste claro respecto de las razones —contestó Seth.

—Es un derecho mío. Yo soy vuestro abuelo. Y ésta es mi propiedad.

—Y yo soy tu nieto. Deberías haberme dicho la verdad. No estás dando, precisamente, buen ejemplo.

Kendra trató de contener la risa. Seth se había puesto en plan abogado. Con sus padres siempre hacía lo posible por salir indemne de los problemas. A veces se sacaba de la manga unos alegatos bastante buenos.

—¿Qué opinas tú, Kendra? —preguntó el abuelo.

Ella no se había esperado que le pidiese su opinión. Trató de ordenar sus ideas.

—Bueno, yo coincido en que no nos dijiste toda la verdad. Si hubiera sabido que había animales peligrosos, de ningún modo habría entrado en el bosque.

—Ni yo —apuntó Seth.

—Establecí dos normas sencillas, vosotros las entendisteis y las transgredisteis. Sólo porque decidí no comunicaros todos los motivos por los que establecí las normas, ¿creéis que debéis libraros del castigo?

—Exacto —respondió Seth—. Al menos esta vez.

—No me parece justo —replicó el abuelo—. A menos que se aplique el castigo establecido, las normas pierden todo su valor.

—Pero no volveremos a hacerlo —insistió Seth—. Te lo prometemos. ¡No nos encierres dos semanas en la casa!

—A mí no me eches la culpa —dijo el abuelo—. Vosotros mismos os habéis encerrado por despreciar las normas. Kendra, ¿qué crees tú que sería lo justo?

—A lo mejor podrías aplicarnos un castigo reducido, a modo de advertencia. Y, si volvemos a pifiarla, el castigo completo.

—Un castigo reducido —musitó el abuelo—. De manera que paguéis un precio por desobedecer, pero obtengáis una oportunidad más. Eso podría valerme. ¿Seth?

—Mejor que el castigo completo.

—Asunto zanjado. Os reduciré la condena a un solo día. Mañana pasaréis todo el día confinados en el desván. Podéis bajar a comer, y podéis utilizar el cuarto de baño, pero nada más. Quebrantad alguna de mis normas otra vez, y no saldréis del desván hasta que vuestros padres vengan a buscaros. Por vuestra propia seguridad. ¿Entendido?

—Sí, señor —dijo Kendra.

Seth mostró su conformidad asintiendo en silencio.

5

Diario de secretos

—¿*T*e habías dado cuenta de que en la tripa del unicornio hay una cerradura? —preguntó Seth. Estaba tumbado en el suelo con las manos entrelazadas en la nuca, al lado del precioso caballo balancín.

Kendra alzó la vista del dibujo que estaba haciendo. Para sobrellevar mejor el encarcelamiento, le había pedido a Lena que le preparase un lienzo con la técnica de colorear por números. Kendra quería pintar los pabellones que rodeaban el estanque, y Lena le había dibujado en un periquete un paisaje con asombrosa precisión, como si conociera el lugar de memoria. Seth declinó el ofrecimiento del ama de llaves de prepararle otro lienzo.

—¿Una cerradura?

—¿No estabas buscando cerraduras?

Kendra se levantó del taburete y se acuclilló al lado de su hermano. Como le había anunciado, en la parte inferior del unicornio había una diminuta cerradura. Ella extrajo las llaves del cajón de la mesilla de noche. La tercera llave que le había entregado el abuelo Sorenson la abrió. Se trataba de una pequeña trampilla. Al abrirla, cayeron varios bombones en forma de rosa, envueltos en papel dorado, idénticos a los que había encontrado en el armarito de miniatura.

—¿Qué son? —preguntó Seth.

—Jaboncitos —respondió Kendra.

Kendra metió la mano por la trampilla y palpó el interior del hueco caballito balancín. Encontró unos cuantos bombones más con forma de capullo de rosa, y una llavecilla dorada similar a la que había encontrado en el armario. ¡La segunda llave del diario!

—Parecen caramelos —dijo Seth, que le arrebató uno de los diez bombones.

—Tómate uno. Están perfumados. Olerás genial.

Él lo desenvolvió.

—Curioso color para un jabón. Huele mucho a chocolate. —Se lo metió entero en la boca. Las cejas se le enarcaron al instante—. ¡Ostras, qué bueno está!

—Dado que tú has encontrado la cerradura, ¿qué te parece si nos los repartimos a partes iguales? —Estaba un poco preocupada de que, de lo contrario, se los comiera todos.

—Me parece justo —dijo él, y cogió cuatro más.

Kendra metió sus cinco bombones en el cajón de la mesilla de noche y sacó el libro cerrado con llave. Tal como esperaba, la segunda llave dorada abrió otro de los cierres. ¿Dónde podía estar la tercera?

De pronto, se dio una palmada en la frente. Las dos primeras habían estado escondidas dentro de objetos que las otras llaves habían abierto. ¡La que faltaba tenía que estar dentro del joyero!

Abrió el joyero y se puso a rebuscar en los compartimentos llenos de destellantes colgantes, broches y sortijas. Como no podía ser de otro modo, disimulada en una pulsera de dijes, Kendra encontró una llavecilla dorada similar a las otras dos.

Ilusionada, cruzó la habitación e insertó la llave en el último de los cierres del *Diario de secretos*. La llave liberó el último cierre y Kendra abrió el libro. La primera página estaba en blanco. La segunda también. Hojeó rápidamente todo el libro con el pulgar. ¿Estaría el abuelo Sorenson queriendo animarla a que escribiese un diario?

Pero todo el jueguecito de las llaves había sido de lo más artero. A lo mejor también había en eso gato encerrado. Algún mensaje oculto. Escrito en tinta invisible, o algo así. ¿Cómo funcionaba la tinta invisible? ¿Había que rociarla con jugo de limón y acercar el papel a una luz? Algo por el estilo. Y había otro truco: frotabas suavemente con un lápiz y aparecía el mensaje. O quizás se trataba de otro método, aún más rebuscado.

Kendra revisó el diario más cuidadosamente, en busca de alguna pista. Fue poniendo varias de las páginas contra la ventana, para ver si la luz delataba alguna filigrana oculta u otra prueba misteriosa.

—¿Qué haces? —preguntó Seth.

Sólo le quedaba un capullo de chocolate. Kendra tendría que esconder sus bombones en algún lugar más seguro que el cajón de la mesilla de noche.

Sostuvo una última página contra la ventana. La luz no desveló nada.

—Estoy ensayando para las pruebas de acceso al manicomio.

—Apuesto a que quedas la primera —bromeó él.

—Salvo si te ven a ti la cara —repuso ella.

Seth pasó por delante de su hermana y fue a coger un puñado de grano para *Ricitos de Oro*.

—Ha puesto otro huevo. —Abrió la jaula para sacarlo y le acarició el suave plumaje.

Kendra se dejó caer en la cama y se dedicó a hojear las últimas páginas. De repente se detuvo. En una de las páginas del final había algo escrito. No estaba realmente escondido, sino sólo puesto en un lugar insospechado. Eran tres palabras, escritas cerca de la tapa del libro, en la parte inferior de una hoja por lo demás vacía: «Bebe la leche».

Kendra plegó la esquina de la página y hojeó las restantes. A continuación, echó un vistazo rápido al resto de las páginas desde el principio para asegurarse de que no se le había escapado ningún otro mensaje parecido: «Bebe la leche».

A lo mejor si empapaba la página en leche conseguía que apareciesen más palabras. Podía meter una en los moldes llenos de leche que Dale dejaba fuera.

¡O ésa podría ser la leche a la que hacía referencia el mensaje! La estaban retando a beber leche de vaca sin procesar. ¿Qué propósito tendría? ¿Provocarle diarrea? Dale había hecho especial hincapié cuando la había avisado de que no debía beber esa leche. Claro que su manera de decirlo había sido algo peculiar… Podría estar ocultando algo.

«Bebe la leche.»

¿Se había tomado tantas molestias para encontrar las cerraduras correspondientes a las llaves que le había dado el abuelo Sorenson, para descubrir otras tantas llaves que a su vez abrían un diario cerrado, todo para obtener aquel extraño mensaje? ¿No estaría escapándosele algo? ¿O sacando las cosas de quicio? Tal vez la caza de llaves había estado pensada únicamente como un medio para hacerle pasar el tiempo.

—¿Crees que mamá y papá nos dejarían tener una gallina de mascota? —preguntó Seth, con la gallina en brazos.

—Seguramente justo después de que nos dejen tener un búfalo de mascota.

—¿Por qué nunca coges a *Ricitos de Oro*? Es muy buena, de verdad.

—Coger entre mis brazos a una gallina viva me parece algo repugnante.

—Pues mejor que coger a una muerta.

—Con acariciarla me conformo.

—Tú te lo pierdes. —Seth sostuvo la gallina pegada a su cara—. ¿A que eres una gallina buena, *Ricitos de Oro*?

La gallina cloqueó en voz baja.

—Te va a sacar los ojos —le advirtió Kendra.

—Para nada, está domesticada.

Echándose en la boca uno de los bombones con forma de capullo de rosa, Kendra guardó de nuevo el *Diario de secretos* en el cajón de la mesilla de noche y volvió a centrarse en el dibujo. Arrugó el entrecejo. Entre los cenadores, el estanque y los cisnes, el cuadro requería más de treinta tonalidades diferentes de blanco, gris y plata. Empleando las bases de muestra que Lena le había dado, se puso a preparar el siguiente color.

Al día siguiente lucía un sol esplendoroso. No había ni rastro de que hubiese llovido antes ni indicios de que fuese a llover en el futuro. Los colibríes, las mariposas y los abejorros

65

habían regresado al jardín. Lena, bajo un enorme sombrero para el sol, se ocupaba de las plantas al fondo de la pradera.

Kendra estaba sentada a la sombra en el porche trasero. Al haber dejado de ser una cautiva en el desván, le parecía que era más capaz que antes de disfrutar del buen tiempo. Se preguntó si la variedad de mariposas que estaba viendo en el jardín formaba parte de las especies que el abuelo Sorenson había importado. ¿Cómo se puede impedir que una mariposa se marche de una finca? ¿Tal vez con aquella leche?

Mató el rato con un juego que había encontrado en una estantería del desván: un tablero triangular dotado de quince orificios y catorce palitos. El objetivo consistía en saltar palitos, como en el juego de las damas, hasta que sólo te quedara uno, lo cual parecía fácil, en principio. El problema radicaba en que al ir saltando, algunos palitos se quedaban aparte y no podían ni saltar ni ser saltados. El número de palitos que dejabas repartidos por el tablero indicaba tu puntuación.

Hasta el momento su mejor intento se había saldado con tres puntos, puntuación que el folleto de instrucciones calificaba de típica. Dejar dos era bueno. Y uno, óptimo. Cinco o más te encasillaban en la categoría de inútil.

Mientras recolocaba los palitos para un nuevo intento, Kendra vio lo que había estado esperando. Dale pasaba por el borde del jardín con un molde de tarta en las manos. Kendra dejó el juego de los palitos en la mesa y se apresuró a interceptarle el paso.

Al verla venir hacia él, Dale pareció incomodarse ligeramente.

—No puedo dejar que Lena te vea hablando conmigo así —murmuró en tono grave—. Se supone que saco la leche sin que nadie se entere.

—Creí que nadie sabía que sacabas la leche.

—Así es. Mira, tu abuelo no lo sabe, pero Lena sí. Procuramos mantenerlo en secreto.

—Tengo curiosidad por saber cómo sabe la leche.

Él se puso nervioso.

—¿No oíste lo que te dije la otra vez? Podrías pillar... herpes, sarna, escorbuto.

—¿Escorbuto?

—Esta leche es un caldo de cultivo para las bacterias. Por eso les gusta tanto a los insectos.

—Tengo amigos que han probado la leche directamente ordeñada de la vaca. Y han sobrevivido.

—Seguro que eran vacas sanas —repuso Dale—. Estas vacas son…, da igual. La cosa es que no se trata de una leche cualquiera. Está muy contaminada. Yo me lavo las manos a conciencia después de tocarla.

—Entonces, crees que no debería probarla.

—No, a menos que aspires a morir pronto.

—¿Me llevarías, aunque sólo sea, al granero para que vea las vacas?

—¿Para ver las vacas? ¡Eso sería quebrantar las normas de tu abuelo!

—Creí que se trataba de que podríamos hacernos daño —repuso Kendra—. Si vienes conmigo, no me pasará nada.

—Las normas de tu abuelo son las normas de tu abuelo. Tiene sus motivos. Y yo no pienso violarlas. Ni tampoco hacer excepciones.

—¿No? A lo mejor si me dejas ver las vacas, guardaré vuestro secreto sobre la leche.

—Oye, eso es chantaje. No voy a tolerar que nadie me chantajee.

—Me pregunto lo que dirá el abuelo cuando se lo cuente esta noche en la cena.

—Seguramente dirá que debes meterte en tus asuntos. Y ahora, con tu permiso, tengo cosas que hacer.

Kendra le siguió con la mirada mientras él se alejaba con el recipiente de leche. Sin lugar a dudas, Dale se había comportado a la defensiva y de un modo extraño. Definitivamente, esa leche escondía algún misterio. Pero después de todo aquello sobre las bacterias, se le quitaron las ganas de probarla. Necesitaba un conejillo de indias.

Seth intentó dar un salto mortal, pero cayó al agua golpeándose la espalda de lleno. Nunca le salía la voltereta entera. Asomó a la superficie y nadó hasta el borde para intentarlo de nuevo.

—Bonito planchazo de espalda —comentó Kendra, de pie cerca del borde—. Un corte para las tomas falsas.

Seth escaló el bordillo.

—Me gustaría ver cómo lo mejoras. ¿Dónde has estado?

—He descubierto un secreto.

—¿Cuál?

—No puedo explicártelo. Pero puedo mostrártelo.

—¿Tan bueno como el lago?

—No tanto. Date prisa.

Seth se echó una toalla por encima de los hombros y se calzó las sandalias. Desde la piscina, Kendra lo guio por el jardín en dirección a unos arbustos floridos que había al final. Detrás de las plantas había un molde grande de tarta lleno de leche, del que estaban bebiendo un montón de colibríes.

—¿Beben leche? —preguntó Seth.

—Sí, pero ésa no es la cuestión. Pruébala.

—¿Por qué?

—Ya lo verás.

—¿Tú la has probado?

—Sí.

—¿Cuál es el misterio?

—Ya te lo he dicho: tú pruébala y verás.

Kendra observó con curiosidad mientras él se arrodillaba junto al recipiente. Los colibríes se dispersaron. Seth metió un dedo en la leche y se lo llevó a la lengua.

—Muy buena. Dulce.

—¿Dulce?

Él agachó la cabeza y arrugó los labios para acercarlos a la superficie de la leche. Se retiró y se limpió la boca.

—Sí, dulce y cremosa. Pero algo tibia. —Entonces, al mirar más allá de Kendra, los ojos se le saltaron de las órbitas. Se puso en pie de un salto, gritando y señalando con el dedo—. ¿Qué demonios son esas cosas?

Kendra se dio la vuelta. Lo único que vio fueron una mariposa y un par de colibríes. Volvió a mirar en dirección a Seth. Se había puesto a correr en círculos, mirando como loco a todas partes, aparentemente perplejo y asombrado.

—Están por todas partes —dijo, alucinado.

—¿Qué?

—Mira a tu alrededor. Mira las hadas.

Kendra se quedó mirando a su hermano. ¿Era posible que la leche le hubiese frito los sesos por completo? ¿O estaba tomándole el pelo? No parecía estar fingiendo. Estaba al otro lado de un rosal, contemplando maravillado una mariposa. Alargó el brazo con cautela para tocarla, pero la criatura aleteó y se alejó de su alcance.

Se volvió hacia Kendra.

—¿Ha sido la leche? ¡Esto mola mucho más que el lago! —Su entusiasmo parecía auténtico.

Kendra observó detenidamente el recipiente de leche. «Bebe la leche.» Si Seth estaba haciéndose el gracioso, sus dotes interpretativas se habían multiplicado por diez. Kendra se mojó un dedo y se lo llevó a la boca. Seth tenía razón. Estaba dulce y tibia. Por un instante, el sol brilló en sus ojos y la obligó a guiñarlos.

Miró de nuevo a su hermano, que estaba acercándose sigilosamente a un grupúsculo de hadas suspendidas en el aire. Tres de ellas tenían las alas como las de las mariposas, y otra como las de las libélulas. Kendra no pudo reprimir un grito ante aquella visión imposible.

Volvió a dirigir la vista hacia la leche. Un hada con alas de colibrí bebía con una mano. Aparte de las alas, el hada era como una mujer esbelta de no más de cinco centímetros de alto. Llevaba un rutilante viso color turquesa y tenía el pelo largo y negro. Cuando Kendra se inclinó para verla de cerca, el hada salió volando.

Era imposible que estuviese realmente viendo aquello, ¿o no? Tenía que haber una explicación. Sin embargo, había hadas por doquier, cerca, lejos, resplandecientes con sus vívidos colores. ¿Cómo podía negar lo que tenía delante de los ojos?

Conforme paseaba la mirada por todo el jardín, la incredulidad y el sobresalto dejaron su lugar a la maravilla. Hadas de todas las clases imaginables revoloteaban de acá para allá, explorando flores, dejándose llevar por la brisa y esquivando acrobáticamente a su hermano.

69

BRANDON MULL

Deambulando por los senderos del jardín, presa del asombro, Kendra se fijó en que en aquellas hadas parecían estar representadas todas las nacionalidades. Las había con rasgos asiáticos, indios, africanos, europeos. Muchas de ellas no podían compararse del todo con mujeres de carne y hueso, pues presentaban una tez azul o cabellos color verde esmeralda. Unas cuantas lucían antenas. Las alas eran de todos los tipos, la mayoría estampadas como las de las mariposas, pero de forma mucho más estilizada y de colores radiantes. Todas las hadas resplandecían con fulgor, desluciendo el brillo de las flores del jardín igual que el sol gana en resplandor a la luna.

Kendra dobló un recodo de uno de los senderos y de pronto se detuvo en seco. Ahí estaba el abuelo Sorenson, con su camisa de franela y sus botas de faena, cruzando los brazos por encima del pecho.

—Tenemos que hablar —dijo.

70 El reloj de pie dio la hora con tres toques de campanillas a continuación del melodioso preámbulo. Sentada en una silla de piel con respaldo alto, en el estudio del abuelo Sorenson, Kendra se preguntó si los relojes de pie, que en inglés reciben el nombre de *grandfather clocks* (relojes abuelos), debían su nombre a que sólo los tenían los abuelos.

Lanzó una mirada a Seth, que se encontraba sentado en una silla idéntica y que parecía inmensa para él. Eran sillas para adultos.

¿Por qué el abuelo Sorenson había salido de la habitación? ¿Estaban en un aprieto? Al fin y al cabo, él le había dado las llaves que acabaron llevándoles a ella y a su cobaya a probar la leche.

Con todo, no podía dejar de preocuparse por haber descubierto algo que se suponía que debía mantenerse oculto. No sólo las hadas eran de verdad, sino que además el abuelo Sorenson las tenía a centenares en su jardín.

—¿Eso es un cráneo de hada? —preguntó Seth, que señaló la bola de cristal de base plana que había sobre la mesa del abuelo y que contenía aquel cráneo del tamaño de un pulgar.

—Probablemente sí —respondió Kendra.

—¿Estamos acabados?

—Esperemos que no. No había ninguna norma que nos impidiera beber leche.

La puerta del estudio se abrió silenciosamente. El abuelo entró, seguido de Lena, que llevaba tres tazas en una bandeja. Lena ofreció una a Kendra, luego otra a Seth y finalmente al abuelo. La taza contenía chocolate caliente. Lena salió del estudio, mientras el abuelo tomaba asiento detrás de su escritorio.

—Estoy impresionado por lo rápido que habéis resuelto el enigma —dijo, y dio un sorbito de su taza.

—Entonces, ¿querías que bebiésemos la leche? —repuso Kendra.

—Siempre y cuando fueseis la clase adecuada de personas. Francamente, no os conozco tanto. Yo esperaba que la clase de persona que se tomara la molestia de resolver mi pequeño enigma fuera la clase de persona que podría asimilar la idea de una reserva llena de criaturas mágicas. Fablehaven sería demasiado difícil de creer para la mayoría de la gente.

—¿Fablehaven? —repitió Seth.

—Es el nombre que los fundadores de esta reserva le pusieron hace cientos de años. Un refugio para criaturas místicas, una administración transferida de cuidador en cuidador a lo largo de años.

Kendra probó el chocolate caliente. ¡Era excelente! El sabor le trajo a la mente los bombones con forma de capullo de rosa.

—Además de hadas, ¿qué más tienes? —preguntó Seth.

—Muchos seres, enormes y pequeños. Lo que constituye la verdadera razón de por qué el bosque es territorio vedado. Hay criaturas ahí fuera mucho más peligrosas que las serpientes venenosas o los simios salvajes. Sólo ciertos órdenes de ejemplares de vida mágica tienen permiso, en general, para estar en el jardín. Las hadas, los elfos y demás. —El abuelo dio otro sorbo de su taza—. ¿Os gusta el chocolate caliente?

—Es delicioso —contestó Kendra.

—Está hecho con la misma leche que habéis probado hoy

en el jardín. La misma que toman las hadas. Prácticamente, es el único alimento que comen. Cuando la bebe un mortal, los ojos se le abren para ver un mundo no visto. Pero el efecto desaparece al cabo de un día. Lena os preparará una taza cada mañana para que podáis dejar de birlársela a las hadas.

—¿De dónde sale? —preguntó Kendra.

—La hacemos de manera especial en el granero. Allí dentro tenemos también algunas criaturas peligrosas, por lo que sigue siendo territorio prohibido.

—¿Por qué todo es territorio prohibido? —dijo Seth, a modo de queja—. Nos hemos adentrado cuatro veces en el bosque y siempre hemos salido bien.

—¿Cuatro veces? —preguntó el abuelo.

—Siempre antes del aviso —puntualizó Seth a toda prisa.

—Bueno, sí, aún no teníais abiertos los ojos para ver lo que realmente teníais alrededor. Y tuvisteis suerte. Aun no pudiendo ver las criaturas encantadas que pueblan el bosque, hay muchos parajes en los que podríais haberos aventurado y de los que no habríais salido. Por supuesto, ahora que podéis verlas, las criaturas que hay allí pueden interactuar con vosotros mucho más fácilmente, así que el peligro es mucho mayor.

—No te ofendas, abuelo, pero ¿ésa es toda la verdad? —preguntó Kendra—. Nos has contado ya un montón de versiones diferentes sobre por qué el bosque es territorio vedado.

—Ya habéis visto a las hadas —replicó él.

Kendra se inclinó hacia delante.

—Puede que la leche nos haya provocado alucinaciones. Puede que fueran hologramas. Puede que tú estés contándonos todo el rato las cosas que tú piensas que nos vamos a creer.

—Entiendo tu preocupación —respondió el abuelo—. Quería protegeros de la verdad sobre Fablehaven, a no ser que vosotros mismos la descubrieseis. No es precisamente el tipo de información que me apetecía soltaros nada más llegar. Ésta es la verdad. Lo que os estoy diciendo ahora es la verdad. Tendréis numerosas oportunidades de confirmar mis palabras.

—Entonces, los animales que vimos en el estanque son en

realidad otras criaturas, igual que las mariposas son hadas —aclaró Kendra.

—Exactamente. El estanque puede ser un lugar peligroso. Volved allí ahora, y encontraréis simpáticas náyades que os llamarán para que os acerquéis a la orilla y para tiraros al agua y que os ahoguéis.

—¡Qué crueles! —exclamó Kendra.

—Depende de cómo lo mires —replicó el abuelo, que extendió las manos—. Para ellas, vuestra vida es tan ridículamente corta que mataros se considera algo absurdo y divertido. No más trágico que aplastar una polilla. Además, tienen derecho a castigar a los intrusos. La isla del centro del estanque es un santuario dedicado a la reina de las hadas. Ningún mortal tiene autorización para pisar ese lugar. Sé de un encargado de la reserva que quebrantó esa norma. Nada más poner el pie en la isla secreta, se transformó en una nube de pelusa de diente de león, ropas incluidas. La brisa lo esparció y nunca más se supo de él.

—¿Por qué quiso ir? —preguntó Kendra.

73

—La reina de las hadas está considerada por todo el mundo como la figura más poderosa de todo este mundo. El encargado estaba en serios apuros y acudió para rogarle su ayuda. Por lo visto, no la impresionó.

—O sea, que el hombre no tenía ningún respeto hacia lo que era territorio prohibido —dijo Kendra, lanzando una elocuente mirada en dirección a Seth.

—Exactamente —reconoció el abuelo.

—¿La reina de las hadas vive en esa islita? —preguntó Seth.

—No. Es sólo un santuario dedicado a ensalzarla. Este tipo de santuario abunda en toda la finca, y todos ellos pueden ser peligrosos.

—Si el estanque es peligroso, ¿por qué cuenta con un cobertizo lleno de botes? —preguntó Kendra.

—Un encargado anterior de la reserva sentía fascinación por las náyades.

—¿El diente de león? —preguntó Seth.

—Otro —respondió el abuelo—. Es una larga historia.

Preguntadle a Lena por ello alguna vez; creo que ella conoce bien la historia.

Kendra cambió de posición en aquella enorme silla.

—¿Por qué vivís en un lugar tan espeluznante?

El abuelo apoyó los brazos, cruzándolos, en el escritorio.

—Sólo da miedo si te metes en los lugares en los que no debes estar. Toda esta reserva es terreno consagrado, gobernado por leyes que las criaturas que moran aquí no pueden violar. Sólo en este suelo sagrado los mortales pueden interactuar con estos seres con cierto grado de seguridad. Siempre que los mortales se queden en su territorio, estarán protegidos por los estatutos fundacionales de la reserva.

—¿Estatutos? —preguntó Seth.

—Acuerdos. En concreto, un tratado ratificado por todos los tipos de seres del mundo de la fantasía que moran aquí, un tratado que estipula un nivel de seguridad para los cuidadores mortales. En un mundo en el que el hombre mortal se ha convertido en la fuerza dominante, la mayoría de las criaturas encantadas han huido a refugios como éste.

—¿En qué consisten esos estatutos? —preguntó Kendra.

—Los detalles concretos son complejos, con gran número de limitaciones y excepciones. En términos generales, se basan en la ley de la cosecha, la ley de la retribución. Si no molestas a las criaturas, ellas no te molestarán a ti. Es lo que te garantiza tanta protección cuando no eres capaz de verlas. Al no poder interactuar con ellas, en general, ellas se comportan del mismo modo contigo.

—Pero ahora podemos verlas —dijo Seth.

—Motivo por el cual debéis ser cautos. Las premisas fundamentales de la ley son: daño por daño, magia por magia, violencia por violencia. Ellas no iniciarán los problemas, a no ser que vosotros quebrantéis las normas. Tenéis que abrir vosotros la puerta. Si las acosáis, estaréis abriendo la puerta a que ellas os acosen a vosotros. Hacedles daño, y ellas podrán haceros daño a vosotros. Utilizad magia con ellas, y ellas usarán la magia con vosotros.

—¿Que utilicemos magia? —preguntó Seth, entusiasmado.

—Se supone que los mortales no están hechos para usar la

magia —respondió el abuelo—. Nosotros somos seres «no mágicos». Pero he aprendido unos cuantos principios prácticos que me ayudan a resolver algunas situaciones. Nada del otro mundo…

—¿Puedes convertir a Kendra en un sapo?

—No. Pero ahí fuera hay seres que sí podrían. Y yo no sería capaz de devolverla a su estado original. Por eso necesito terminar lo que estoy diciendo: violar las normas puede incluir entrar en lugares en los que no tenéis permiso. Hay unas fronteras geográficas establecidas que ciertas criaturas pueden cruzar y que otras, entre las que se cuentan los mortales, no tienen permiso para franquear. Las fronteras funcionan como una manera de contener a las criaturas más siniestras sin provocar alboroto. Si entráis allí donde no debéis estar, podríais abrir la puerta a feroces reacciones de parte de poderosos enemigos.

—O sea, que al jardín sólo pueden pasar criaturas buenas —dijo Kendra.

El abuelo adoptó un semblante muy serio.

—Ninguna de estas criaturas es buena. No del modo que nosotros entendemos por bueno. Ninguna es inofensiva. Gran parte de lo moral es propio de los mortales. Las mejores criaturas que hay aquí son, simplemente, no malvadas.

—¿Las hadas no son inofensivas? —preguntó Seth.

—No están ahí para hacer daño a nadie, pues de lo contrario no les permitiría estar en el jardín. Supongo que son capaces de actos buenos, pero normalmente no los harían por lo que nosotros consideraríamos «los motivos adecuados». Tomemos el caso de los duendes. Los duendes no arreglan las cosas para ayudar a la gente. Arreglan cosas porque se lo pasan bien arreglando cosas.

—¿Las hadas hablan? —preguntó Kendra.

—A los humanos, no mucho. Tienen un idioma propio, pero rara vez hablan entre sí, salvo para intercambiar insultos. La mayoría no se dignan nunca emplear el lenguaje de los humanos. Todo lo consideran inferior a ellas. Las hadas son unas criaturas presumidas y egoístas. Os habréis dado cuenta de que he dejado sin agua todas las fuentes y todos los bebederos

75

de pájaros del jardín. Cuando están llenos, las hadas se reúnen a contemplar su reflejo el día entero.

—¿Kendra es un hada? —preguntó Seth.

El abuelo se mordió el labio y clavó la vista en el suelo, tratando evidentemente de reprimir una carcajada.

—Un día sacamos un espejo al jardín y se agolparon a su alrededor —le explicó Kendra, haciendo caso omiso, forzadamente, tanto al comentario como a la reacción—. No entendía qué demonios estaba pasando.

El abuelo recobró la compostura.

—Exactamente el tipo de alarde que yo trataba de evitar al vaciar todos los bebederos. Las hadas son sumamente engreídas. Fuera de una reserva como ésta, no permitirían que un mortal posase siquiera los ojos en ellas. Dado que consideran que mirarse a sí misma es el colmo de los deleites, niegan ese placer a los demás. La mayoría de las ninfas tiene la misma mentalidad.

—¿Por qué aquí no les importa? —preguntó Kendra.

—Sí que les importa. Pero no pueden esconderse cuando bebéis su leche, por lo que han llegado a acostumbrarse, a su pesar, a que los mortales las veamos. Hay veces en que me tengo que reír. Las hadas fingen que no les importa lo que los mortales pensemos de ellas, pero vosotros intentad hacerle un cumplido a una: se ruborizará, y las demás se apiñarán a su alrededor esperando su turno. Cualquiera diría que les da vergüenza.

—Yo creo que son preciosas —dijo Seth.

—¡Son bellísimas! —coincidió el abuelo—. Y pueden resultar útiles. Ellas se ocupan de casi todas las labores de jardinería. Pero ¿buenas? ¿Inofensivas? No tanto…

Kendra apuró lo que le quedaba de chocolate.

—Así pues, si no nos metemos en el bosque ni entramos en el granero, y no molestamos a las hadas, ¿se portarán bien?

—Sí. Esta casa y la explanada que la rodea son los lugares más protegidos de Fablehaven. Aquí sólo pueden venir las criaturas más amables. Por supuesto, unas cuantas noches al año todas las criaturas campan por sus respetos, y precisamente dentro de poco tendrá lugar una de ellas. Pero ya os contaré más detalles cuando llegue el momento.

Seth se arrimó rápidamente a la mesa.

—Quiero que nos cuentes cosas sobre las criaturas maléficas. ¿Qué hay ahí fuera?

—Por el bien de tus posibilidades de conciliar el sueño por las noches, voy a callarme esa información.

—Yo vi a esa extraña vieja. En realidad, ¿era otra cosa?

El abuelo agarró con fuerza el borde del escritorio.

—Aquel encuentro es un aterrador ejemplo de por qué el bosque es un lugar prohibido. Podría haber resultado desastroso. Te arriesgarte a entrar en una zona muy peligrosa.

—¿Es una bruja? —preguntó Seth.

—Lo es. Se llama Muriel Taggert.

—¿Cómo es posible que pudiera verla?

—Las brujas son seres mortales.

—Entonces, ¿por qué no te deshaces de ella? —le sugirió Seth.

—La choza no es su casa. Es su prisión. Ella encarna los motivos por los que explorar el bosque es una insensatez. Hace más de ciento sesenta años su marido fue el encargado de la reserva. Ella era una mujer inteligente y encantadora. Pero se hizo asidua visitante de algunos de los rincones más oscuros del bosque, donde tuvo tratos con criaturas sucias y desagradables. Ellas le enseñaron. Al cabo de poco tiempo se prendó del poder de la brujería y aquellos seres empezaron a ejercer una influencia considerable sobre ella. Se volvió inestable. Su marido trató de ayudarla, pero había ya enloquecido demasiado.

»Cuando intentó ayudar a algunos de los moradores repugnantes del bosque en un plan de traición y rebelión, su marido pidió auxilio y consiguió que la encarcelasen. Lleva cautiva en esa choza desde entonces, sujeta por los nudos de la cuerda que viste. Que su historia os sirva como otra advertencia más: no tenéis nada que hacer en ese bosque.

—Lo capto —respondió Seth, con expresión solemne.

—Ya basta de parlotear sobre normas y monstruos —dijo el abuelo, poniéndose en pie—. Tengo cosas que hacer. Y vosotros tenéis un nuevo mundo para explorar. Se acaba el día, salid a aprovecharlo al máximo. Pero permaneced en el jardín.

—¿A qué te dedicas durante todo el día? —quiso saber Kendra, saliendo ya del estudio al lado del abuelo.

—Oh, tengo muchas tareas que atender para mantener todo esto en orden. Fablehaven alberga gran cantidad de extraordinarias maravillas y deleites, pero exige mucho mantenimiento. A lo mejor podríais acompañarme parte del tiempo, ahora que ya conocéis la verdadera naturaleza del lugar. Son trabajos mundanos en su mayor parte. Creo que lo pasaréis mejor jugando en el jardín.

Kendra puso una mano en el brazo del abuelo.

—Yo quiero ver el máximo de cosas posible.

6

Maddox

Kendra despertó de golpe con las sábanas por encima de la cabeza como si estuviera dentro de una tienda de campaña. Se suponía que tenía que estar nerviosa por algo. Tenía la sensación de estar en la mañana de Navidad. O en un día en que no iba a tener que ir al cole para ir con toda la familia a un parque de atracciones. No: estaba en casa del abuelo Sorenson. ¡Las hadas!

Se quitó las sábanas de encima. Seth yacía con el cuerpo totalmente retorcido, el pelo alborotado, la boca abierta y las piernas enredadas en la ropa de cama. Aún dormido como un tronco. Se habían quedado levantados hasta altas horas, hablando sobre los acontecimientos del día, casi como si fueran un par de amigos, más que hermanos.

Kendra rodó sobre sí misma para levantarse de la cama y se acercó a la ventana silenciosamente. El sol asomaba por el horizonte oriental, bañando con destellos dorados las copas de los árboles. Cogió algunas prendas sin prestarles mucha atención, bajó al cuarto de baño, se quitó el camisón y se vistió para la jornada.

Abajo, la cocina estaba desierta. Kendra encontró a Lena fuera, en el porche, haciendo equilibrios en un taburete. Estaba colgando un móvil de los que hace sonar el viento. Había colgado ya unos cuantos a lo largo del porche. Una mariposa revoloteó alrededor de uno de los móviles, produciendo una sencilla y dulce melodía.

—Buenos días —dijo Lena—. Te has levantado pronto.

—Es que estoy tan ilusionada aún con todo lo de ayer…
—Kendra echó un vistazo al jardín. Las mariposas, los abejorros y los colibríes estaban ya haciendo de las suyas. El abuelo tenía razón: muchos se apiñaban alrededor de las fuentes y los bebederos ahora llenos, a admirar su reflejo.

—Otra vez un mero montón de bichos —comentó Lena.

—¿Puedo tomar un poco de chocolate caliente?

—Deja que cuelgue este último móvil —dijo, desplazando el taburete y encaramándose a él sin ningún temor. ¡Era tan mayor! ¡Si se cayese, seguramente moriría!

—Ten cuidado —le dijo Kendra.

Lena le quitó importancia con un movimiento de la mano.

—El día que sea demasiado vieja para subirme a un taburete será el día en que me tire del tejado. —Colgó el último móvil musical—. Tuvimos que quitarlos cuando llegasteis. Habría podido despertar vuestras sospechas ver a los colibríes haciéndolos sonar.

Kendra siguió a Lena al interior de la casa.

—Hace años, había una iglesia cuyas campanadas se oían desde aquí. A veces tocaban melodías con ellas —le explicó Lena—. Era muy divertido ver a las hadas imitando la música. Todavía, de vez en cuando, interpretan aquellas viejas canciones.

Lena abrió el frigorífico y extrajo una botella de leche de las antiguas. Kendra se sentó a la mesa. Lena vertió la leche en un cazo que había en el fogón y empezó a agregarle ingredientes. Kendra observó que no echaba únicamente cucharadas de cacao en polvo, sino que iba vertiendo y removiendo el contenido de gran variedad de botes.

—El abuelo dijo que te preguntáramos sobre la historia del hombre que construyó el cobertizo de las barcas —dijo Kendra.

Lena dejó de dar vueltas a la leche.

—¿Ah, sí? Supongo que yo conozco esa historia mejor que nadie. —Volvió a remover—. ¿Qué os contó?

—Dijo que el hombre estaba obsesionado con las náyades. Por cierto, ¿qué es una náyade?

—Una ninfa acuática. ¿Y qué más os dijo?

—Sólo que tú conoces la historia.

—El hombre se llamaba Patton Burgess —dijo Lena—. Se convirtió en encargado de la propiedad en 1878, tras heredar el puesto de su abuelo materno. En aquel entonces era un hombre joven, bastante apuesto, con bigote… Hay fotografías suyas arriba. El estanque era su lugar preferido de toda la finca.

—También el mío.

—Iba allí y se pasaba horas contemplando a las náyades. Ellas intentaban engatusarle para que se acercase a la orilla, como tenían por costumbre, con objeto de ahogarlo. Él se acercaba, a veces incluso fingía que iba a zambullirse en el agua, pero se quedaba siempre justo fuera de su alcance, tentándolas.

Lena probó el chocolate y le dio unas cuantas vueltas más.

—A diferencia de casi todos los visitantes, que parecían considerar a todas las náyades como criaturas intercambiables entre sí, él prestaba especial atención a una ninfa en particular, y preguntaba por ella llamándola por su nombre. Empezó a prestar poca atención a las otras náyades. Los días en que su predilecta no se dejaba ver, él se marchaba pronto.

Lena vertió la leche del cazo en un par de tazas.

—Se obsesionó con ella. Cuando construyó el cobertizo, las ninfas no entendían lo que estaba haciendo. Fabricó una barca de remos, ancha y recia, para poder salir al agua y estar más cerca del objeto de su fascinación. —Lena llevó las tazas a la mesa y se sentó—. Las náyades trataban de desestabilizar el bote cada vez que se echaba al agua, pero estaba hecha de un modo demasiado ingenioso. Sólo conseguían empujarla por todo el estanque.

Kendra dio un sorbito. Aquel chocolate a la taza era una obra maestra. Justo lo bastante tibio para poder beberlo a gusto.

—Patton decidió intentar engatusar a su náyade predilecta para que saliese del agua y fuese a charlar con él en tierra. Ella respondió instándole a reunirse con ella en el estanque, ya que abandonar el agua significaría ingresar en la mortalidad. El tira y afloja duró más de tres años. Él la rondaba con su violín y le leía poemas y le hacía promesas sobre la vida que llevarían juntos. Daba muestras de tal sinceridad y de tal perseverancia que en ocasiones ella miraba sus bondadosos ojos y flaqueaba.

Lena dio un sorbo a su chocolate.

—Un día de marzo, Patton sufrió un descuido. Se inclinó demasiado sobre la borda y, mientras conversaba con su predilecta, una náyade le cogió de la manga. Como hombre fuerte que era, resistió el tirón, pero la lucha le obligó a colocarse en un lateral de la barca y aquello desestabilizó su acostumbrado equilibrio. Un par de náyades empujaron la barca por el otro lado y la nave volcó.

—¿Murió? —Kendra estaba horrorizada.

—Habría muerto, en efecto. Las náyades obtuvieron su botín. En sus dominios, él no tenía nada que hacer. Enloquecidas por su tan anhelada victoria, se lo llevaron al fondo del estanque para añadirlo a su colección de víctimas mortales. Pero su predilecta no pudo soportar aquello. Había llegado a sentir afecto por Patton, seducida por su diligente atención, y, a diferencia de las demás, no le divertía su muerte. Se enfrentó a sus hermanas y lo devolvió a la orilla. Ése fue el día en que abandoné el estanque.

A Kendra se le escapó el chocolate de entre los labios y roció con él la mesa.

—¿Tú eres la náyade?

—Lo fui, un día.

—¿Te convertiste en mortal?

Lena recogió distraídamente con una toallita el chocolate que Kendra acababa de esparcir.

—Si pudiese retroceder en el tiempo, tomaría la misma decisión, una y otra vez. Tuvimos una vida dichosa. Patton dirigió Fablehaven durante cincuenta y un años antes de pasarle el puesto a un sobrino suyo. Después vivió doce años más… Murió a los noventa y uno. Conservó la lucidez hasta el último momento. También ayuda a ello el tener una esposa joven.

—¿Cómo es que sigues viva?

—Quedé sometida a las leyes de la mortalidad, pero han ido haciendo efecto gradualmente. Cuando estaba junto a él en el lecho de muerte, parecía quizá veinte años mayor que el día en que le saqué del agua. Me sentía culpable por parecer tan joven mientras su frágil cuerpo se apagaba. Yo quería ser vieja como él. Por supuesto, ahora que finalmente empiezo a aparentar mi edad, no me importa mucho.

Kendra bebió un poco más de su chocolate a la taza. Estaba tan cautivada que apenas lo saboreó.

—¿Qué hiciste después de que él muriese?

—Aproveché mi mortalidad. Había pagado un precio muy alto por ella, así que decidí recorrer el mundo entero para ver lo que podía ofrecer. Europa, Oriente Medio, India, Japón, Sudamérica, África, Australia, las islas del Pacífico. Viví muchas aventuras. Establecí varios récords de natación en Gran Bretaña y podría haber ganado muchos más, pero me contuve; no habría sido sensato inspirar demasiadas preguntas. Ejercí de pintora, de jefa de cocina, de *geisha*, de trapecista, de enfermera. Muchos hombres persiguieron mi amor, pero yo no volví a amar a nadie. Al final, todos los viajes empezaron a parecerse y regresé a casa, al lugar que mi corazón no había abandonado nunca.

—¿Alguna vez vuelves al estanque?

—Sólo con el recuerdo. No sería prudente. Allí no soy apreciada, y mucho menos aún debido a su envidia secreta. ¡Cómo se reirían de mi aspecto! Ellas no han envejecido un solo día. Pero yo he experimentado muchas cosas que ellas no conocerán jamás. Unas dolorosas, otras maravillosas.

Kendra apuró lo que le quedaba del chocolate y se limpió los labios.

—¿Cómo es ser una náyade?

Lena miró por la ventana.

—No es fácil explicarlo. Yo misma me hago la misma pregunta. No fue sólo que mi cuerpo se volviese mortal; también mi mente se transformó. Creo que prefiero esta vida, pero podría ser porque he cambiado de forma radical. La mortalidad es un estado del ser totalmente diferente. Te vuelves más consciente del tiempo. Yo vivía plenamente satisfecha cuando era una náyade. Viví en un estado invariable durante lo que debieron de ser muchos milenios, sin pensar nunca en el futuro ni en el pasado, siempre en busca de una diversión que siempre hallaba. Prácticamente no era consciente de mí misma. Ahora lo recuerdo como algo difuso. No, como un abrir y cerrar de ojos. Un instante que duró miles de años.

—¡Habrías vivido eternamente! —exclamó Kendra.

—No éramos exactamente inmortales. No envejecíamos,

83

así que supongo que algunas de nuestra especie podrían sobrevivir eternamente, si los lagos y los ríos duran toda la eternidad. Es difícil saberlo. Nosotras no vivíamos, en realidad, no como los mortales. Nosotras soñábamos.

—¡Vaya!

—Al menos así fueron las cosas hasta que apareció Patton —añadió Lena, más bien para sí misma—. Empecé a anhelar sus visitas, y a rememorarlas con cariño. Supongo que eso fue el principio del fin.

Kendra sacudió la cabeza.

—Y yo que pensé que simplemente eras un ama de llaves con sangre china.

Lena sonrió.

—A Patton siempre le gustaron mis ojos. —Pestañeó—. Decía que era presa fácil de todo lo asiático.

—¿Cuál es la historia de Dale? ¿Es un rey pirata o algo por el estilo?

—Dale es un hombre normal. Primo segundo de tu abuelo. Un hombre de su confianza.

Kendra miró dentro de su taza vacía. Los posos del chocolate formaban un círculo en el fondo.

—Tengo una pregunta que hacerte —dijo—, y quiero que me respondas sinceramente.

—Si puedo.

—¿Está muerta la abuela?

—¿Qué te hace preguntar eso?

—Creo que el abuelo se inventa excusas falsas para explicar su ausencia. Este lugar es peligroso. Ha mentido sobre otras cosas. Tengo la sensación de que está intentado protegernos de la verdad.

—Muchas veces me pregunto si las mentiras son un mecanismo de protección.

—Está muerta, ¿verdad?

—No, está viva.

—¿Es la bruja?

—No es la bruja.

—¿De verdad ha ido a ver a la tía Nosequerrollos a Misuri?

—Eso tendrá que decírtelo tu abuelo.

Y

Seth miró por encima de su hombro. Aparte de las hadas que revoloteaban aquí y allá, el jardín parecía tranquilo. El abuelo y Dale se habían marchado hacía rato. Lena estaba en la casa limpiando el polvo. Kendra estaba por ahí, haciendo quién sabe qué cosa aburrida de las que la mantenían ocupada. Seth llevaba en la mano su kit de emergencia, junto con unos cuantos añadidos estratégicos. La operación Avistamiento de Monstruos Molones estaba a punto de comenzar.

Vacilando, cruzó las lindes de la explanada de hierba y penetró en el bosque, casi esperando que de un momento a otro se abalanzaran sobre él los hombres lobo. Un poco más allá vio unas cuantas hadas, no tantas como en el jardín. Por lo demás, todo estaba más o menos como las veces anteriores.

Inició la marcha en línea recta, a paso brioso.

—¿Adónde crees que vas?

Seth giró sobre sus talones. Kendra iba hacia él desde el jardín. Seth retrocedió para reunirse con ella en el límite de la explanada de hierba.

—Quiero ver lo que hay de verdad en el estanque. Las «naya-loquesea» y todo eso.

—¿Hasta qué punto estás mal de la cabeza? ¿No oíste ni una palabra de lo que nos contó ayer el abuelo?

—¡Iré con cuidado! No me acercaré al agua.

—¡Podrías matarte! Quiero decir, matarte de verdad, no atacado por la picadura de una garrapata. ¡El abuelo ha impuesto esas normas por algo!

—Los adultos siempre infravaloran a los niños —replicó Seth—. Se ponen en plan protector porque piensan que somos bebés. Piensa en ello. Antes mamá se quejaba todo el rato de que jugase en la calle. Pero yo siempre salía. ¿Y qué ocurrió? Nada. Estaba atento. Me apartaba cuando venía un coche.

—¡Esto no tiene nada que ver!

—El abuelo va de acá para allá.

Kendra apretó los puños.

—¡El abuelo conoce los lugares que hay que evitar! Tú ni siquiera sabes lo que te vas a encontrar. Además, cuando se entere el abuelo, te quedarás encerrado en el desván el resto de nuestra estancia.

—¿Y cómo se va a enterar?

—¡La última vez se enteró de que nos habíamos metido en el bosque! ¡Se enteró de que bebimos la leche!

—¡Porque tú estabas ahí! Me pegaste tu mala suerte. ¿Cómo sabías adónde iba?

—Tienes que perfeccionar tus habilidades de agente secreto —respondió Kendra—. Podrías empezar por no ponerte la camisa de camuflaje cada vez que decidas salir de exploración.

—¡Tengo que esconderme de los dragones!

—Bien. Prácticamente eres invisible. Una mera cabeza flotante.

—Llevo mi equipo de emergencia. Si algo me ataca, puedo espantarlo con mis herramientas.

—¿Con gomas elásticas?

—Tengo un silbato. Y un espejo. Y un mechero. Y petardos. Creerán que soy un brujo.

—¿De verdad te crees eso?

—Y tengo esto. —Extrajo el pequeño cráneo que había en el globo de cristal del escritorio del abuelo—. Esto debería servir para que se lo piensen dos veces.

—¿Un cráneo del tamaño de un cacahuete?

—Seguramente ni siquiera hay monstruos —dijo Seth—. ¿Qué te hace pensar que el abuelo está diciendo la verdad esta vez?

—No sé, ¿tal vez las hadas?

—Vale, bien hecho. Lo has fastidiado. Puedes felicitarte. Ahora ya no puedo irme.

—Pienso fastidiártelo cada vez. No por ser una aguafiestas, sino porque de verdad podrías salir mal parado.

Seth dio una patada a una piedra y ésta salió disparada en dirección al bosque.

—¿Qué se supone que voy a hacer ahora?

—¿Qué tal si exploras el enorme jardín repleto de hadas?

—Ya lo he hecho. No puedo atraparlas.

—No para atraparlas. Para contemplar unas criaturas mágicas que nadie más sabe que existen. Vamos.

A regañadientes, Seth se fue con ella.

—Oh, mira, otra hada —murmuró—. Ahora ya he visto un millón.

—No te olvides de devolver el cráneo a su sitio.

Cuando acudieron a la llamada a cenar, vieron a un desconocido sentado a la mesa junto al abuelo y a Dale. El extraño se levantó cuando entraron en el comedor. Era más alto que el abuelo y mucho más ancho, y tenía el pelo castaño y rizado. Las varias capas de pieles peludas que llevaba puestas le daban un aire de hombre de las montañas. Le faltaba la parte inferior de un lóbulo.

—Chicos, éste es Maddox Fisk —anunció el abuelo—. Maddox, éstos son mis nietos, Kendra y Seth. —Kendra estrechó la mano encallecida y de gruesos dedos del hombre.

—¿Trabaja usted aquí también? —preguntó Seth.

—Maddox es tratante de hadas —le explicó el abuelo.

—Entre otras cosas —añadió Maddox—. Las hadas son mi especialidad.

—¿Vende hadas? —preguntó Kendra, tomando asiento.

—Las cazo, las compro, las intercambio, las vendo. Todo lo antedicho.

—¿Y cómo las caza? —preguntó Seth.

—Un hombre debe guardar para sí sus secretos profesionales —respondió Maddox, y dio un bocado al asado de cerdo—. Deja que te diga que capturar un hada no es tarea fácil. Son unos bichitos muy escurridizos. El truco suele pasar por apelar a su vanidad. E incluso así hace falta un poco de maña.

—¿Le vendría bien un aprendiz? —preguntó Seth.

—Guárdate esa idea para dentro de unos seis años. —Maddox guiñó un ojo en dirección a Kendra.

—¿Quién compra hadas? —preguntó ella.

—Gente que dirige reservas, como tu abuelo. Unos cuantos coleccionistas privados. Y otros tratantes.

—¿Existen muchas reservas? —preguntó Seth.

—Montones —respondió Maddox—. Están en los siete continentes.

87

—¿También en la Antártida? —preguntó Kendra.

—En la Antártida hay dos, pero una es subterránea. Es un entorno muy duro. Pero idóneo para determinadas especies.

Kendra tragó un trozo de cerdo.

—¿Qué hace que la gente no descubra estos santuarios?

—Desde hace miles de años ha existido una red mundial de personas dedicadas en cuerpo y alma a mantener en secreto las reservas —respondió el abuelo—. Cuentan con el respaldo de antiguas fortunas, reunidas en un fondo común. Sirve para pagar sobornos. Para cambiar de ubicación cuando hace falta.

—También ayuda el que la mayoría de la gente no puede ver estos bichitos —aclaró Maddox—. Con los permisos adecuados, es posible pasar mariposas por las aduanas. Y si no es posible, existen otros medios para cruzar las fronteras.

—Las reservas son el último refugio de muchas especies antiguas y maravillosas —dijo el abuelo—. El objetivo es impedir que estos seres de fábula desaparezcan.

—Amén —dijo Maddox.

—¿Te ha ido bien esta temporada? —preguntó Dale.

—Por lo que respecta a las capturas, las ganancias menguan de año en año. He hecho unos cuantos hallazgos increíbles en la naturaleza. Uno de ellos no te lo vas a creer. Adquirí varios especímenes raros procedentes de reservas del sudeste asiático e Indonesia. Estoy seguro de que podemos llegar a algún acuerdo. Os daré más detalles cuando nos reunamos en el estudio.

—Chicos, seréis bienvenidos si queréis asistir —dijo el abuelo.

—¡Genial! —exclamó Seth, muy contento.

Kendra tomó otro bocado más de aquel suculento cerdo asado. Todo lo que preparaba Lena era de primera categoría. Todo siempre perfectamente sazonado, siempre acompañado de deliciosas salsas y guarniciones. Kendra nunca había tenido quejas sobre la manera de cocinar de su madre, pero lo de Lena era un caso aparte.

El abuelo y Maddox hablaron sobre varias personas a las que Kendra no conocía, otros sujetos involucrados en el secreto mundo de los aficionados a las hadas. Pensó que tal vez

Maddox preguntaría por la abuela, pero al final no se habló de ella en la conversación.

Maddox mencionó en repetidas ocasiones el lucero de la noche. El abuelo pareció centrar su atención en eso con especial interés. Corrían rumores de que el lucero de la noche estaba formándose de nuevo. Una mujer aseguraba que el lucero de la noche había intentado reclutarla. Se rumoreaba algo sobre un ataque del lucero de la noche.

Kendra no pudo resistir la tentación de intervenir.

—¿Qué es el lucero de la noche? Suena como una expresión en clave.

Maddox le lanzó al abuelo una mirada de incertidumbre. El abuelo le respondió con un gesto afirmativo de la cabeza.

—La Sociedad del Lucero de la Noche es una misteriosa organización que todos esperábamos que se hubiese extinguido hace décadas —le explicó Maddox—. Su relevancia ha ido variando a lo largo de los siglos. Es como si justo cuando crees que acaban de desaparecer, empiezan a oírse rumores sobre ellos otra vez.

—Se dedican a apoderarse de las reservas con el fin de utilizarlas para sus propios fines perversos —dijo el abuelo—. Los miembros de la sociedad entablan tratos con demonios y con practicantes de magia negra.

—¿Van a atacarnos? —preguntó Seth.

—No es muy probable —respondió el abuelo—. Las reservas están protegidas por una magia poderosa. Pero yo presto atención a las noticias igualmente. Rara vez ser cauteloso hace daño.

—¿Por qué lo de lucero de la noche? —preguntó Kendra—. Es un nombre tan bonito…

—El lucero de la noche anuncia la noche —explicó Maddox. Todos reflexionaron en silencio. Maddox se limpió la boca con una servilleta—. Lo siento. No es un tema muy alegre del que hablar mientras cenamos.

Después de la cena, Lena quitó la mesa y se fueron todos al estudio. De camino, Maddox recogió varias cajas y cajones de embalaje del vestíbulo. Dale, Seth y Kendra le ayudaron. Las cajas tenían orificios, evidentemente para que las criaturas que

89

había dentro pudieran respirar. Pero Kendra no consiguió ver nada a través de ellos. Estaban todos obstruidos.

El abuelo se acomodó tras el gran escritorio, Dale y Maddox se quedaron con los sillones extra grandes, Lena se apoyó en el alféizar, mientras que Kendra y Seth se sentaron en el suelo.

—En primer lugar —dijo Maddox, inclinándose y liberando el cierre de un gran cajón negro—, tenemos unas cuantas hadas llegadas de una reserva de Timor.

Abrió la trampilla y salieron elevándose ocho hadas. Dos diminutas, de menos de tres centímetros de alto, volaron como flechas hacia la ventana. Eran de color ámbar y tenían las alas como las de las moscas. Una de ellas aporreó el cristal de la ventana con un puñito minúsculo. Un hada de gran tamaño, de más de diez centímetros de alto, revoloteó delante de Kendra. Parecía una habitante de los mares del Sur en miniatura, con alas de libélula en la espalda y otras diminutas en los tobillos.

Tres de las hadas tenían alas de mariposa con unos complicados dibujos que parecían representar vidrieras. Otra de ellas tenía unas alas negras como la pez. La última tenía unas alas velludas y el cuerpo cubierto de una pelusilla azul claro.

—¡Mira! —dijo Seth—. Ésa de ahí es peluda.

—Es un duendecillo aterciopelado que mora en las fontanas y que sólo se encuentra en la isla de Roti —le explicó Maddox.

—A mí me gustan las pequeñas —dijo Kendra.

—Son de una variedad más común, merodean por la península Malasia —dijo Maddox.

—Qué rápidas son —comentó Kendra—. ¿Por qué no huyen?

—Cazar un hada la deja sin sus poderes —le explicó Maddox—. Si la metes en una jaula o en una habitación cerrada, como ésta, no puede utilizar su magia para escapar. Mientras están confinadas, se vuelven bastante dóciles y obedientes.

Kendra frunció el entrecejo.

—¿Cómo sabe el abuelo que se quedarán en el jardín si las compra?

Maddox guiñó un ojo al abuelo.

—Esta cría no se anda con rodeos. —Se volvió para mirar a Kendra—. Las hadas son criaturas muy territoriales, no migratorias. Si las colocas en un entorno habitable, se quedan en él. Especialmente si se trata de un entorno como Fablehaven, lleno de jardines y comida en abundancia y otros bichos encantados.

—Estoy seguro de que puedo llegar a un trato para el duendecillo de fontana —dijo el abuelo—. Las hadas del Mar Banda son también muy bonitas. Podremos acordar la transacción más tarde.

Maddox golpeó varias veces con la palma de la mano en un lado del cajón y las hadas regresaron. Las que tenían las alas como vidrieras se tomaron su tiempo, deslizándose perezosamente por el aire. Las pequeñas se metieron a toda velocidad. El duendecillo de fontana ascendió hasta lo alto de un rincón de la habitación. Maddox volvió a golpear el lateral del cajón y lanzó una orden con voz firme en un idioma que Kendra no comprendió. El hada peluda bajó volando al cajón.

—A continuación tenemos unas hadas nocturnas albinas procedentes de Borneo.

De una caja salieron volando tres hadas blancas como la leche, con unas alas como las de las polillas, salpicadas de motitas negras.

Maddox prosiguió con su exhibición de grupos de hadas de características especiales. A continuación, empezó a sacarlas una por una. A Kendra, un par de ellas le resultaron desagradables. Una tenía espinas en las alas, y cola. Otra era reptiliana, cubierta de escamas. Maddox les mostró su capacidad camaleónica para confundirse con diferentes fondos.

—Y ahora mi gran hallazgo —anunció Maddox, frotándose las manos—. A esta damisela la capturé en un oasis en lo más recóndito del desierto de Gobi. Sólo he visto otra más de su especie. ¿Podríamos bajar las luces?

Dale se puso en pie de un salto y apagó las luces.

—¿Qué es? —preguntó el abuelo.

Por toda respuesta, Maddox abrió la última caja. De ella subió volando un hada deslumbrante que tenía las alas como rutilantes velos de oro. Por debajo arrastraba tres relucientes plumas, cual elegantes cintas de luz. El hada se mantuvo gloriosamente inmóvil en el centro de la habitación, con un porte regio.

91

—¿Un arpa yinn? —preguntó el abuelo, atónito.

—Concédenos una canción, te lo ruego —dijo Maddox. Y repitió la petición en otro idioma.

El hada lució con más intensidad aún, lanzando destellos. La música que se oyó a continuación era hechizante. La voz hizo imaginar a Kendra una miríada de cristales vibrantes. El canto sin palabras poseía la fuerza de un aria operística, mezclada con la dulzura de una canción de cuna. Era nostálgica, arrebatadora, esperanzada y profundamente conmovedora.

Permanecieron todos inmóviles en sus asientos hasta que el canto tocó a su fin. Cuando hubo terminado, Kendra quiso aplaudir, pero le pareció que era un instante demasiado sagrado para ello.

—Verdaderamente eres espléndida —dijo Maddox, y repitió el cumplido en aquella lengua extranjera otra vez. ¿Sería chino? Dio unos golpecitos con la palma de la mano en el lateral de la caja y el hada desapareció en ella dibujando un luminoso arabesco.

La habitación, en su ausencia, parecía oscura y muerta. Kendra parpadeó para borrar de su retina las manchas luminosas que había dejado al desaparecer.

—¿Cómo hiciste semejante hallazgo? —preguntó maravillado el abuelo.

—Llegaron a mis oídos unas leyendas cerca de la frontera mongola. Me costó casi dos meses de vida durísima hasta que conseguí dar con ella.

—La otra arpa yinn que conozco posee su propio santuario en una reserva tibetana —les explicó el abuelo—. Se creía que era única. Los entendidos en hadas acuden desde los cuatro puntos cardinales para admirarla.

—Entiendo por qué —dijo Kendra.

—¡Qué oferta tan especial, Maddox! Gracias por traerla a nuestra casa.

—Estoy mostrándola en todo el circuito antes de aceptar ofertas —aclaró Maddox.

—No sé si podría permitirme un lujo como ella, pero avísame cuando esté disponible. —Poniéndose en pie, el abuelo miró el reloj de pie y dio una palmada—. Parece que es hora de que todos los menores de treinta años enfilen hacia la cama.

—¡Pero si es muy pronto aún! —protestó Seth.

—Nada de quejas. Tengo asuntos de negocios que tratar con Maddox esta noche. No podemos tener a jovenzuelos incordiándonos. Es preciso que permanezcáis en vuestro cuarto, por mucho barullo que oigáis aquí abajo. Nuestras... negociaciones pueden resultar algo movidas. ¿Entendido?

—Sí —dijo Kendra.

—Yo quiero participar en las negociaciones —repuso Seth.

El abuelo sacudió la cabeza.

—Es algo muy aburrido. Que durmáis bien, chicos.

—Por animado que sea lo que creáis oír —añadió Maddox cuando Kendra y Seth se disponían a salir del estudio—, no estaremos celebrando ninguna fiesta.

7

Cautiva en un tarro

Los tablones del suelo crujieron levemente cuando Kendra y Seth bajaron las escaleras de puntillas. La luz del alba se filtraba por entre los postigos cerrados y las cortinas corridas. La casa estaba en silencio. Todo lo contrario de la noche anterior.

La noche anterior, metidos debajo de las sábanas en la oscuridad del desván, Kendra y Seth creyeron que les iba a ser imposible pegar ojo mientras escuchaban aquellas risas estentóreas, los portazos y el resonar constante de conversaciones a voz en grito. Cuando abrían la puerta para fisgar y enterarse de lo que se cocía en aquel festejo, se encontraban siempre a Lena sentada al pie de las escaleras del desván, leyendo un libro.

—Volved a la cama —les decía cada vez que se aventuraban a una misión de reconocimiento—. Vuestro abuelo no ha terminado de negociar.

Al final, Kendra acabó durmiéndose. Pensó que lo que finalmente la había despertado por la mañana era el silencio. Rodó sobre sí misma para salir de la cama. Seth también se levantó. Ahora bajaban sigilosamente las escaleras con la esperanza de ver algo de los estragos de la parranda de la noche anterior.

En el vestíbulo se encontraron con que el perchero metálico había caído al suelo, rodeado de triángulos ganchudos de cristal roto. Un cuadro yacía boca abajo, con el marco partido. Y en la pared, pintado con tiza naranja, alguien había garabateado un símbolo arcaico.

Entraron silenciosamente en el salón. Las mesas y las sillas habían quedado patas arriba. Las pantallas de las lámparas colgaban torcidas y con desgarrones. Por todas partes había esparcidos vasos, botellas y platos vacíos, muchos de ellos partidos o rotos. Había una maceta de barro hecha pedazos, alrededor de un montón de tierra y de los restos de una planta. Aquí y allá aparecían manchas de comida: queso fundido solidificado en la alfombra, salsa de tomate secándose en el brazo de un sillón doble, un pastelito aplastado y rezumando crema por encima de una otomana.

El abuelo Sorenson roncaba en el sofá, con una cortina a modo de manta. La cortina llevaba la vara aún inserta. El abuelo se abrazaba a un cetro de madera como si fuese un osito de peluche. El extraño báculo estaba decorado con un grabado de enredaderas que se enroscaban a lo largo, y rematado con una enorme copa de pino. Pese al barullo que habían oído la noche anterior, el abuelo era lo único que quedaba.

Seth salió distraídamente en dirección al estudio. Kendra se disponía a seguirle cuando reparó en un sobre que había en una mesa cerca de su abuelo. Alguien había roto el grueso sello de cera color carmesí, y del sobre asomaba un papel plegado que invitaba a que lo cogieran.

Kendra miró al abuelo Sorenson. Estaba dando la espalda a la carta y no mostraba la menor señal de ir a despertarse.

Si tenía una carta que no deseaba que nadie leyera, no debería dejarla abierta y expuesta a cualquiera que pasara por allí, ¿verdad? No era como si estuviese robándola, sin abrir, del buzón del abuelo. Además, tenía un montón de preguntas sin responder sobre Fablehaven, una de las cuales, y no la menos acuciante, se refería a lo que de verdad estaba pasando con su abuela.

Kendra se acercó cuidadosamente a la mesa, con cierta sensación de intranquilidad en el estómago. A lo mejor debería pedirle a Seth que la leyese. Invadir la privacidad de otra persona no era realmente su fuerte.

Pero la cosa resultaba tan fácil… Tenía la carta delante de sus narices, asomando convenientemente del sobre abierto. Nadie se enteraría. Cogió el sobre con dos dedos y vio que no llevaba ni dirección ni remite. El sobre no tenía nada escrito.

Había sido entregado en mano. ¿Lo habría traído Maddox? Seguramente.

Tras un último vistazo para cerciorarse de que el abuelo conservaba el mismo aspecto comatoso, Kendra deslizó el papel color crema para extraerlo del sobre y lo desplegó. El mensaje estaba escrito con letra vigorosa:

Stanley:

Confío en que cuando recibas esta carta te encuentres en buen estado de salud.

Hemos recibido aviso de que la SLN ha estado dando muestras de inusitada actividad en el noreste de Estados Unidos. Aún no estamos seguros de si habrán localizado la ubicación de Fablehaven o no, pero un informe no confirmado apunta a que están en comunicación con un individuo o individuos de tu reserva. Las pruebas, cada vez más abundantes, indican que alguien conoce el secreto.

No hace falta que te recuerde el intento fallido de infiltración en cierta reserva del interior de Brasil el año pasado. Ni la importancia de dicha reserva en relación con la importancia de la tuya.

Como bien sabes, hace décadas que no detectamos una actividad tan agresiva de parte de la SLN. Estamos preparando la reasignación de recursos adicionales en las inmediaciones de tu finca. Como siempre, la confidencialidad y la distracción siguen siendo nuestras máximas prioridades. Mantente alerta.

Sigo buscando diligentemente una solución a la situación con Ruth. No pierdas la esperanza.

Con fidelidad eterna,

S.

Kendra volvió a leer la carta. Su abuela se llamaba Ruth. ¿Qué situación? La SLN tenía que ser la Sociedad del Lucero de la Noche. ¿Qué significaba la «S» del final de la carta? El mensaje en su conjunto resultaba un tanto vago, seguramente adrede.

—Mira esto —susurró Seth desde la cocina.

Kendra dio un brinco, con todos los músculos del cuerpo en tensión. El abuelo chasqueó los labios y cambió de postura en el sofá. Kendra se quedó momentáneamente paralizada de pánico y culpabilidad. Seth no la estaba mirando. Estaba encorvado sobre una cosa de la cocina. El abuelo volvió a quedarse quieto.

Kendra plegó la carta, la guardó en el sobre deslizándola de nuevo y trató de colocarla tal como la había encontrado. Andando con movimientos furtivos, se reunió con Seth, que estaba agachado mirando unas huellas de barro dejadas por unas pezuñas.

—¿Es que estaban montando a caballo aquí dentro? —preguntó.

—Eso explicaría el barullo —murmuró ella, tratando de adoptar un tono desenfadado.

Lena apareció en el umbral, envuelta en un albornoz y con el pelo despeinado.

—Mira por dónde, hoy habéis madrugado —dijo en voz baja—. Nos habéis pillado antes de recoger.

Kendra miró a Lena y trató de mantener un semblante impenetrable. El ama de llaves no dio la menor muestra de haberla sorprendido leyendo la carta a hurtadillas.

Seth señaló las huellas.

—¿Qué diantres pasó?

—Las negociaciones fueron bien.

—¿Maddox sigue aquí? —preguntó Seth con tono de esperanza.

Lena negó con la cabeza.

—Se marchó en un taxi hará cosa de una hora.

El abuelo Sorenson apareció en la cocina arrastrando los pies, vestido con los calzones, los calcetines y la camiseta manchados de mostaza marrón. Los miró haciendo grandes esfuerzos por abrir los ojos entrecerrados.

—¿Qué estáis haciendo todos levantados a estas horas intempestivas?

—Son más de las siete —replicó Seth.

El abuelo bostezó tapándose la boca con el puño cerrado. Con la otra mano sostenía el sobre.

—Hoy no me encuentro muy bien, tal vez me eche a dormir un rato. Como vosotros antes. —Y se marchó arrastrando los pies y rascándose un muslo.

—Chicos, quizás esta mañana queráis jugar fuera —propuso Lena—. Vuestro abuelo ha estado levantado hasta hace cuarenta minutos. Ha tenido una noche muy larga.

—Me va a costar un montón tomarme en serio al abuelo la próxima vez que nos diga que tengamos cuidado con los muebles —dijo Kendra—. Es como si hubiese pasado por aquí conduciendo un tractor.

—¡Tirado por caballos! —añadió Seth.

—A Maddox le encantan las celebraciones y vuestro abuelo es un anfitrión complaciente —dijo Lena—. Sin la presencia de vuestra abuela para poner freno al jolgorio, las cosas se pusieron un poco demasiado festivas. Y no ayudó mucho el hecho de que invitasen a los sátiros. —Indicó con el mentón en dirección a las huellas.

—¿Sátiros? —preguntó Kendra—. ¿Esa especie de hombres cabra?

Lena asintió.

—Hay quien dice que animan excesivamente las fiestas.

—¿Eso de ahí son huellas de cabra? —preguntó Seth.

—De sátiro, sí.

—Ojalá hubiera podido verlos —se lamentó Seth.

—Vuestros padres se alegrarían de saber que no los visteis. Lo único que os enseñarían los sátiros serían malos modales. Creo que son una invención suya.

—Me da pena habernos perdido la fiesta —dijo Kendra.

—No estés triste. No era una fiesta para gente joven. Como encargado que es, vuestro abuelo no bebería nunca. Pero no puedo responder por los sátiros. Antes de que os marchéis organizaremos una fiesta como es debido.

—¿Invitaréis a los sátiros? —preguntó Seth.

—Veremos lo que dice vuestro abuelo —respondió Lena con tono dubitativo—. Quizás a uno. —Lena abrió el frigorífico y preparó dos vasos de leche—. Tomaos la leche y salid a correr. Tengo mucho que recoger y limpiar.

Kendra y Seth cogieron los vasos. Lena abrió la despensa, extrajo una escoba y un recogedor y salió de la cocina. Kendra se bebió la leche de unos cuantos tragos y dejó el vaso vacío en la encimera.

—¿Quieres que vayamos a nadar un rato? —preguntó.

—Enseguida estoy contigo —respondió Seth. Todavía le quedaba leche en el vaso.

Kendra salió.

En cuanto se hubo tomado toda la leche, Seth se asomó a mirar el interior de la despensa. ¡Cuántas baldas repletas de comida! Una de ellas no tenía nada más que enormes tarros de confitura casera. Una observación más minuciosa le permitió descubrir que los tarros estaban almacenados en hileras de tres filas.

Seth sacó la cabeza de la despensa y echó un vistazo a su alrededor. Volvió a colarse en la despensa, cogió un gran tarro de confitura de moras Boysen y adelantó otro tarro de la segunda fila para disimular la ausencia del primero. Podrían echar en falta un tarro medio vacío del frigorífico, pero ¿uno de los muchos tarros sin abrir de una despensa más que repleta? No era muy probable.

Podía ser más pícaro de lo que Kendra suponía.

El hada hacía equilibrios en una ramita que sobresalía de un seto bajo, al lado de la piscina. Con los brazos extendidos a ambos lados, iba caminando por aquella diminuta rama, ajustando su equilibrio al vaivén de ésta. Cuanta más distancia recorría, menos estable se volvía. Aquella reina de la belleza en miniatura tenía los cabellos color platino, llevaba un traje plateado y unas alas traslúcidas que lanzaban destellos.

Seth dio un salto hacia delante al tiempo que bajaba rápidamente el limpiapiscinas. La malla azul cayó sobre la ramita, pero el hada salió volando en el último instante. Se mantuvo aleteando en el aire y agitó un dedo recriminador en dirección a Seth. Él volvió a blandir el limpiapiscinas y la ágil hada evitó ser capturada una segunda vez, y se elevó ahora hasta quedar totalmente fuera de su alcance.

—No deberías hacer eso —dijo Kendra desde la piscina.

—¿Por qué no? Maddox las caza.

—En la naturaleza —le corrigió Kendra—. Éstas pertenecen ya al abuelo. Es como querer cazar leones en el zoo.

—A lo mejor cazar leones en el zoo sería un buen entrenamiento.

—Vas a conseguir que las hadas te odien.

—A ellas les da igual —respondió él, mientras se agazapaba con intención de dar caza a un hada de grandes alas como de gasa, que revoloteaba a escasos centímetros de un lecho de flores—. Salen volando.

Lentamente, colocó en posición el recogedor de hojas. El hada estaba justo debajo de la malla, a menos de sesenta centímetros del cautiverio. Con un rápido movimiento de muñecas, Seth bajó rápidamente el limpiapiscinas. El hada lo esquivó y escapó volando.

—¿Qué vas a hacer si cazas una?

—Probablemente soltarla.

—Entonces, ¿cuál es el objetivo?

—Ver si soy capaz.

Kendra se impulsó con los brazos para salir al borde.

—Bueno, es evidente que no. Son demasiado veloces. —Chorreando, fue a por su toalla—. Ostras, mira ésa. —Señaló la base de un arbusto en flor.

—¿Dónde?

—Justo ahí. Espera a que se mueva. Es prácticamente invisible.

Él clavó la vista en el arbusto, sin estar del todo seguro de si estaba tomándole el pelo o no. Algo hizo que las hojas y las flores temblaran.

—¡Madre mía!

—¡Mira! Es transparente como el cristal.

Seth se acercó todo lo que pudo, asiendo con fuerza el limpiapiscinas.

—Seth, no lo hagas.

Súbitamente, atacó. Esta vez optó por un rápido asalto. El hada transparente huyó volando y se perdió de vista, confundiéndose con el cielo.

—¡Por qué no se quedarán quietas!

—Son mágicas —dijo Kendra—. Lo chulo es simplemente contemplarlas, ver toda la variedad que ofrecen.

—Chulísimo. Como cuando mamá nos lleva en coche a ver el modo en que las hojas cambian de color.

—Quiero coger algo para desayunar. Me muero de hambre.

—Pues ve. A lo mejor tengo más suerte si no te tengo a ti rezongando a mi alrededor.

Kendra se dirigió a la casa, envuelta en la toalla. Cruzó la puerta trasera y se encontró a Lena arrastrando una mesita rota en dirección a la cocina. Gran parte de la superficie de la mesita había sido de cristal. La mayor parte estaba rota.

—¿Te echo una mano? —preguntó Kendra.

—Con las mías tengo bastante.

Kendra fue a coger el otro extremo de la mesa. La depositaron en un rincón de la espaciosa cocina. Había allí también otros objetos rotos, entre los cuales se veían los fragmentos irregulares del tiesto de cerámica en el que Kendra se había fijado un rato antes.

—¿Por qué lo apilas todo aquí?

—Es adonde acuden los duendes.

—¿Los duendes?

—Ven a ver.

Lena llevó a Kendra a la puerta del sótano y señaló una segunda puertecilla al pie de la escalera, del tamaño de una gatera, aproximadamente.

—Los duendes disponen de una trampilla especial que les permite acceder al sótano, y pueden utilizar esta puerta para entrar en la cocina. Son las únicas criaturas mágicas con permiso para entrar en la casa a voluntad. La magia protege los portales de los duendes frente a todas las demás criaturas del bosque.

—¿Por qué los dejáis entrar?

—Los duendes resultan útiles. Reparan cosas. Fabrican cosas. Son unos artesanos excepcionales.

—¿Arreglarán los muebles rotos?

—Los mejorarán si se ven capaces.

—¿Por qué?

—Es su naturaleza. No aceptarán pago alguno a cambio.

—Qué amable de su parte —comentó Kendra.

—De hecho, esta noche recuérdame que deje fuera algunos ingredientes. Mañana por la mañana nos tendrán preparada alguna delicia.

—¿Qué prepararán?

—Nunca se sabe. No hay que hacerles peticiones concretas. Simplemente dejas fuera unos cuantos ingredientes y esperas a ver cómo los combinan.

—¡Qué gracia!

—Dejaré unas cuantas cosas. Por extrañas que resulten las combinaciones que dejes, ellos siempre se inventan algo delicioso.

—Cuántas cosas hay sobre Fablehaven que desconozco —declaró Kendra—. ¿Qué dimensiones tiene?

—La reserva se extiende muchos kilómetros en varias direcciones. Es mucho más grande de lo que supondrías.

—¿Y hay criaturas por toda la finca?

—Por casi toda —le explicó Lena—. Pero, tal como os ha advertido vuestro abuelo, algunas de esas criaturas pueden ser letales. Existen numerosos parajes en la finca en los que ni siquiera él se atreve a adentrarse.

—Quiero saber más. Todos los detalles.

—Ten paciencia. Deja que se vayan desvelando a su propio ritmo. —Se dio la vuelta para abrir el frigorífico y cambió de tema—. Debes de estar hambrienta.

—Un poco.

—Voy a batir unos huevos. ¿Querrá también Seth?

—Seguramente —respondió Kendra, que se apoyó en la encimera—. He estado preguntándome una cosa: ¿todo lo que cuenta la mitología es real?

—Explícate.

—He visto hadas, y pruebas de la existencia de los sátiros. ¿Es todo real?

—Ninguna mitología ni religión que yo conozca tiene todas las respuestas. La mayoría de las religiones se basan en verdades, pero también están contaminadas con la filosofía y la imaginación de los hombres. Entiendo que tu pregunta se refiere a la mitología griega. ¿Existe un panteón de dioses mezquinos que no paran de pelearse y de interferir en la vida de los mortales? Que yo sepa, no. ¿Hay algunos elementos reales en aquellas ancestrales historias y creencias? Evidentemente sí. Estás hablando con una mujer que antes fue náyade. ¿Revueltos?

—¿Cómo dices?

—Los huevos.

—Sí, sí.

Lena se puso a cascar huevos en una sartén.

—Muchos de los seres que habitan este lugar llevaron una existencia digna en los tiempos en que los hombres primitivos buscaban alimento en grupos tribales de mayor o menor tamaño. Nosotros enseñamos al hombre los secretos de la fabricación del pan, de la manipulación del barro y de la obtención del fuego. Pero con el paso del tiempo el hombre fue dejando de vernos. Rara vez entablábamos relación con los mortales. Y entonces la humanidad empezó a invadir nuestro territorio. Las explosiones demográficas y tecnológicas nos arrebataron muchos de nuestros antiguos hogares. La humanidad no albergaba mala intención hacia nosotros. Simplemente habíamos quedado reducidos a unas pintorescas caricaturas que habitaban en los mitos y en las fábulas.

»Existen en el mundo rincones apacibles en los que los de nuestra especie siguen viviendo y evolucionando en libertad. Aun así, inevitablemente llegará un día en el que el único espacio que nos quede sean estas reservas, un precioso regalo recibido de mortales iluminados.

—Qué triste —dijo Kendra.

—No te aflijas. Mis hermanos no se detienen demasiado en estas preocupaciones. No piensan en las vallas que cierran estas reservas. No debería hablar de cómo eran las cosas antes. Con mi mente hecha mortal, veo los cambios con mucha mayor nitidez que ellos. Siento la pérdida de manera más aguda.

—El abuelo dijo que se acerca una noche en la que todas las criaturas que viven aquí se pondrán como locas.

—La noche del solsticio de verano. La noche de la fiesta.

—¿Cómo es?

—Más vale que no te lo diga. No creo que vuestro abuelo quiera que os preocupéis sobre el tema hasta que llegue el momento. Más le valdría haber planeado vuestra visita de tal modo que pudierais evitar la noche de la fiesta.

Kendra trató de adoptar un tono de voz despreocupado.

—¿Correremos peligro?

—Ahora sí que te he preocupado. No os pasará nada si seguís las indicaciones que os dé vuestro abuelo.

—¿Y la Sociedad del Lucero de la Noche? Maddox parecía preocupado con ellos.

—La Sociedad del Lucero de la Noche ha representado siempre una amenaza —reconoció Lena—. Pero estas reservas han resistido desde hace siglos, algunas desde hace milenios. Fablehaven está bien protegida, y vuestro abuelo no es un loco. No tenéis por qué preocuparos por rumores y conjeturas. Y no diré más al respecto. ¿Queso con los huevos?

—Sí, por favor.

Cuando Kendra se fue, Seth sacó el instrumental que llevaba envuelto en la toalla, entre el que se contaba su equipo de emergencia y el tarro que había birlado de la despensa. El tarro estaba vacío, pues había vertido el contenido en el lavabo y después lo había limpiado. Seth cogió la navaja y utilizó el punzón para hacer unos agujeros en la tapa.

La desenroscó y metió en el tarro varias briznas de hierbas, unos pétalos, una ramita y un guijarro. A continuación, echó a andar sin rumbo fijo por el jardín, alejándose de la piscina y dejando atrás el recogedor de hierbas. Si la habilidad le fallaba, recurriría al ingenio.

Encontró un lugar adecuado no lejos de una fuente. Acto seguido, cogió el espejito que llevaba guardado en la caja de los cereales y lo colocó dentro del tarro. Depositó el tarro sobre un banco de piedra y se acomodó en la hierba, cerca, con la tapa en la mano.

Las hadas no tardaron en acudir. Varias de ellas revolotearon alrededor de la fuente. Unas cuantas se acercaron más al tarro y lo sobrevolaron perezosamente en círculos. Al cabo de un par de minutos, una hadita con las alas como las de las abejas se posó en la boca del tarro y se quedó mirando su interior. Aparentemente satisfecha, se dejó caer dentro y empezó a admirarse a sí misma en el espejo. Pronto se le unió otra hada. Y luego otra.

Seth se acercó lentamente hasta tener el tarro al alcance de la mano. Todas las hadas salieron volando. Seth aguardó. Algunas se marcharon. Llegaron otras. Una entró en el tarro, seguida rápidamente por dos más.

Seth saltó y cerró el tarro con la tapa. ¡Qué rápidas eran las hadas! Contaba con haber cazado a las tres, pero justo antes de que la tapa cubriese la boca del tarro se escaparon dos. El hada restante empujó la tapa con una fuerza sorprendente. Él enroscó la tapa hasta cerrarlo del todo.

El hada que había atrapado no mediría más que su dedo meñique. Tenía una melena cobriza, brillante, y unas alas iridiscentes de libélula. La indignada hada golpeaba con sus puñitos la pared de cristal del tarro, sin producir sonido alguno. A su alrededor, Seth oyó el tintineo de unas campanillas minúsculas. Las otras hadas señalaban y se reían. El hada del tarro golpeó el cristal con más fuerza aún, pero no le sirvió de nada.

Seth había capturado su presa.

El abuelo sumergió la varita en el bote y la sacó para llevársela a los labios. Al soplar suavemente, del círculo de plástico salieron varias pompas una tras otra. Las pompas flotaron hasta el otro lado del porche.

—Nunca se sabe lo que podrá causarles fascinación —dijo—. Pero, por lo general, las pompas funcionan.

El abuelo estaba sentado en una gran mecedora de mimbre. Kendra, Seth y Dale ocupaban otras sillas cerca de él. La puesta de sol pintaba el horizonte de trazos rojos y morados.

—Procuro no traer tecnología superflua a la finca —prosiguió, mientras mojaba otra vez la varita—. Pero con las pompas no soy capaz de contenerme. —Sopló y volvieron a formarse pompas.

Un hada, resplandeciendo suavemente en la luz cada vez más tenue, se acercó a una de las burbujas. Después de observarla un instante, la tocó y la pompa se volvió verde brillante. Un segundo toque, y se volvió azul oscuro. Otro más, y se volvió dorada.

El abuelo siguió haciendo pompas y fueron acercándose más y más hadas al porche. Pronto todas las pompas estaban cambiando de color. Las tonalidades se hacían más luminosas conforme las hadas competían entre sí. Las pompas reventaban emitiendo fogonazos de luz.

Un hada se dedicó a reunir pompas, hasta que terminó con un puñado que parecía un racimo de uvas multicolor. Otra hada penetró en el interior de una burbuja y la infló desde dentro hasta triplicar su tamaño y hacerla estallar con un resplandor violeta. Cerca de Kendra había una pompa que parecía repleta de luciérnagas parpadeantes. Otra cerca del abuelo se convirtió en hielo, cayó al porche y se hizo añicos.

Las hadas se arremolinaron cerca del abuelo, ansiosas por ver las siguientes pompas. Él siguió haciéndolas, y las hadas continuaron con su despliegue de creatividad. Rellenaban las pompas con una neblina rutilante. Las unían en cadenetas. Las transformaban en bolas de fuego. La superficie de una burbuja reflejaba todo como un espejo. Otra adquirió forma de pirámide. Otra chisporroteó cargada de electricidad.

Cuando el abuelo dejó a un lado el líquido de las pompas, las hadas fueron dispersándose paulatinamente. La puesta de sol estaba en las últimas. Unas cuantas hadas se pusieron a juguetear con los móviles de campanillas, y produjeron una suave música.

—Sin que lo sepa casi nadie de la familia —dijo el abuelo—, unos cuantos primos vuestros han pasado por aquí de visita. Ninguno de ellos se figuró ni por asomo lo que realmente ocurre en este lugar.

—¿No les diste pistas? —preguntó Kendra.

—Ni más ni menos que las que os di a vosotros. No tenían la apropiada disposición mental.

—¿Una fue Erin? —preguntó Seth—. Es una petarda.

—No seas grosero —le riñó el abuelo—. Lo que quiero decir es que me admira lo bien que os habéis tomado todo esto. Os habéis adaptado a este inusual lugar de una manera impresionante.

—Lena dijo que podíamos celebrar una fiesta con los hombres cabra —dijo Seth.

—Yo que tú, no me haría muchas ilusiones. ¿Por qué os habló sobre los sátiros?

—Encontramos huellas en la cocina —le explicó Kendra.

—Anoche las cosas se salieron un poco de madre —reconoció el abuelo—. Créeme, Seth, tener tratos con los sátiros es lo último que necesita un chaval de tu edad.

—Entonces, ¿por qué lo hiciste tú? —le preguntó Seth.

—Recibir la visita de un marchante de hadas es un acontecimiento notable, y conlleva ciertas expectativas. Admitiré que el jolgorio puede ser casi demencial.

—¿Me dejas probar a hacer pompas? —preguntó Seth.

—Otra noche. Tengo planeada una excursión especial con vosotros para mañana. Por la tarde tendré que pasarme por el granero y tengo la intención de llevaros conmigo para que podáis ver más cosas de la finca.

—¿Veremos algo más aparte de hadas? —preguntó Seth.

—Seguramente.

—Me alegro —dijo Kendra—. Quiero ver todo lo que estés dispuesto a mostrarnos.

—Todo a su debido tiempo, querida.

Por cómo respiraba, Seth estaba prácticamente seguro de que Kendra dormía. Se incorporó lentamente. Ella no se movió. Tosió débilmente. Ella ni se inmutó.

Salió con cuidado de la cama y cruzó el desván en dirección a su cómoda. Sin hacer ruido, abrió el tercer cajón empezando por abajo. Allí estaba. No faltaba nada: la ramita, la hierba, el guijarro, los pétalos, el espejo y todo. En la oscuridad de la habitación, el brillo inherente del hada iluminó todo el cajón.

Seth echó un vistazo por encima del hombro. Kendra no se había movido.

—Buenas noches, hadita —susurró él—. No te preocupes. Por la mañana te daré leche.

Empezó a cerrar el cajón. El hada, presa del pánico, redobló sus desesperadas declaraciones. Parecía a punto de echarse a llorar, lo cual hizo detenerse a Seth. A lo mejor la soltaba al día siguiente.

—Tranquila, hadita —le dijo dulcemente—. Duérmete. Te veré por la mañana.

Ella juntó las manos con fuerza y las agitó en gesto de súplica, rogándole con la mirada. Era tan bonita, con esa melena
pelirroja y su piel blanca como la leche: la mascota perfecta.
Mucho mejor que una gallina. ¿Qué gallina sería capaz de convertir en fuego una pompa?

Cerró el cajón y volvió a su cama.

8

Represalias

Seth se despertó al limpiarse el rabillo del ojo con el dorso de un dedo y clavó la mirada en el techo unos segundos. Rodó sobre sí mismo y vio que Kendra no estaba en su cama. Por la ventana entraba la luz del sol como un torrente de luz. Se desperezó, arqueando la espalda con un gruñido. Daba gusto aquel colchón. Tal vez podría levantarse un poco más tarde.

No, quería ver cómo estaba el hada. Esperaba que el haber dormido un poco la hubiese calmado. Se quitó de encima de una patada el revoltijo de ropa de cama y fue corriendo hacia la cómoda. Abrió el cajón y se le cortó el aliento.

El hada había desaparecido. En su lugar había una tarántula peluda de patas rayadas y ojos negros y brillantes. ¿Se la había zampado? Comprobó que la tapa no estuviera abierta. Seguía firmemente cerrada. Entonces cayó en la cuenta de que aún no había tomado nada de leche. Aquella araña podía ser la otra apariencia del hada. Él se habría esperado una libélula, pero supuso que una tarántula entraba dentro de lo posible.

También se percató de que el espejo del tarro estaba roto. ¿Lo habría golpeado ella con el guijarro? Parecía un buen método para infligirse algún que otro corte.

—Nada de alboroto —la riñó—. Volveré enseguida.

Sobre la mesa había depositada una hogaza de pan redonda, una curiosa mezcolanza de color blanco, negro, marrón y naranja. Mientras Lena lo cortaba en rebanadas, Kendra dio otro sorbo más a su chocolate a la taza.

—Teniendo en cuenta todos los ingredientes que dejé fuera, pensé que podrían hacernos un bizcocho manchado —dijo Lena—. Pero las hogazas estampadas son igualmente deliciosas. Prueba un poco. —Y le ofreció una rebanada a Kendra.

—Han hecho un gran trabajo con la maceta —comentó ella—. Y la mesa parece intacta.

—Mejor que antes —coincidió Lena—. Me encanta el nuevo bisel. Los duendes conocen bien su oficio.

Kendra inspeccionó la rebanada de pan. El extraño estampado seguía por dentro también, no sólo en la corteza. Probó un bocado. La canela y el azúcar dominaban el sabor. Entusiasmada, dio otro mordisco. Sabía a mermelada de mora. El siguiente bocado le supo a chocolate, con un toque de crema de cacahuete. Y el siguiente parecía saturado de natillas.

—¡Cuántos sabores tiene!

—Y nunca interfieren entre sí, como debieran —añadió Lena, y dio un bocado ella también.

Descalzo y con el pelo de punta, Seth entró a la carrerilla en la cocina.

—Buenos días —dijo—. ¿Estáis desayunando?

—Tienes que probar este pan estampado —dijo Kendra.

—Dentro de un momento —respondió él—. ¿Puedo tomar una taza de chocolate?

Lena le llenó una taza.

—Gracias —dijo él cuando se la tendió—. Vuelvo enseguida. Se me ha olvidado una cosa arriba. —Salió a toda prisa, bebiendo de la taza al mismo tiempo.

—Es tan raro —comentó Kendra, y mordió otro trozo del bizcocho, que ahora sabía a pan de nueces con plátano.

—Yo creo que está tramando algo —repuso Lena.

Seth dejó la taza encima de la cómoda. Respiró hondo para tranquilizarse y rezó en silencio para que la tarántula hubiese desaparecido y en su lugar estuviera el hada. Abrió el cajón.

Desde el interior del tarro le miraba una criaturilla horripilante. Le enseñó unos dientes afilados y siseó en dirección a él. Estaba envuelta en un pellejo pardo y curtido y era más alta que su dedo corazón. Estaba calva, tenía las orejas destrozadas, el pecho estrecho, panza y unos brazos y unas piernas escuchimizados. Los labios eran como de rana, los ojos color negro brillante y la nariz un mero par de rajitas por encima de la nariz.

—¿Qué le has hecho al hada? —preguntó Seth.

La fea criatura volvió a sisear y se dio la vuelta. Por encima de cada omóplato presentaba un muñón. Los muñones se agitaron como si fueran los vestigios de dos alas amputadas.

—¡Oh, no! ¿Qué te ha pasado?

La criatura sacó una lengua larga y negra y golpeó varias veces el cristal con unas manos encallecidas. Y profirió algo ordinario con voz áspera.

¿Qué había ocurrido? ¿Por qué la preciosa hada había mutado en un diablillo repugnante? Tal vez un poco de leche podría servir de ayuda.

Seth sacó el tarro del cajón rápidamente, cogió la taza de encima de la cómoda y bajó disparado las escaleras del desván al pasillo. Entró a toda prisa en el cuarto de baño y echó el pestillo.

Todavía le quedaba un tercio de la taza. Sosteniendo el tarro en el lavabo, vertió un poco del chocolate líquido encima de la tapa. Casi todo se derramó por los lados del tarro, pero también se colaron unas gotitas por los orificios de la tapa.

Una gota le cayó a la criatura en el hombro. Enojada, gesticuló en dirección a Seth para que desenroscara la tapa y a continuación señaló la taza. Al parecer, quería beberlo directamente de la taza.

Seth echó un vistazo al cuarto de baño. La ventana estaba cerrada, la puerta asegurada con el pestillo. Metió una toalla por la rendija que quedaba en la parte inferior de la puerta. Dentro del tarro, la criatura hizo gestos de súplica e hizo como que bebía de una taza imaginaria.

Seth desenroscó la tapa. Dando un salto muy potente, la criatura salió del tarro y aterrizó en la encimera del lavabo. Se acuclilló, enseñó los dientes gruñendo y clavó la mirada en Seth.

—Siento que se te cayeran las alas —dijo él—. Esto podría ayudarte.

Le tendió la taza, mientras se preguntaba si la criatura daría algún sorbo a la leche edulcorada o si simplemente se colaría dentro de la taza. No pasó ni lo uno ni lo otro; en vez de eso, trató de darle un zarpazo y a punto estuvo de alcanzarle un dedo. Seth apartó la mano y el chocolate líquido se derramó por la encimera. Siseando, la ágil criatura saltó al suelo, echó a correr a toda velocidad en dirección a la bañera y se coló dentro de un salto.

Antes de que Seth pudiese reaccionar, la criatura se escabulló por el desagüe. Del oscuro agujero salió un último puñado de improperios; acto seguido, la criatura desapareció. Seth vertió lo que quedaba del chocolate por el desagüe, por si pudiera serle útil al hada deforme.

Miró de nuevo en dirección al tarro, vacío ahora salvo por unos cuantos pétalos marchitos. No estaba seguro de qué era lo que había hecho mal, pero dudaba de que Maddox fuera a sentirse orgulloso.

Esa misma mañana, Seth subió a la casa del árbol y se dispuso a buscar piezas del puzle que encajasen entre sí. Ahora que el perímetro estaba formado, añadir otras piezas representaba todo un desafío. Parecían todas iguales.

Había evitado a Kendra durante toda la mañana. No tenía ganas de hablar con nadie. No conseguía olvidarse del aspecto horripilante que había adquirido el hada. No estaba seguro de lo que había hecho, pero sabía que de alguna manera era culpa suya, una consecuencia accidental de haber atrapado al hada. Por eso la noche anterior el hada había estado tan asustada. Sabía que la había condenado a transformarse en un horrendo monstruito.

Las piezas del puzle empezaron a vibrar. Pronto la casa entera temblaba también. ¿Era un terremoto? Era la primera vez en su vida que experimentaba un terremoto.

Seth corrió a la ventana. Había hadas revoloteando por todas partes, aglomeradas alrededor de la casa del árbol. Tenían los brazos en alto y parecían estar entonando un cántico.

Una de las hadas señaló a Seth. Varias se deslizaron por el aire hasta quedar un poco más cerca de la ventana. Una de ellas dirigió la palma de la mano en dirección a Seth y, con un resplandor de luz, el cristal de la ventana se hizo añicos. Seth se apartó de un brinco, al tiempo que unas cuantas hadas entraban en la casita.

Corrió hacia la trampilla, pero la casa del árbol se agitó con tal fuerza que se cayó al suelo. El temblor era cada vez más fuerte. El suelo ya no estaba horizontal. Una silla volcó. La puerta de la trampilla se había cerrado de golpe. Se dirigió a ella gateando. Algo caliente le pinchó en la nuca. Empezaron a parpadear unas luces multicolores.

Seth agarró la puerta de la trampilla, pero no se abría. Tiró con fuerza. Algo le quemó el dorso de la mano.

Presa del pánico, regresó a la ventana, luchando por mantener el equilibrio mientras el suelo temblaba bajo sus pies. La bandada de hadas seguía entonando el mismo cántico. Podía oír sus vocecillas.

De repente, emitiendo un fuerte chasquido, la casa del árbol se ladeó. La vista desde la ventana pasó de las hadas al suelo, que se acercaba a toda velocidad.

Seth experimentó una sensación de ingravidez momentánea. Todos los objetos de la casa del árbol flotaban en el aire, conforme el conjunto caía en picado. El aire se llenó de piezas del puzle. Y entonces la casa del árbol se vino abajo.

Kendra se embadurnó los brazos de crema solar. Le desagradaba esa sensación grasienta que le dejaba la loción en la piel. Estaba más morena que cuando llegaron, pero hoy el sol calentaba con fuerza y no quería arriesgarse.

Su sombra formaba un pequeño charco a sus pies. Era casi mediodía. No quedaba mucho para el almuerzo; entonces, el abuelo Sorenson los llevaría al granero. Kendra albergaba la esperanza de ver un unicornio.

De pronto oyó un porrazo tremendo proveniente de un rincón del jardín. Entonces oyó gritar a Seth.

¿Qué podía haber hecho semejante ruido? No le hizo falta correr mucha distancia para ver la montaña de escombros al pie del árbol.

Seth corría hacia ella como alma que lleva el diablo. Llevaba la camisa rota. Tenía sangre en la cara. Había cientos de hadas que parecían estar persiguiéndole. Lo primero que pensó Kendra fue en hacer un chiste sobre la posibilidad de que las hadas quisieran vengarse por haber intentado cazarlas, hasta que se dio cuenta de que seguramente así era. ¿Las hadas habían tirado abajo la casa del árbol?

—¡Vienen a por mí! —chilló Seth.

—¡Tírate a la piscina! —le dijo Kendra a voces.

Seth viró en dirección a la piscina y empezó a quitarse la camisa. A la funesta nube de hadas no le estaba costando darle alcance. Volaban a toda velocidad, lanzando destellos como lenguas luminosas. Tras echar a un lado la camisa, Seth saltó al agua.

—¡Las hadas están persiguiendo a Seth! —gritó Kendra, observando la escena, horrorizada.

Las hadas se quedaron suspendidas en el aire encima de la piscina. Al cabo de unos instantes, Seth sacó la cabeza del agua. Con una sincronización impecable, la nube de hadas se lanzó en picado a por él. Seth chilló, al tiempo que a su alrededor empezaron a caer unos cegadores rayos de luz, y volvió a esconderse debajo del agua. Las hadas se zambulleron tras él.

Seth sacó la cabeza del agua, boqueando para recuperar el aliento. El agua se agitaba. Él se mantenía a flote en medio de un despliegue pirotécnico subacuático. Kendra corrió al borde de la piscina.

—¡Socorro! —gritó Seth, sacando una mano del agua. Tenía los dedos fusionados como una aleta.

Kendra chilló.

—¡Están atacando a Seth! ¡Socorro! ¡Que venga alguien! ¡Están atacando a Seth!

Seth nadó hacia un lateral de la piscina, agitando los brazos como loco. La turbamulta de hadas volvió a aglomerarse encima de Seth y, entre espeluznantes explosiones de luz, tiraban de él hacia el fondo de la piscina. Kendra fue corriendo a por el instrumento de recoger hierbas y empezó a blandirlo contra la implacable horda de hadas, pero aunque el enjambre parecía compacto, no alcanzó a ninguna.

Seth reapareció en el bordillo de la piscina y echó los brazos fuera para asirse a las losas de fuera y auparse fuera del agua. Kendra se agachó para ayudarle, pero en vez de eso profirió un alarido. Uno de los brazos era ancho, plano y gomoso. No había codo, ni mano. Una aleta envuelta en pellejo humano. El otro era largo y sin huesos, un tentáculo carnoso con unos dedos flácidos en la punta.

Kendra le miró la cara. Unos largos colmillos le asomaban, enroscados hacia abajo, por una boca sin labios. Le faltaban trozos de cuero cabelludo. Tenía los ojos glaseados de espanto.

Las enloquecidas hadas volvieron a la carga contra él, y Seth no pudo seguir agarrándose al bordillo, y se hundió en el agua en medio de otra palpitante sucesión de resplandores de diversos colores. Del agua bullente manaron un chisporroteo y un vapor.

—¿Qué significa todo esto? —aulló el abuelo Sorenson, corriendo con todas sus fuerzas hacia el borde de la piscina.

Lena le siguió. El agua de la piscina tembló unas cuantas veces más. Muchas de las hadas se fueron de allí disparadas. Unas cuantas volaron en dirección al abuelo.

Un hada en concreto dijo algo muy enojada con su vocecilla. Tenía el pelo azul, corto, y las alas plateadas.

—¿Que hizo qué? —dijo el abuelo.

Una monstruosidad irreconocible salió con impulso del agua y se quedó jadeando en el suelo enlosado. La deforme criatura no llevaba ninguna prenda de vestir. Lena se acuclilló a su lado y le puso una mano en el costado.

—Él no sabía que ocurriría eso —se quejó el abuelo—. ¡Fue algo involuntario!

Kendra miraba boquiabierta la extraña figura de su hermano. Se le había caído casi todo el pelo, y había dejado al descubierto una cabeza llena de bultos salpicada de lunares. Su cara era más ancha y más chata, y tenía los ojos hundidos y unos colmillos grandes como plátanos que le salían de la boca. Rematando la espalda, lucía una joroba informe. Debajo de la joroba, en la espalda, cuatro orificios se abrían y cerraban para aspirar aire. Las piernas se le habían unido para formar una burda cola. Con el brazo convertido en aleta golpeaba el suelo. Y el tentáculo se retorcía como una serpiente.

—Una desafortunada coincidencia —dijo el abuelo en tono consolador—. Terriblemente desafortunada. ¿No podéis apiadaros del muchacho?

El hada replicó con vehemencia.

—Lamento que os sintáis así. Siento muchísimo lo que ha pasado. Os aseguro que tal atrocidad no ha sido algo intencionado.

Tras un último torrente de quejas con voz agudísima, el hada se largó volando.

—¿Estás bien? —preguntó Kendra a Seth, agachándose a su lado.

Él emitió un gemido indescifrable y luego otro, más angustiado, que sonó como un burro haciendo gárgaras con un colutorio.

—Guarda silencio, Seth —le dijo el abuelo—. Has perdido la facultad de hablar.

—Voy a buscar a Dale —anunció Lena, y se marchó a toda prisa.

—¿Qué le han hecho? —preguntó Kendra.

—Vengarse —explicó el abuelo en tono grave.

—¿Por haber intentado cazar hadas?

—Por haberlo conseguido.

—¿Capturó alguna?

—Sí.

—¿Y ellas le han convertido en una morsa deforme? ¡Pensé que no podían emplear la magia contra nosotros!

—Seth empleó una potente magia para transformar al hada cautiva y transformarla en un diablillo, con lo que, sin querer, abrió la puerta a las represalias del mundo mágico.

—¡Pero si Seth no sabe nada de magia!

—Estoy seguro de que fue un accidente —dijo el abuelo—. Seth, ¿me entiendes? Da tres golpes con la aleta en el suelo si captas lo que estoy diciendo.

La aleta chocó tres veces contra el suelo enlosado.

—Fue una soberana estupidez cazar un hada, Seth —dijo el abuelo—. Te advertí de que no eran inofensivas. Pero yo tengo parte de culpa. Estoy seguro de que Maddox te inspiró y quisiste iniciar una carrera como traficante de hadas.

Seth sacudió la cabeza en gesto afirmativo, haciendo vibrar como la gelatina todo su cuerpo hinchado.

—Debí prohibíroslo específicamente. Se me olvida lo curiosos y osados que pueden ser los críos. Y lo ingeniosos. No podría habérseme ocurrido nunca que serías capaz de atrapar de verdad un hada.

—¿Qué magia empleó? —preguntó Kendra, al borde de un ataque de histeria.

—Cuando se tiene encerrada bajo techo a un hada cautiva desde la puesta del sol hasta el amanecer, se transforma en un diablillo.

—¿Qué es eso de un diablillo?

—Se trata de un hada caída. Son unas criaturillas desagradables. Los diablillos se desprecian tanto a sí mismos como se adoraban cuando eran hadas. E igual que las hadas se sienten atraídas por lo bello, los diablillos lo hacen por lo feo.

—¿Tan rápido cambia su personalidad?

—Su personalidad sigue siendo la misma —explicó el abuelo—. Superficial y narcisista. El cambio de aspecto pone de manifiesto la cara trágica de semejante mentalidad. La vanidad se convierte en desdicha. Las hadas se vuelven malvadas y celosas y se regodean en la desgracia.

—¿Y las hadas que atrapó Maddox? ¿Por qué ellas no cambian?

—Él evita dejar las jaulas dentro de casa por la noche. Sus hadas cautivas pasan al menos parte de la noche en el exterior.

—¿Sólo con dejar fuera la caja se impide que se transformen en diablillos?

—A veces se consiguen poderosos efectos mágicos con medios sencillos.

—¿Por qué atacaron a Seth las otras hadas? ¿Qué más les daba a ellas, ya que son tan egoístas?

—Les importa precisamente porque son egoístas. Cada ha-

117

da se preocupa de pensar que ella puede ser la próxima. Me han explicado que Seth incluso dejó un espejo junto al hada, para que pudiera contemplarse después de haber caído. Para las hadas, fue un gesto especialmente cruel.

El abuelo respondió a todas las preguntas con una gran serenidad, por acusador o enojado que fuese el tono de Kendra al hacérselas. Su actitud serena sirvió para que ella misma se calmase un poco.

—Estoy segura de que fue un accidente —dijo Kendra.

Seth asintió vigorosamente y toda su grasa tembló.

—No sospecho que hubiera malicia por su parte. Fue un percance desafortunado. Pero a las hadas no les interesan sus motivos. Estaban en su derecho de exigir una compensación.

—Pero tú puedes devolverlo a su estado anterior.

—Devolver a Seth a su estado original no está ni mucho menos al alcance de mis posibilidades.

Seth emitió un mugido largo y quejumbroso. Kendra le dio unos golpecitos en la chepa.

—¡Tenemos que hacer algo!

—Sí —respondió el abuelo. Se tapó los ojos con una mano y a continuación la bajó por toda la cara—. Va a ser muy complicado explicarles esto a vuestros padres.

—¿Quién puede recomponerlo? ¿Maddox?

—Maddox no es ningún mago. Además, se marchó hace rato. Aunque tengo mis dudas, sólo se me ocurre una persona que podría ser capaz de deshacer el encantamiento que ha caído sobre tu hermano.

—¿Quién?

—Seth la conoció.

—¿La bruja?

El abuelo asintió.

—Dadas las circunstancias, la única esperanza es Muriel Taggert.

La carretilla se desequilibró al salvar el obstáculo de una raíz de árbol. Dale consiguió estabilizarla. Seth gimió. Iba desnudo, salvo por una toalla blanca envuelta alrededor del tronco.

—Perdona, Seth —dijo Dale—. El sendero se las trae…

—¿Casi hemos llegado? —preguntó Kendra.

—No falta mucho —respondió el abuelo.

Iban en fila india, con el abuelo a la cabeza, seguido de Dale, que empujaba la carretilla, y Kendra en la retaguardia. Lo que había empezado siendo un rastro apenas discernible, en las cercanías del granero, había ido ensanchándose hasta convertirse en un camino perfectamente definido. Más adelante tomaron un sendero más angosto en una bifurcación. Desde entonces no se habían cruzado con ningún otro camino.

—Qué silencioso está el bosque —comentó Kendra.

—Cuando estás en alguno de los senderos es cuando más en silencio está todo —le explicó el abuelo.

—Me parece demasiado silencioso.

—Hay tensión en el aire. Tu hermano ha cometido una falta grave. La caída de un hada es una tragedia deplorable. La represalia de las hadas fue igual de cruel. Están todos pendientes de ver si habrá una escalada en el conflicto.

—No la habrá, ¿verdad?

—Espero que no. Si Muriel cura a tu hermano, las hadas podrían tomárselo como un insulto.

—¿Le atacarían otra vez?

—Probablemente no. Al menos no de manera directa. Ya le han castigado.

—¿Podemos curar nosotros al hada?

El abuelo sacudió la cabeza.

—No.

—¿Y la bruja podría?

—Seth ha sufrido una alteración por efecto de la magia que le han aplicado. Pero la posibilidad de caer y convertirse en un diablillo es un aspecto fundamental del ser hada. El hada se transformó de acuerdo con una ley que existe desde que las hadas tienen alas. Muriel podría estar en disposición de deshacer el encantamiento que tiene atrapado a Seth. Pero deshacer la caída de un hada es algo totalmente fuera de su alcance.

—Pobre hada.

Llegaron a una bifurcación. El abuelo tomó el camino de la izquierda.

—Casi estamos —dijo—. Manteneos en silencio mientras converso con ella.

Kendra observó los arbustos y los árboles, esperando encontrar ojos llenos de rencor mirándola. ¿Qué criaturas aparecerían si se eliminase toda la vegetación? ¿Qué ocurriría si echara a correr bosque a través? ¿Cuánto tiempo tardaría en devorarla algún monstruo horripilante?

El abuelo se detuvo y señaló en dirección a los árboles.

—Ahí es.

Kendra vio a lo lejos la choza cubierta de hojas, entre los árboles, apartada del camino.

—Demasiados arbustos para la carretilla —dijo Dale, y cogió a Seth en brazos.

Aunque Seth estaba mucho más fofo ahora, su tamaño no había aumentado. Mientras se abrían paso por entre los arbustos, Dale le llevaba en brazos y no le resultó demasiado difícil.

La choza envuelta en hiedra estaba cada vez más cerca. La rodearon para llegar a la parte delantera. Dentro estaba la mugrienta bruja, sentada con la espalda apoyada en el tocón, royendo el nudo de una soga de aspecto áspero. Encima del tocón había dos diablillos sentados. Uno era flacucho, con unas costillas prominentes y unos pies largos y planos. El otro era compacto y rechoncho.

—Hola, Muriel —dijo el abuelo.

Los diablillos saltaron del tronco y se escabulleron. Muriel alzó la vista y dibujó lentamente una sonrisa que reveló unos dientes llenos de caries.

—¿Es éste el mismísimo Stan Sorenson? —Se frotó los ojos teatralmente y pestañeó varias veces para mirarle—. No, debo de estar soñando. ¡Stan Sorenson dijo que no vendría a verme nunca más!

—Necesito tu ayuda —dijo el abuelo.

—Y te has traído compañía. A Dale le recuerdo. ¿Quién es esta preciosa damisela?

—Mi nieta.

—No se parece en nada a ti, por suerte para ella. Me llamo Muriel, querida, encantada de conocerte.

—Yo soy Kendra.

—Sí, claro. Tú eres la que tiene ese precioso camisón rosa con el lacito en el pecho.

Kendra lanzó una mirada al abuelo. ¿Cómo era posible que esa bruja chiflada supiera cómo era su camisón?

—Sé una o dos cositas —prosiguió Muriel, dándose unos toquecitos con los dedos en la sien—. Los telescopios son para mirar estrellas, querida, no para ver árboles.

—No le hagas caso —dijo el abuelo—. Quiere darte la impresión de que tiene poderes para espiarte en vuestro dormitorio. Las brujas se nutren del miedo. Su influencia no va más allá de las paredes de esta choza.

—¿No queréis pasar a tomar un té? —les invitó la bruja.

—Lo que pueda saber, es información suministrada por los diablillos —siguió diciendo el abuelo—. Y dado que los diablillos no tienen autorización para entrar en el jardín, sus noticias proceden de un diablillo en concreto.

Muriel soltó una risa mezclada con chillido. Aquel cacareo delirante casaba mucho mejor con su demacrada apariencia que su dulce voz.

—El diablillo vio vuestra habitación y oyó conversaciones desde dondequiera que lo tuviera escondido Seth —concluyó el abuelo—. Nada de lo que preocuparse.

Muriel levantó un dedo a modo de objeción.

—¿Nada de lo que preocuparse, dices?

—Nada de lo que viera u oyera el diablillo podría resultar dañino —aclaró el abuelo.

—Excepto, tal vez, su propio reflejo —sugirió Muriel—. ¿Y quién es nuestro último visitante? ¿Este pobre engendro chepudo? ¿Es posible que sea…? —Juntó las manos dando una palmada y se rio entre dientes—. ¿Nuestro recio aventurero ha sufrido un contratiempo? ¿Al final su ingeniosa lengua le ha traicionado?

—Tú sabes lo que ha pasado —respondió el abuelo.

—Lo sé, lo sé —replicó ella, riéndose socarronamente—. Sabía que era insolente, pero nunca imaginé semejante crueldad. Encerradlo en una cabaña, propongo yo. Por el bien de las hadas. Encerradlo bajo siete llaves.

—¿Puedes devolverlo a su estado original? —preguntó el abuelo.

—¿Devolverlo a su estado original? —exclamó la bruja—. ¿Después de lo que ha hecho?

—Fue un accidente, como bien sabes.

—¿Por qué no me pides que rescate de la horca a un asesino? ¿Que le ahorre la vergüenza a un traidor?

—¿Puedes hacerlo?

—¿Le hago aparecer también una medalla para que la luzca? ¿Una insignia de honor por el delito cometido?

—¿Puedes?

Muriel dejó de hacer el paripé. Observó a sus visitantes con una expresión ladina.

—Ya conoces el precio.

—No puedo aflojar ni un nudo —replicó el abuelo.

Muriel alzó sus nudosas manos.

—Sabes que necesito la energía del nudo para el conjuro —dijo—. El chico tiene más de setenta maleficios diferentes actuando sobre sí. Tendrás que deshacer setenta nudos.

—¿Y si...?

—Nada de regateos. Un nudo, y tu horrendo nieto recobrará su aspecto original. Si no es así, nunca sería capaz de invalidar el encantamiento. Estamos hablando de magia de hadas. Antes de acudir a mí ya sabías el precio. Nada de regateos.

El abuelo se dio por vencido.

—Muéstrame la soga.

—Tiende al chico ante el umbral de mi puerta.

Dale depositó a Seth delante de ésta. De pie en el umbral, Muriel le tendió la soga al abuelo. Contenía dos nudos. Los dos presentaban restos de sangre reseca. Uno aún estaba húmedo de saliva.

—Escoge —dijo la bruja.

—Por mi propia y libre voluntad, yo secciono este nudo —proclamó el abuelo.

Entonces se inclinó hacia delante y sopló suavemente sobre el más alto de los dos nudos. El nudo se desató.

El viento pareció agitarse. Los días de calor, Kendra había visto a lo lejos que el ambiente se estremecía. Ahora era parecido, sólo que estaba pasando delante de sus narices. Percibió una vibración palpitante, como si estuviera delante de un potente altavoz estéreo durante una canción con un montón de graves. El piso pareció ladearse.

Muriel extendió una mano por encima de Seth. Entre dientes pronunció un ensalmo ininteligible. La piel fofa de Seth empezó a ondularse como si por dentro estuviera bullendo. Dio la impresión de tener miles de gusanos por debajo de la piel, retorciéndose por dar con un modo de salir. De la piel empezaron a manar efluvios pútridos. Parecía que la grasa empezaba a evaporarse. Su cuerpo contrahecho se convulsionó.

Kendra extendió los brazos y se balanceó al tiempo que aumentaba la inclinación del suelo. Hubo una explosión de tiniebla, un antirresplandor; Kendra perdió el equilibrio y a punto estuvo de caerse.

La extraña sensación cesó. El aire se volvió nítido y reinó el equilibrio de nuevo. Seth se sentó. Estaba exactamente igual que en los viejos tiempos. Nada de colmillos ni aletas ni branquias. Sólo un chico de once años con una toalla enrollada a la cintura. Salió gateando de la choza y se puso de pie.

—¿Satisfecho? —preguntó Muriel.

—¿Cómo te sientes, Seth? —quiso saber el abuelo.

Seth se palpó el pecho desnudo.

—Mejor.

Muriel sonrió de oreja a oreja.

—Gracias, aventurerito. Me has hecho un gran favor hoy. Estoy en deuda contigo.

—No debiste haberlo hecho, abuelo —repuso Seth.

—Había que hacerlo —dijo él—. Será mejor que nos vayamos.

—Quedaos un ratito —les invitó Muriel.

—No, gracias —respondió el abuelo.

—Muy bien. Desdeñad mi hospitalidad. Kendra, encantada de conocerte, que encuentres menos felicidad de la que te mereces. Dale, eres tan mudo como tu hermano y casi igual de pálido. Seth, vuelve a sufrir otro contratiempo pronto, por favor. Stan, eres más tonto que un orangután, que Dios te acompañe. No tardéis en venir a verme otra vez.

Kendra entregó a Seth unos calcetines, unos zapatos, pantalones cortos y una camisa. Una vez se los hubo puesto, regresaron al sendero.

—¿Puedo ir montado en la carretilla para volver a casa? —preguntó Seth.

—Deberías llevarme tú a mí —gruñó Dale.

—¿Qué se siente siendo una morsa? —preguntó Kendra.

—¿Eso es lo que era?

—Una morsa chepuda mutante con la cola deformada —le aclaró ella.

—¡Ojalá hubiéramos tenido una cámara! Se me hacía rarísimo respirar por la espalda. Y me costaba mucho moverme. Nada parecía estar bien.

—Quizá sería más seguro si no conversarais tan alto —comentó el abuelo.

—No podía hablar —dijo Seth en voz más baja—. Era como si todavía supiera hablar, pero las palabras me salían todas enmarañadas. La boca y la lengua estaban diferentes.

—¿Y qué pasa con Muriel? —preguntó Kendra—. Si desata ese último nudo, ¿quedará libre?

—En un principio estuvo atada con trece nudos —explicó el abuelo—. Ella sola no puede deshacer ninguno, pero parece que eso no la hace desistir de seguir intentándolo. Sin embargo, otros mortales pueden deshacer los nudos pidiéndole un favor y soplando sobre alguno de ellos. Los nudos se mantienen en su sitio gracias a una magia muy poderosa. Cuando se libera un nudo, Muriel puede canalizar esa magia para otorgar el favor solicitado.

—Así pues, si otra vez necesitases su ayuda…

—La buscaría en otra parte —respondió el abuelo—. Jamás quise que llegase a estar con sólo un nudo. Y no me planteo liberarla.

—Siento haber acabado ayudándola —dijo Seth.

—¿Has aprendido algo de tu martirio? —preguntó el abuelo. Seth bajó la cabeza.

—Me siento mal por el hada, de verdad. No se merecía lo que le pasó. —El abuelo se mantuvo impasible y Seth continuó mirándose los zapatos—. No debí incordiar a las criaturas mágicas —reconoció finalmente.

El abuelo le puso una mano en el hombro.

—Sé que no era tu intención hacerles daño. Por estos pagos, las cosas que ignores pueden hacerte daño. Y perjudicar también a otros. Si has aprendido a ser más cuidadoso y compasivo en el futuro, y a mostrar más respeto por los moradores de esta reserva, entonces al menos algo bueno habrá salido de todo esto.

—Yo también he aprendido algo —dijo Kendra—: que los humanos y las morsas no deberían cruzarse nunca.

9

Hugo

𝒦endra se había puesto el tablero triangular en el regazo. Estaba analizando la posición de los palitos, planeando el siguiente salto. A su lado, Lena se mecía suavemente en una mecedora mientras contemplaba la salida de la luna. Desde el porche apenas podían verse unas pocas hadas volando por el jardín. Entre ellas, en medio de la luz plateada de la luna, parpadeaban las luciérnagas.

—Esta noche no hay muchas hadas —comentó Kendra.

—Puede que pase un tiempo hasta que las hadas vuelvan a frecuentar en grupo nuestros jardines —respondió Lena.

—¿No podrías tú explicarles todo lo sucedido?

Lena se rio en voz baja.

—Antes que hacerme caso a mí, prestarían oídos a tu abuelo.

—Pero ¿no eras antes algo así como una de ellas?

—Ése es el problema. Observa. —Lena cerró los ojos y empezó a cantar suavemente.

El trino de su aguda voz dio vida a una nostálgica melodía. Varias hadas acudieron volando como flechas desde el jardín y se quedaron revoloteando a su alrededor, formando un amplio semicírculo e interrumpiendo los trinos de Lena con fervientes gorjeos.

Lena interrumpió el cántico y dijo algo en un idioma ininteligible. Las hadas replicaron con sus gorjeos. Lena pronunció una última frase y las hadas se marcharon volando.

—¿Qué decían? —preguntó Kendra.

—Decían que debería darme vergüenza cantar una canción

nayádica —respondió Lena—. No soportan que se les recuerde de ningún modo que yo fui una ninfa un día, especialmente si eso implica que me siento en paz con mi decisión.

—Parecían muy molestas.

—Gran parte de su tiempo lo dedican a burlarse de los mortales. Cada vez que alguna de nosotras se pasa al bando de la mortalidad, las demás empiezan a preguntarse si estarán perdiéndose algo. Sobre todo si damos la impresión de estar contentas. Se ríen de mí despiadadamente.

—¿No dejas que te afecte?

—La verdad es que no. Ellas saben cómo aguijonearme. Se burlan de mí por estar haciéndome vieja, se ríen de mi pelo, de mis arrugas. Me preguntan si me lo pasaré bien cuando me entierren en un ataúd. —Lena frunció el entrecejo y miró pensativa la noche—. Hoy, cuando gritaste pidiendo socorro, sentí la edad que tengo.

—¿Qué quieres decir? —Kendra saltó un palito del tablero triangular.

—Traté de correr en tu ayuda, pero acabé despatarrada en el suelo de la cocina. Tu abuelo llegó a tu lado antes que yo, y no es ningún atleta.

—No fue culpa tuya.

—En mis años mozos, me hubiera plantado allí en un abrir y cerrar de ojos. Antes siempre estaba a mano en casos de emergencia. Ahora acudo renqueando al rescate.

—Aún te desenvuelves de una manera alucinante. —A Kendra empezaban a acabársele las opciones de movimientos. Ya se le había quedado aislado un palito.

Lena sacudió la cabeza.

—No duraría ni un minuto en el trapecio o en la cuerda floja. En tiempos, los dominaba con una agilidad natural. La maldición de la mortalidad. Te pasas la primera parte de la vida aprendiendo, haciéndote más fuerte, más capaz. Y entonces, sin que sea culpa de uno mismo, el cuerpo empieza a fallar. Involucionas. Brazos y piernas fuertes se vuelven flojos, los sentidos aguzados se vuelven torpes, la constitución recia se deteriora. La belleza se marchita. Los órganos empiezan a fallar. Te recuerdas a ti misma en la flor de la vida y te preguntas dónde estará esa persona. A medida que tu sabiduría y tu experiencia alcanzan sus cotas máximas, tu cuerpo traicionero se convierte en una prisión.

Kendra ya no tenía opciones de movimiento en su tablero perforado. Le habían quedado tres palitos.

—Nunca se me había ocurrido pensarlo así.

Lena cogió el tablero de las piernas de Kendra y empezó a colocar los palitos.

—En su juventud, los mortales se comportan más como unas ninfas. La edad adulta parece estar a una distancia infinita, por no hablar del debilitamiento de la vejez. Pero acaba dominándote, inexorable e inevitablemente. Para mí es una experiencia frustrante, algo que enfurece y una lección de humildad.

—Cuando hablamos el otro día, me dijiste que no modificarías tu decisión —le recordó Kendra.

—Cierto. Si me dieran la oportunidad, volvería a elegir a Patton. Y ahora que he experimentado la mortalidad, no me imagino cómo podía estar contenta con mi otra vida. Pero los placeres de la mortalidad, la emoción de estar viva, tienen un precio. El dolor, la enfermedad, el declive de la edad, la pérdida de los seres queridos... Podría pasar perfectamente sin estas cosas.

Los palitos estaban preparados. Lena empezó a saltarlos.

—Me impresiona la tranquilidad con que la mayoría de los mortales se toman el debilitamiento del cuerpo. Patton. Tus abuelos. Muchos otros. Simplemente, lo aceptan. A mí siempre me ha dado miedo envejecer. Su inevitabilidad me tortura. Desde que dejé el estanque, la perspectiva de la muerte ha sido como una sombra amenazadora que no ha dejado de acompañarme ni un momento desde algún rincón de mi mente.

Saltó el último palito y dejó solamente uno en el tablero. No era la primera vez que Kendra veía cómo lo hacía, pero aún no había conseguido copiar sus movimientos.

Lena suspiró suavemente.

—Debido a mi naturaleza, puede que tenga que soportar la vejez durante muchas más décadas que los seres humanos normales y corrientes. El humillante broche final de la condición mortal.

—Por lo menos eres un genio saltando palitos —apuntó Kendra.

Lena sonrió.

—Mi solaz en el invierno de la vida.

—Todavía puedes pintar, y cocinar, y hacer toda clase de cosas.

—No es mi intención quejarme. Éstos no son problemas que deban compartirse con las mentes jóvenes.

—No pasa nada. No me estás asustando. Tienes razón, en el fondo no soy capaz de verme de adulta. Una parte de mí se pregunta si de verdad algún día llegará el instituto. A veces creo que tal vez moriré joven.

La puerta de la casa se abrió y el abuelo asomó la cabeza.

—Kendra, necesito deciros algo a Seth y a ti.

—Vale, abuelo.

—Ven al estudio.

Lena se puso de pie e hizo un gesto a Kendra para indicarle que debía darse prisa. Kendra entró en la casa y siguió al abuelo al estudio. Seth estaba ya allí, sentado en una de las sillas extragrandes, tamborileando con los dedos en el reposabrazos. Kendra ocupó la otra silla, mientras el abuelo tomaba asiento detrás de la mesa.

—Pasado mañana es 21 de junio —dijo el abuelo—. ¿Conoce alguno de vosotros dos lo que significa esa fecha?

Kendra y Seth se cruzaron una mirada.

—¿Tu cumpleaños? —tanteó Seth.

—El solsticio de verano —respondió el abuelo—. El día más largo del año. La noche previa constituye una festividad para las criaturas fantásticas de Fablehaven en la que dan rienda suelta a sus pasiones. Cuatro noches al año pueden disolverse los límites que definen los diferentes espacios en los que puede adentrarse cada clase de seres. Esas noches de fiesta por todo lo alto resultan esenciales a la hora de mantener la segregación impuesta en el lugar en circunstancias normales. La noche del solsticio de verano, los únicos límites que impiden el paso a una zona donde ninguna criatura puede entrar a sus anchas y en la que no puede causar daños son las paredes de esta casa. A no ser que se les invite, no pueden entrar aquí.

—¿La noche del solsticio de verano es mañana? —preguntó Seth.

—No quería decíroslo con demasiada antelación para que no os entrara el pánico. Mientras obedezcáis mis indicaciones, la noche transcurrirá sin incidentes. Habrá mucho alboroto, pero estaréis a salvo.

—¿En qué otras fechas pierden el control? —preguntó Kendra.

—En el solsticio de invierno y en los dos equinoccios. La noche del solsticio de verano suele ser la más desmadrada de las cuatro.

—¿No podemos verlo por las ventanas? —preguntó Seth entusiasmado.

—No —respondió el abuelo—. Ni disfrutaríais de las vistas. Las noches de festejos, las pesadillas cobran vida y rondan por el jardín. Ancestrales entes de una maldad suprema patrullan la oscuridad en busca de presas. Os iréis a dormir a la caída de la tarde. Os pondréis tapones para los oídos. Y no os levantaréis hasta que el amanecer disipe los horrores de la noche.

—¿Deberíamos dormir en tu habitación? —preguntó Kendra.

—El cuarto de juegos del desván es el lugar más seguro de la casa. En él se han colocado protecciones extra, como reserva para niños. Aun cuando, por cualquier desgracia, algún mal bicho entrara en la casa, vuestro cuarto seguiría siendo seguro.

—¿Alguna vez ha entrado algo en la casa? —preguntó Kendra.

—Nada indeseado ha vulnerado las paredes de este hogar —respondió el abuelo—. Aun así, todo cuidado es poco. Mañana ayudaréis a preparar unas cuantas defensas, para que podamos contar con un estrato más de protección. Debido a la reciente trifulca con las hadas, temo que esta noche del solsticio resulte particularmente caótica.

—¿Alguna vez ha muerto alguien aquí? —preguntó Seth—. Quiero decir: dentro de la finca.

—Deberíamos dejar ese tema para otro momento —respondió el abuelo, poniéndose en pie.

—El tipo aquel que se transformó en semillas de diente de león —apuntó Kendra.

—¿Nadie más? —insistió Seth.

El abuelo los observó seriamente unos segundos.

—Tal como vais aprendiendo, estas reservas están llenas de peligros. En el pasado se han producido accidentes. Por lo general, dichos accidentes tuvieron como víctimas a personas que se aventuraron por zonas en las que no tenían permiso para entrar, o que metieron las narices en asuntos que escapaban a su comprensión. Si seguís mis normas, no deberíais tener nada de lo que preocuparos.

El sol no se había elevado mucho aún sobre la línea del horizonte cuando Seth y Dale salieron andando por la pista llena de rodadas que partía del granero. Seth nunca se había fijado específicamente en aquel camino de carretas lleno de hierbajos. El camino empezaba en el extremo más alejado del granero y se dirigía al bosque. Después de serpentear unos metros entre los árboles, la pista cruzaba una gran pradera.

Por encima de sus cabezas, sólo unos cuantos jirones de nubes interrumpían el brillante azul del cielo. Dale andaba con brío, obligando a Seth a apretar el paso para no quedarse rezagado. Seth empezaba ya a empaparse de sudor. El cálido día prometía ser muy caluroso hacia el mediodía.

Seth se mantenía atento a la aparición de cualquier criatura interesante. En la pradera vio aves, ardillas y conejos, pero nada sobrenatural.

—¿Dónde se han metido todos los animales mágicos? —preguntó.

—Ésta es la calma antes de la tempestad —dijo Dale—. Calculo que la mayoría estará descansando para esta noche.

—¿Qué clase de monstruos saldrán esta noche?

—Stan me avisó de que probablemente tratarías de sonsacarme información. Más te vale no ser tan curioso sobre esta clase de cosas.

—¡Lo que me hace ser curioso es que no me lo cuentes!

—Es por tu propio bien —repuso Dale—. Por un lado, se trata de que al contártelo podrías asustarte. Y por el otro lado, se trata de que al contártelo podrías sentir aún más curiosidad.

131

—Si me lo cuentas, te prometo que dejaré de ser curioso.

Dale sacudió la cabeza.

—¿Qué te hace pensar que podrás mantener esa promesa?

—No creo que pueda sentir más curiosidad de la que siento ya en estos momentos. No saber algo es lo más duro.

—Bueno, a decir verdad no puedo dar una respuesta muy satisfactoria a tu pregunta. ¿He visto yo cosas espeluznantes en el tiempo que llevo aquí? Puedes estar seguro de ello. Y no sólo las noches festivas. ¿He mirado furtivamente por la ventana durante una noche festiva? Una o dos veces, cómo no. Pero he aprendido a dejar de mirar. Las personas no estamos hechas para guardar en la mente cosas de ese estilo. Luego, cuesta conciliar el sueño. Yo ya no miro. Lena tampoco, ni vuestro abuelo ni vuestra abuela. Y nosotros somos adultos.

—¿Qué viste?

—¿Qué tal si cambiamos de tema?

—Me estás matando. ¡Tengo que saberlo!

Dale se detuvo y se volvió para mirarle.

—Seth, tú sólo crees que quieres saber. Parece que saber no hace daño, mientras te paseas bajo un cielo azul y despejado una agradable mañana en compañía de un amigo. Pero ¿qué pasará mañana cuando estés a solas en tu cuarto, en medio de la oscuridad, cuando fuera la noche se llene de sonidos antinaturales? Es probable que lamentes haberme hecho ponerle cara a lo que gime al otro lado de la ventana.

Seth tragó saliva. Alzó la vista hacia Dale con los ojos como platos.

—¿Qué clase de cara?

—Vamos a dejarlo ahí. Todavía hoy, cuando estoy por aquí fuera después de la puesta del sol, me arrepiento de haber mirado. Cuando seas unos años mayor, llegará un día en que tu abuelo te dará la oportunidad de mirar por la ventana durante una noche festiva. Si empiezas a sentir mucha curiosidad, posponla hasta ese momento. En mi caso, si pudiera dar marcha atrás, evitaría absolutamente mirar por la ventana.

—Es fácil de decir cuando ya lo has hecho.

—No es fácil de decir. Pagué un algo precio para poder decirlo. Muchas noches en vela.

—¿Qué puede ser tan malo? Puedo imaginarme algunas cosas que ponen los pelos de punta.

—Yo pensaba lo mismo. No supe apreciar que imaginar y ver son cosas muy diferentes.

—Si ya miraste una vez, ¿por qué no volver a hacerlo?

—No quiero ver nada más. Prefiero simplemente imaginarme las escenas el resto de mi vida. —Dale echó a andar otra vez.

—Aun así, sigo queriendo saber —replicó Seth.

—Las personas inteligentes aprenden de sus errores. Pero las inteligentes de verdad aprenden de los errores de los otros. Y no te pongas mohíno; estás a punto de ver una cosa impresionante. Y ni siquiera te provocará pesadillas.

—¿Qué?

—¿Ves el sendero que sube por encima de ese montículo?

—Sí.

—La sorpresa está al otro lado.

—¿Estás seguro?

—Por completo.

—Más vale que no sea otra hada —replicó Seth.

—¿Qué problema hay con las hadas?

—A estas alturas he visto ya como un billón, y además me convirtieron en morsa.

—No es un hada.

—¿No será una cascada o algo así? —preguntó, receloso.

—No, te va a gustar.

—Bien, porque me estás dando esperanzas. ¿Es peligroso?

—Podría ser, pero estaremos a salvo.

—Démonos prisa.

Seth subió a toda velocidad el montículo. Echó la vista atrás hacia Dale, que seguía caminando, lo cual no era buena señal. Si la sorpresa era peligrosa, a Dale no le habría hecho gracia que echara a correr.

Una vez en lo alto del montículo, Seth se detuvo y miró atentamente la suave bajada del otro lado. A menos de cien metros de distancia, una criatura descomunal se abría paso por un henar, empuñando un par de guadañas enormes. La inmensa criatura segaba amplias extensiones de alfalfa a un ritmo incesante, haciendo silbar y sonar las dos guadañas sin la menor pausa.

Dale se reunió con Seth en lo alto del montículo.

—¿Qué es? —preguntó Seth.

—Nuestro golem, Hugo. Ven a ver.

Dale abandonó el camino de carretas y empezó a cruzar el campo en dirección al afanoso Goliat.

—¿Qué es un golem? —preguntó Seth, corriendo tras él.

—Observa. —Dale elevó la voz—. ¡Detente, Hugo!

Las guadañas detuvieron la siega en mitad del movimiento.

—¡Hugo, ven!

El hercúleo segador se dio la vuelta y trotó hacia ellos con unas zancadas largas y saltarinas. Seth notaba que el suelo vibraba a medida que Hugo se acercaba. Asiendo aún las guadañas, el gigantesco golem se detuvo delante de Dale, alto como una torre a su lado.

—¿Está hecho de arena? —preguntó Seth.

—De tierra, arcilla y piedra —respondió Dale—. Un poderoso brujo le otorgó la apariencia de la vida. Hugo fue donado a la reserva hace un par de siglos.

—¿Cuánto mide?

—Casi dos metros setenta cuando se yergue. La mayor parte del tiempo está encorvado y sólo alcanza menos de dos metros cuarenta.

Seth miró embobado aquel mastodonte. Por la forma, parecía más un simio que un humano. Aparte de su altura impresionante, Hugo contaba con unos brazos anchos y gruesos, igual que sus piernas; tenía unas manos y unos pies desproporcionadamente grandes. Aquí y allá le brotaban del cuerpo terroso penachos de hierba y algún que otro diente de león. Tenía la cabeza alargada y la mandíbula cuadrada. La nariz, la boca y las orejas eran rasgos burdos. Los ojos eran dos huecos vacíos debajo de una frente protuberante.

—¿Sabe hablar?

—No. Intenta cantar. ¡Hugo, cántanos una canción!

La gran boca empezó a abrirse y cerrarse y de ella salió una serie de graves rugidos, unos largos, otros cortos, ninguno de ellos especialmente parecido a nada musical. Hugo echaba la cabeza hacia delante y hacia atrás, como meciéndose al son. Seth trató de aguantar la risa.

—Hugo, deja de cantar.

El golem guardó silencio.

—No es muy bueno —dijo Seth.

—Más o menos igual de musical que un corrimiento de tierras.

—¿Le da corte?

—Él no piensa igual que nosotros. No se alegra ni se entristece; no se enfada ni se aburre. Es como un robot. Hugo, simplemente, obedece órdenes.

—¿Puedo decirle que haga cosas?

—Si le ordeno que te obedezca, sí —respondió Dale—. De lo contrario, sólo me escucha a mí, a Lena y a tus abuelos.

—¿Qué más sabe hacer?

—Entiende mucho. Realiza toda clase de trabajos manuales. Haría falta reunir a un nutrido equipo para poder hacer toda la faena que hace él aquí. Hugo no duerme nunca. Si le dejas un listado de tareas, se pasará la noche entera trabajando.

—Quiero decirle que haga una cosa.

—Hugo, deja las guadañas —le ordenó Dale.

El golem depositó las guadañas en el suelo.

—Hugo, éste es Seth. Hugo obedecerá la siguiente orden de Seth.

—¿Ya? —preguntó Seth.

—Di su nombre antes, para que sepa que te estás dirigiendo a él.

—Hugo, haz una voltereta lateral.

Hugo levantó las manos y se encogió de hombros.

—No entiende lo que quieres decir —le explicó Dale—. ¿Tú sabes hacerlo?

—Sí.

—Hugo, Seth te va a mostrar una voltereta lateral.

Seth levantó los brazos al frente, se agachó de lado e hizo una voltereta lateral algo chapucera.

—Hugo —dijo Dale—, obedece la siguiente orden de Seth.

—Hugo, haz una voltereta lateral.

El golem levantó los brazos, ladeó el tronco y realizó una voltereta lateral bastante poco elegante. El suelo tembló.

—No está mal para ser la primera vez —dijo Seth.

135

—Ha imitado la tuya. Hugo, cuando hagas otra voltereta lateral, mantén el cuerpo recto y alineado en un solo plano, como si fuera una rueda girando. ¡Hugo, haz una voltereta lateral!

Esta vez, Hugo ejecutó una voltereta lateral casi perfecta. Sus manos dejaron una huella en la superficie del campo.

—Aprende rápido —admiró Seth.

—Al menos, cualquier ejercicio físico. —Dale se puso las manos en las caderas—. Estoy harto de tanto andar. ¿Qué te parece si le decimos a Hugo que nos lleve a nuestra siguiente parada?

—¿En serio?

—Si prefieres andar, siempre podemos…

—¡De ningún modo!

Kendra se ayudó con una sierra de arco para separar otra calabaza de la enredadera. Un poco más allá, en la larga hondonada de tierra, Lena estaba cortando otra, roja y grande. Casi la mitad del invernadero estaba dedicado al cultivo de calabazas, grandes y pequeñas, blancas, amarillas, naranjas, rojas y verdes.

Habían llegado al invernadero por un senderillo que discurría por el bosque. Aparte de las calabazas y las plantas, la estructura de cristal albergaba un generador para dar luz al recinto y electricidad al termostato.

—¿De verdad tenemos que cortar trescientas? —preguntó Kendra.

—Da gracias de no tener que cargar con ellas —respondió Lena.

—¿Quién se las lleva?

—Es una sorpresa.

—¿De verdad son para tanto las lámparas hechas con calabazas vaciadas?

—¿Que si funcionan? Bastante bien. Especialmente si podemos convencer a las hadas de que las llenen.

—¿Con magia?

—Que se queden dentro de ellas toda la noche —le explicó Lena—. Desde hace mucho tiempo los farolillos de hada son una de las mejores formas de protección frente a criaturas de dudosas intenciones.

—Pero yo entendí que la casa ya era segura. —Kendra se puso a serrar el tallo de una calabaza naranja alargada.

—Insistir en la seguridad es un empeño sensato las noches festivas. Sobre todo una noche de solsticio de verano después del reciente conflicto.

—¿Cómo podremos tallarlas todas antes de que se haga de noche?

—Eso déjaselo a Dale. Sería capaz de tallarlas todas y le sobraría tiempo. Aunque no siempre obtiene los resultados más artísticos, sabe cómo producir en masa. Tú tallas sólo por diversión; él sabe cómo tallar por necesidad.

—A mí nunca me ha gustado vaciar calabazas —señaló Kendra.

—¿En serio? —respondió Lena—. A mí me encanta su textura viscosa, pringarme hasta los codos. Es como jugar en el barro. Después prepararemos unas tartas deliciosas.

—¿Esta blanca es demasiado pequeña?

—Quizá, déjala para el otoño.

—¿Crees que las hadas vendrán?

—Es difícil saberlo —reconoció Lena—. Algunas, seguro. Normalmente no nos cuesta nada llenar todas las lámparas que deseamos tallar, pero es probable que esta noche sea una excepción.

—¿Y si no se presentan? —preguntó Kendra.

—No pasará nada. La iluminación artificial da resultado, sólo que no tan bueno como las hadas. Con los farolillos de hada, el alboroto se mantiene alejado de la casa, a más distancia. Además, Stan repartirá por fuera máscaras tribales, hierbas y otras medidas de prevención.

—Realmente, ¿es tan espantosa la noche?

—Oiréis toda clase de sonidos perturbadores.

—Tal vez deberíamos no haber tomado la leche esta mañana.

Lena negó con la cabeza sin levantar la vista de su tarea.

—Algunos de los trucos más insidiosos que se emplearán esta noche implicarán el uso del artificio y la ilusión. Sin la leche, podríais ser más vulnerables aún. Sólo serviría para ampliar su capacidad de enmascarar su verdadera apariencia.

137

Kendra cortó otra calabaza.

—De todos modos, yo no voy a mirar.

—Ojalá pudiéramos trasplantarle algo de tu sentido común a tu hermano.

—Después de todo lo que ha pasado, estoy segura de que se portará bien esta noche.

La puerta del invernadero se abrió. Dale asomó la cabeza.

—Kendra, ven, quiero que conozcas a alguien.

Kendra se dirigió a la puerta, con Lena detrás. Al llegar al umbral, se detuvo y lanzó un gritito. Una criatura descomunal, de complexión simiesca, avanzaba hacia el invernadero tirando de un cacharro tipo carretilla india de pasajeros, pero del tamaño de un trolebús.

—¿Qué es eso?

—Es Hugo —le anunció Seth, muy ufano, desde el interior de la carreta de mano—. ¡Un robot hecho de arena y hierba! —Se apeó de la carreta de un salto y echó a correr en dirección a Kendra.

—Me adelanté para que pudieras ver cómo se acercaba —le explicó Dale.

—Hugo es capaz de correr a toda pastilla si se lo ordenas —añadió Seth, exaltadísimo—. Dale me ha dejado que lo hiciera y ha obedecido todo lo que le he dicho. ¿Lo ves? Ahora está esperando mis instrucciones.

Hugo permanecía inmóvil al lado del invernadero, con la vara de la carreta todavía en las manos. Si no le hubiera visto moviéndose, Kendra había dado por hecho que se trataba de una estatua de barro sin cocer. Seth entró en el invernadero apartando a Kendra con el hombro.

—¿Qué es? —preguntó Kendra a Lena.

—Un golem —le explicó ella—. Materia animada a la que se le otorgó una rudimentaria inteligencia. Él es quien se ocupa de la mayor parte de los trabajos pesados de la finca.

—Quien cargará las calabazas.

—Y quien se las llevará a la casa en su carreta.

Seth salió del invernadero cargado con una calabaza bastante grande.

—¿Puedo mostrarle una orden a mi hermana? —preguntó.

—Claro —respondió Dale—. Hugo, obedece la siguiente orden de Seth.

Sosteniendo la calabaza con ambas manos a la altura de la cintura, y desplazando un poco hacia atrás el peso del cuerpo para hacer de contrapeso, Seth se acercó al golem.

—Hugo, coge esta calabaza y lánzala lo más lejos que puedas en dirección al bosque.

El inerte golem volvió a la vida. Agarró la calabaza con su mano gigantesca, giró el torso y a continuación se enderezó dándose impulso y lanzando la calabaza al cielo como si fuera un disco. Dale silbó para sí mientras la calabaza se perdía a lo lejos y finalmente salía de su campo de visión convertida en un puntito naranja que se desvaneció detrás de las copas de los árboles más lejanos.

—¿Has visto eso? —exclamó Seth—. ¡Es mejor que un tirachinas gigante de globos de agua!

—Como una catapulta normalita —murmuró Dale.

—Impresionante —coincidió Lena, en tono desapasionado—. Perdonadme si pretendo dar un uso más práctico a algunas de nuestras calabazas. Chicos, venid a ayudarnos a cortar lo que nos queda de cosecha para que Hugo pueda cargarla.

—¿No puede hacer unos cuantos trucos más? —suplicó Seth—. Sabe hacer volteretas laterales.

—Ya habrá tiempo para bobadas más tarde —le tranquilizó Lena—. Tenemos que terminar los preparativos para esta noche.

10

La noche del solsticio de verano

El abuelo golpeó los troncos de la chimenea con el atizador. Un chorro de chispas ascendió por el tiro cuando uno de los troncos se partió por la mitad dejando al descubierto su interior de ascuas candentes. Dale se sirvió una taza de humeante café y se echó tres cucharadas de azúcar. Lena escudriñaba el jardín a través de las persianas de una ventana.

—Dentro de nada el sol tocará el horizonte —anunció.

Kendra estaba sentada al lado de Seth en el sofá y miraba al abuelo azuzar el fuego. Los preparativos estaban listos. Los accesos a la vivienda estaban atestados de farolillos de calabaza.

Lena tenía razón: Dale había tallado más de doscientos. No llegaban a treinta las hadas que se habían presentado a cumplir con su cometido, muchas menos de las que había esperado el abuelo, incluso teniendo en cuenta la reciente tensión en las relaciones.

Habían colocado ocho farolillos de hada en el tejado del desván, cuatro en cada ventana. La mayoría de las calabazas estaban iluminadas con tubos de neón, dos en cada una. Al parecer, el abuelo Sorenson los había encargado por cajas.

—¿Empezará nada más ponerse el sol? —preguntó Seth.

—En realidad las cosas no empezarán a moverse hasta el fin del crepúsculo —le explico el abuelo, al tiempo que dejaba el atizador junto a los demás instrumentos de la chimenea—. Pero ha llegado el momento de que os retiréis a vuestros aposentos, muchachos.

—Yo quiero quedarme levantado con vosotros —dijo Seth.

—El cuarto del desván es el lugar más seguro de la casa —repitió el abuelo.

—¿Por qué no nos quedamos todos en el desván? —preguntó Kendra.

El abuelo sacudió la cabeza.

—Los conjuros que hacen impenetrable el desván sólo funcionan si lo ocupan niños. Sin niños, o con adultos en la habitación, las barreras pierden todo su efecto.

—¿No se supone que la casa entera es segura? —preguntó Kendra.

—Eso creo, pero en una reserva encantada nunca se puede dar nada por definitivo. Me inquieta el escaso número de hadas que se han presentado esta tarde. Me preocupa que ésta pueda ser una noche de solsticio de verano especialmente tumultuosa. Tal vez la peor desde que vivo aquí.

Un largo y lastimero aullido subrayó sus palabras. A esta inquietante llamada respondió otro aullido, más fuerte y más cercano, rematado con una risa socarrona. Kendra notó escalofríos en la espalda.

—El sol se ha puesto —informó Lena desde la ventana. Entornó los ojos y se llevó una mano a la boca. Cerró la tablilla de la persiana y se apartó de ella—. Están entrando en el jardín.

Kendra se inclinó hacia delante. Lena parecía alterada de verdad. Había palidecido visiblemente. Sus ojos negros traslucían conmoción.

El abuelo frunció el entrecejo.

—¿Tan mal está la cosa?

Ella asintió.

El abuelo dio una palmada al juntar las manos.

—Al desván.

La tensión que se respiraba en el salón impidió a Kendra emitir protesta alguna. Por lo visto, Seth había percibido la misma urgencia. El abuelo Sorenson los siguió escaleras arriba, por el pasillo y luego hasta la puerta de su habitación.

—Meteos debajo de las sábanas —dijo el abuelo.

—¿Qué hay alrededor de las camas? —preguntó Seth, examinando el suelo.

—Círculos de una sal especial —respondió el abuelo—. Una medida extra de protección.

Kendra pasó con cuidado por encima de la sal, apartó las sábanas y se metió en la cama. Las sábanas estaban frías. El abuelo le entregó un par de mullidos cilindritos.

—Tapones para los oídos —dijo, y le pasó otro par a Seth—. Os sugiero que os los pongáis. Deberían contribuir a amortiguar el alboroto, para que podáis dormir.

—¿Nos los metemos sin más en los oídos? —preguntó Seth mientras analizaba uno de los tapones, receloso.

—Ésa es la idea —dijo el abuelo.

Un estallido de risas agudísimas ascendió desde el jardín. Kendra y Seth se intercambiaron una mirada de preocupación. El abuelo se sentó en el borde de la cama de Kendra.

—Chicos, necesito que esta noche seáis valientes y responsables.

Ellos asintieron en silencio.

—Deberíais saber —prosiguió— que no os dejé venir aquí solamente por hacerles un favor a vuestros padres. Vuestra abuela y yo nos estamos haciendo viejos. Llegará un día en que otros tendrán que atender la reserva. Es preciso que encontremos a nuestros herederos. Dale es un hombre bueno, pero no le interesa convertirse en el gerente del lugar. Vosotros, chicos, me habéis impresionado hasta ahora. Sois brillantes, arriesgados y valientes.

»Vivir aquí entraña una serie de aspectos desagradables. Las noches festivas son buena muestra de ello. Tal vez os preguntéis por qué no nos marchamos todos directamente a pasar la noche en un hotel. Si lo hiciéramos, al regresar nos encontraríamos la casa en ruinas. Nuestra presencia resulta esencial para la magia que protege estas paredes. Si alguna vez vais a tener algo que ver con el trabajo que se lleva a cabo en esta reserva, os hará falta aprender a lidiar con determinadas realidades poco agradables. Tomaos esta noche como una prueba. Si el clamor caótico de ahí fuera os parece demasiado, entonces éste no es vuestro lugar. No tenéis de qué avergonzaros. Raras son las personas que de verdad encajan aquí.

—Estaremos bien —dijo Seth.

—Así lo creo. Escuchad atentamente las últimas instrucciones que voy a daros. En cuanto salga por esa puerta, da igual lo que oigáis, da igual lo que ocurra, no debéis salir de la cama. No vendremos a ver cómo estáis hasta mañana por la mañana. Puede que creáis que Lena, Dale o yo os llamamos, u os pedimos entrar. Estáis avisados: no seremos nosotros.

»Esta habitación es inexpugnable, a no ser que abráis una ventana o la puerta. Quedaos metidos en la cama y no pasará nada. Con los farolillos de hada junto a la ventana, lo normal es que nada se acerque a esta parte de la casa. Tratad de no hacer caso del tumulto de la noche, y mañana nos tomaremos todos juntos un desayuno especial. ¿Alguna pregunta?

—Tengo miedo —dijo Kendra—. No te vayas.

—Estaréis más seguros sin mí. Montaremos guardia toda la noche en la planta de abajo. Todo irá bien. Simplemente procurad dormir.

—Tranqui, abuelo —dijo Seth—. Cuidaré de ella.

—Y de ti mismo también —repuso el abuelo con tono firme—. Hacedme caso esta noche. Esto no es un juego.

—Así lo haré.

Fuera el viento empezó a silbar entre los árboles. El día había sido apacible, pero ahora un rugiente vendaval azotaba la casa. Por encima de sus cabezas las tejas repiqueteaban y las vigas crujían.

El abuelo cruzó la habitación en dirección a la puerta.

—Soplan unos vientos extraños. Será mejor que baje. Buenas noches, que durmáis bien, os veré al amanecer.

Cerró la puerta. El viento amainó. *Ricitos de Oro* cloqueó bajito.

—Esto tiene que ser una broma —dijo Kendra.

—Sé que lo parece —contestó Seth—. Pero prácticamente estoy meándome en la cama.

—Yo no creo que pegue ojo en toda la noche.

—Yo sé que no pegaré ojo.

—Será mejor que lo intentemos —dijo Kendra.

—Vale.

Kendra se puso los tapones. Cerró los ojos, se hizo un ovillo y se acurrucó debajo de las sábanas. Lo único que tenía que

143

hacer era dormirse, y podría escapar de los aterradores sonidos de la noche. Se obligó a sí misma a relajarse, soltando todos los músculos del cuerpo, y trató de despejar su mente.

Costaba mucho no fantasear sobre la idea de heredar la finca. ¡De ningún modo se la pasarían a Seth! ¡Haría saltar por los aires todo el lugar al cabo de cinco minutos! ¿Cómo sería conocer todos los secretos misteriosos de Fablehaven? Si estuviera ella sola podría dar mucho miedo. Tendría que compartir el secreto con sus padres, para que pudieran vivir con ella.

A los pocos minutos rodó para ponerse mirando hacia el otro lado. Siempre le costaba un montón dormirse cuando se empeñaba demasiado en ello. Intentó no pensar en nada, concentrarse en mantener una respiración serena y acompasada. Seth decía algo, pero los tapones amortiguaban sus palabras. Se los quitó.

—¿Qué dices?

—Digo que el suspense me está matando. ¿De verdad estás usando los tapones?

—Pues claro. ¿Tú no?

—Yo no quiero perderme nada.

—¿Estás chalado?

—No tengo nada de sueño —respondió él—. ¿Y tú?

—No mucho.

—¿Que te apuestas a que me atrevo a mirar por la ventana?

—¡No seas estúpido!

—Apenas se ha hecho de noche. ¿Qué mejor momento para mirar?

—¿Qué te parece «nunca»?

—Eres más gallina que *Ricitos de Oro*.

—Y tú tienes menos sesos que Hugo.

El viento volvió a soplar, ganando fuerza poco a poco. Unos gemidos quebrados resonaron como un eco en la brisa, con diferentes tonos de lamento, formando unas armonías discordantes fantasmagóricas. Un chillido largo parecido a un canto de pájaro se impuso al espectral coro de gemidos: se inició en una punta de la casa, pasó por encima de ellos y finalmente se desvaneció. A lo lejos empezó a sonar el tañido de una campana.

A Seth ya no se le veía tan valiente.

—A lo mejor deberíamos dormir un poco —dijo, poniéndose los tapones.

Kendra hizo lo mismo. Los sonidos quedaron amortiguados, pero siguieron: el viento fantasma cargado de lamentos, los estremecimientos de la casa, un surtido cada vez mayor de chillidos, gritos, aullidos e incontrolables explosiones de risa atropellada. La almohada se le calentó tanto, que Kendra le dio la vuelta para ponerla por el lado fresco.

La única luz de la habitación había sido la que se había filtrado por las cortinas. Al apagarse el crepúsculo, la habitación quedó sumida en la oscuridad. Kendra se puso las manos en los oídos y apretó con fuerza para tratar de aumentar el potencial amortiguador de los tapones. Se dijo que los sonidos venían simplemente de una tormenta.

A la cacofonía se sumó el retumbar hondo de unos tambores. Conforme aumentaba en volumen y en tempo, la rítmica percusión fue acompañándose de unos cánticos expresados con un estilo lastimero. Kendra trató de aplacar las imágenes fantásticas de sanguinarios demonios a la caza que se le formaban en la cabeza.

Un par de manos le apretaron el cuello. Kendra saltó y agitó los brazos como aspas de molino, y acabó soltando un manotazo a Seth en la mejilla con el dorso de una mano.

—¡Ostras! —se quejó Seth, apartándose como pudo.

—¡Te lo has ganado! ¿Qué te pasa?

—Tendrías que haberte visto la cara —se rio él una vez recuperado del bofetón.

—Vuelve a la cama.

Seth se sentó en un lado de la cama de Kendra.

—Deberías quitarte los tapones. Pasado un ratito, el ruido no es tan tremendo. Me recuerda a aquel CD que pone papá en Halloween.

Kendra se los quitó.

—Salvo que aquí tiembla la casa entera. Y que no es de broma.

—¿No quieres asomarte a mirar por la ventana?

—¡No! ¡Deja de hablar de ello!

Seth se inclinó hacia delante y encendió la lámpara de la mesilla de noche, una figurita luminosa de Snoopy.

—No veo a qué viene tanto jaleo. O sea, que ahora mismo ahí fuera hay toda clase de cosas chulas. ¿Qué problema hay en mirar un poquito?

—¡El abuelo ha dicho que no saliéramos de la cama!

—El abuelo deja mirar cuando se es un poco mayor —respondió Seth—. Me lo ha dicho Dale. Así que muy peligroso no puede ser. El abuelo cree que soy tonto.

—¡Sí, y tiene razón!

—Piensa en ello. Seguro que en la selva no querrías encontrarte con un tigre. Te morirías de miedo. Pero en un zoo, ¿qué más da? No puede hacerte nada. Esta habitación es segura. Echar un vistazo por la ventana será como mirar un zoo lleno de monstruos.

—Más bien como meter la cabeza en una jaula de tiburones.

De repente, una tanda de golpes entrecortados sacudió el tejado, como si una manada de caballos estuviese corriendo al galope por encima de los tablones de la cubierta. Seth se encogió del susto y se tapó la cabeza con los brazos para protegerse. Kendra oyó el chirrido y el traqueteo de las ruedas de una carreta.

—¿No quieres ver lo que ha sido eso? —preguntó Seth.

—¿Me estás diciendo que no te ha dado miedo?

—Yo ya cuento con asustarme. ¡De eso se trata precisamente!

—Si no vuelves a tu cama —le advirtió Kendra—, se lo diré al abuelo por la mañana.

—¿No quieres ver quién está tocando los tambores?

—Seth, no estoy de broma. Probablemente ni siquiera seas capaz de ver nada.

—Tenemos un telescopio.

Algo en el exterior rugió, un bramido atronador de una ferocidad salvaje. Fue suficiente para interrumpir la conversación. La noche siguió bramando. Volvió a oírse el rugido, esta vez incluso con mayor intensidad, eclipsando todo el estruendo por un momento.

Kendra y Seth se miraron.

—Apuesto a que es un dragón —dijo sin aliento, y echó a correr hacia la ventana.

—¡Seth, no!

Seth descorrió la cortina. Los cuatro farolillos de calabaza arrojaban una luz suave sobre el trozo de tejado que quedaba justo debajo de la ventana. Por un instante, creyó ver algo arremolinarse en el borde de la luz, una masa de sedosa tela negra. A continuación sólo vio oscuridad.

—No hay estrellas —informó.

—Seth, apártate de ahí. —Kendra tenía las sábanas subidas hasta la nariz.

Él escudriñó por la ventana durante unos instantes.

—Demasiado oscuro; no veo nada. —Un hada resplandeciente ascendió desde el interior de una de las lámparas de calabaza y se quedó mirando a Seth desde el otro lado del vidrio ligeramente ondulado de la ventana—. Eh, ha salido un hada. —La diminuta hada hizo una señal con el brazo y se le unieron otras tres. Una hizo una mueca en dirección a Seth, y entonces las cuatro juntas se marcharon volando a lo profundo de la noche.

Ahora sí que no podía ver nada. Seth corrió la cortina y se apartó de la ventana.

—Tenías que mirar —dijo Kendra—. ¿Estás satisfecho?

—Las hadas de la lámpara de calabaza se han marchado —dijo.

—Buen trabajo. Probablemente vieron a quién estaban protegiendo.

—De hecho, creo que tienes razón. Una se ha burlado de mí.

—Vuelve a la cama —le ordenó Kendra.

Los tambores cesaron, así como los cánticos. El viento espectral amainó por completo. Los aullidos y los gritos y las risas disminuyeron en volumen y frecuencia. Algo correteó por encima del tejado. Y entonces… se hizo el silencio.

—Algo va mal —susurró Seth.

—Probablemente te habrán visto; vuelve a la cama.

—Tengo una linterna en el equipo de emergencias. —Se dirigió a la mesilla de noche de su cama y extrajo una linternita de la caja de cereales.

Kendra se quitó de encima las sábanas y las mantas de una patada, se lanzó a por Seth y se puso encima de él para inmovilizarlo en su propia cama. Le arrebató la linterna de las manos y, apoyándose en él, se bajó de la cama. Seth contraatacó. Pero Kendra hizo un quiebro con el cuerpo y aprovechó el impulso de su hermano para tumbarlo en su cama.

—¡Déjalo ya, Seth, o me chivo al abuelo ahora mismo!

—¡No he sido yo el que ha empezado la pelea! —Su semblante era el auténtico retrato del resentimiento herido. Kendra aborrecía que tratase de hacerse la víctima después de haber iniciado él el altercado.

—Ni yo.

—¿Primero me pegas y luego saltas sobre mí?

—Deja de incumplir las normas o me voy abajo inmediatamente.

—Eres peor que la bruja. El abuelo debería fabricarte una choza.

—Métete en la cama.

—Dame mi linterna. La compré con mi propio dinero.

La disputa quedó interrumpida por el llanto de un bebé. No tenía nada de desesperado, era simplemente el lloro de un crío disgustado. El llanto parecía proceder del otro lado de la oscura ventana.

—Un bebé —dijo Seth.

—No, será algún truco.

—*Maaamáááá* —gimoteó el bebé.

—Suena de lo más real —dijo Seth—. Deja que eche un vistazo.

—Será un esqueleto o algo parecido.

Seth le quitó a Kendra la linterna. Ella no se la dio, pero tampoco impidió que se la quitara. Seth se acercó trotando a la ventana. Apoyó la parte anterior de la linterna contra la ventana y ahuecó la mano para reducir el reflejo, tras lo cual la encendió.

—¡Anda, pero si es realmente un bebé! —exclamó.

—¿Nada más?

—Sólo un bebé que llora. —El llanto cesó—. Ahora me está mirando.

Kendra no pudo resistirse por más tiempo. Se acercó y se quedó de pie detrás de Seth. Ahí, en el tejado, justo al otro lado de la ventana había un bebé bañado en lágrimas, que parecía apenas lo suficientemente mayor como para tenerse en pie. El bebé llevaba un pañal de tela y nada más. Tenía unos ricitos rubios, ralos, y un tripita redonda con un ombligo protuberante. Con los ojos empapados en lágrimas, el chiquitín extendió los bracitos regordetes en dirección a la ventana.

—Tiene que ser un truco —dijo Kendra—. Una ilusión.

Alumbrado por el foco de la linterna, el bebé dio un pasito hacia la ventana y se puso a cuatro patas. Hizo un puchero, a punto de romper a llorar de nuevo. Tenía el pecho y los brazos con la piel de gallina.

—Parece real —dijo Seth—. ¿Y si es real?

—¿Qué pinta un bebé en el tejado?

El bebé avanzó hacia la ventana y apoyó una mano regordeta en el cristal. A su espalda se vio un pequeño destello. Seth dirigió el foco hacia un par de lobos de ojos verdes que se acercaban a paso firme desde el filo del tejado. Las fieras se detuvieron en cuanto les dio la luz de la linterna. Los dos parecían sarnosos y flacos. Uno de los lobos enseñó sus dientes afilados, dejando ver la espuma que le brotaba de la boca. Al otro le faltaba un ojo.

—¡Lo están usando de cebo! —chilló Seth.

El bebé echó la vista atrás para mirar a los lobos y de nuevo dirigió la mirada hacia Seth y Kendra, reanudando el llanto con renovado vigor; las lágrimas le rodaban por la cara, mientras golpeaba los cristales con sus manitas. Los lobos se lanzaron a por él. El bebé lloró.

Dentro de su jaula, *Ricitos de Oro* cacareó como loca.

Seth abrió la ventana.

—¡No! —gritó Kendra, pese a que ella misma quería hacer lo mismo.

En el preciso instante en que la ventana se abrió, una ráfaga de viento entró en la habitación, como si el aire mismo hubiese estado esperando a abalanzarse al interior. El bebé se coló en la habitación y, aterrizando en el suelo con una habilidosa voltereta, se transformó de manera grotesca: el niño fue sustituido por un trasgo de ojillos amarillos y rasgados en los que lucía una mirada maliciosa. Tenía la nariz arrugada y la tez como la piel reseca de un melón. Calva y con la coronilla rugosa, la cabeza presentaba una franja de pelos largos que formaban una especie de malla. Los brazos eran retorcidos y escuchimizados, y las manos largas y correosas, rematadas en unas zarpas ganchudas. El costillar, las clavículas y la pelvis le sobresalían de una manera horrorosa. Las venas, abultadas, le formaban una gran telaraña por toda la piel de color granate.

Con una celeridad sobrenatural, los lobos se colaron también por la ventana antes de que Seth pudiera acercarse a cerrarla. Kendra se abalanzó para cerrar la ventana de golpe, justo a tiempo de impedir el paso a una mujer de gélida belleza que iba envuelta en unas ropas negras que se le enroscaban al cuerpo. Los cabellos negros de la aparición ondulaban como si fueran vapor que flotase por efecto de una brisa. Su pálido rostro era ligeramente traslúcido. Sin poder apartar la mirada de sus ojos vacuos y penetrantes, Kendra se quedó como petrificada. La cabeza se le llenó de unos susurros balbuceados. Se le secó la boca. No podía tragar saliva.

Seth corrió las cortinas de un solo movimiento y tiró de Kendra hacia la cama. El hechizo que se había apoderado de ella momentáneamente se desvaneció. Desorientada, corrió a su cama al lado de Seth, mientras percibía que algo los seguía. Cuando se subieron al colchón de un salto, una luz brillante resplandeció a su espalda acompañada de un tableteo como de petardos.

Kendra se dio la vuelta para mirar. El trasgo granate estaba de pie al lado de la cama, acariciándose uno de sus hombros huesudos. La criatura tenía cara de malas pulgas y medía aproximadamente lo mismo que Dale. Dubitativo, tendió una mano nudosa en dirección a Kendra, y otro brillante fogonazo le obligó a apartarse, temblando.

¡El círculo de sal! Al principio no había entendido por qué Seth la arrastraba a la cama. ¡Por lo menos uno de los dos seguía usando la cabeza! Kendra bajó la vista y vio que la duna de cinco centímetros de sal que rodeaba la cama señalaba en realidad la línea que el trasgo no podía cruzar.

Un ciempiés de más de cuatro metros y medio, con tres pares de alas y tres pares de pies en forma de garras, flotaba por toda la habitación retorciendo el cuerpo como un sacacorchos, en un complicado despliegue aéreo. Un monstruo salvaje con la mandíbula inferior exageradamente saliente y placas a lo largo del espinazo lanzó un armario ropero por los aires. También los lobos habían modificado su apariencia.

El trasgo granate retozó por toda la habitación presa de un ataque furibundo, arrancando estanterías de libros, volcando baúles jugueteros y partiendo el cuerno del caballito mecedor. Cogió también la jaula de *Ricitos de Oro* y la estampó contra una pared. Los finos barrotes se abollaron y la puerta se abrió de par en par. La gallina, aterrada, trató de alzar inútilmente el vuelo, aleteando como loca con sus plumas doradas.

Ricitos de Oro se aproximaba a la cama. El ciempiés alado trató de cazar a la atribulada gallina, pero erró el ataque. El diablillo granate dio un acrobático salto y atrapó a la gallina por ambas patas. *Ricitos de Oro* cacareó y se retorció, presa de un pánico mortal.

Seth se bajó de la cama de un salto. Se agachó y cogió dos puñados de sal del círculo, y atacó con ella al flaco trasgo. Éste, con la gallina ahora en una mano y su malvada sonrisa, corrió a por él. Un segundo antes de que le alcanzase la mano extendida del diablillo, Seth le tiró un puñado de sal. El trasgo soltó a *Ricitos de Oro* y se tambaleó, abrasado por un ardor que parecía dejarle ciego.

La gallina corrió derecha hasta la cama y Seth echó el otro puñado de sal en un amplio semicírculo para cubrir su retirada conjunta, escaldando con ello al ciempiés volador. La corpulenta criatura de la mandíbula saliente trató de derribar a Seth en la cama, pero llegó demasiado tarde y recibió un violento impacto al chocar con la barrera invisible que creaba sal. De vuelta en su cama, Seth se aferró a *Ricitos de Oro* con los brazos temblando con convulsiones.

El diablillo granate gruñía. Tenía la cara y el pecho chamuscados por la sal. De las quemaduras le manaban hilillos de humo. Se dio la vuelta, cogió un libro del estante y lo rompió por la mitad.

151

La puerta se abrió de repente. Dale apuntó al monstruo de la mandíbula saliente con una escopeta.

—¡Chicos, quedaos quietos pase lo que pase! —les gritó.

Los tres monstruos acudieron a la puerta abierta. Dale retrocedió y descendió las escaleras de espaldas, apuntando con la escopeta. El ciempiés alado salió, retorciéndose en espiral, por encima de las otras dos criaturas, que avanzaban sobre sus pies como buenamente podían.

Oyeron un disparo de escopeta desde el pasillo de abajo.

—¡Cerrad la puerta y no os mováis de ahí! —gritó Dale.

Kendra corrió hacia la puerta y la cerró de golpe, tras lo cual regresó a toda velocidad a su cama. Seth se abrazaba a *Ricitos de Oro* y las lágrimas le rodaban por las mejillas.

—No quería que pasara todo esto —gimoteó.

—No pasará nada.

Desde abajo se oyeron varios disparos más de escopeta. Gruñidos, rugidos, gritos, rotura de cristales, maderas que se partían. En el exterior, el cacofónico estruendo se reanudó con más fuerza que nunca. Tambores paganos, coros etéreos, cánticos tribales, lamentos quejumbrosos, guturales sonidos amenazantes, aullidos antinaturales y gritos penetrantes se superponían con una desarmonía implacable.

Kendra, Seth y *Ricitos de Oro* se quedaron en la cama, aguardando el amanecer. Kendra tenía que combatir una y otra vez con las imágenes que se le venían a la mente de la mujer de los ondulantes ropajes negros. No lograba quitarse de la mente aquella aparición. Aunque la mujer había estado al otro lado de la ventana, cuando miró dentro de sus ojos sin alma, Kendra había sentido la certeza de que no había escapatoria.

Finalmente, unas horas después, el furor empezó a amainar y a ser sustituido por sonidos más desconcertantes. Debajo de la ventana empezaron a llorar bebés otra vez, llamando a su mamá. Al no obtener la respuesta deseada, unas voces de niños pequeños empezaron a suplicar socorro.

—¡Por favor, Kendra! ¡Vienen a por nosotros!

—¡Seth, Seth, abre, ayúdanos! ¡Seth, no nos dejes aquí fuera!

Cuando las súplicas quedaron sin respuesta, unos gruñidos

y unos chillidos simularon la escabechina de los jóvenes suplicantes. A continuación, una nueva tanda de suplicantes empezó a rogar que les dejasen entrar.

Tal vez lo más desconcertante fue cuando el abuelo los llamó, invitándoles a bajar a desayunar.

—¡Lo hemos conseguido, chicos, ya ha salido el sol! Vamos, Lena ha preparado tortitas.

—¿Cómo sabemos que eres nuestro abuelo? —preguntó Kendra, más que un poco recelosa.

—Porque os quiero. Daos prisa, la comida se enfría.

—No creo que el sol haya salido ya —replicó Seth.

—Es que esta mañana está un poco nublado, nada más.

—Márchate —dijo Kendra.

—Dejadme entrar; quiero daros los buenos días con un beso.

—Nuestro abuelo nunca nos da los buenos días con un beso, psicópata —chilló Seth—. ¡Sal fuera de nuestra casa!

La conversación estuvo seguida de un montón de golpes sañudos en la puerta, que duraron unos buenos cinco minutos. Las bisagras se estremecieron, pero la puerta resistió.

Fue pasando la noche. Kendra se apoyó en el cabecero, mientras Seth dormitaba a su lado. Pese a todo el ruido, empezó a notar que le pesaban los párpados.

De pronto, Kendra se despabiló con un sobresalto. Por las cortinas se colaba una luz grisácea. *Ricitos de Oro* se paseó por la habitación, picoteando las semillas que se habían esparcido de su contenedor de comida.

Cuando las cortinas ocultaban lo que era la inconfundible luz del sol, Kendra despertó a Seth zarandeándolo suavemente. Él miró a su alrededor, pestañeando, y a continuación se acercó a la ventana a cuatro patas y echó un vistazo al exterior.

—El sol ha salido oficialmente —anunció—. Lo hemos conseguido.

—Me da miedo bajar —susurró Kendra.

—Todos están bien —dijo Seth con toda tranquilidad.

—Entonces, ¿por qué no han venido a buscarnos?

Seth no pudo responder a eso. Kendra no se había ensañado con él a lo largo de la noche. Las consecuencias de haber abierto la ventana eran ya lo bastante atroces como para echarle además la culpa e iniciar discusiones. Y Seth había dado verdaderas muestras de arrepentimiento. Pero ahora volvía a comportarse en plan idiota, como de costumbre.

Kendra lo acribilló con la mirada.

—Eres consciente de que puede que los hayas matado a todos, supongo.

Seth agachó la cabeza y se dio la vuelta; los hombros se le movían por los sollozos. Se tapó la cara con las manos.

—Seguramente están bien —gimoteó—. Dale tenía un arma y todo. Ellos saben cómo manejar estas cosas.

Kendra se sintió mal al ver que Seth estaba también realmente preocupado. Se acercó a él y trató de darle un abrazo. Él la apartó de un empujón.

—Déjame solo.

—Seth, lo que haya pasado no ha sido culpa tuya.

—¡Pues claro que es culpa mía! —Empezaba a congestionársele la nariz.

—Lo que quiero decir es que nos liaron con sus trucos. De alguna manera, yo también quería abrir la ventana cuando vi que los lobos se lanzaban al ataque. Ya sabes, por si no era todo pura fantasía.

—Yo sabía que podía ser un truco —sollozó él—. Pero el bebé parecía tan de verdad… Pensé que quizás lo habrían secuestrado para usarlo de cebo. Pensé que podría salvarle.

—Trataste de hacer lo correcto. —Otra vez intentó abrazar a su hermano, pero él volvió a apartarla.

—Déjame —le espetó.

—No quería echarte la culpa —dijo Kendra—. Estabas comportándote como si ni siquiera te importara.

—¡Pues claro que me importaba! ¿Crees que estoy tan aterrorizado que no me atrevo a bajar a averiguar qué he hecho?

—Tú no lo hiciste. Ellos te engañaron. Si tú no hubieras abierto la ventana, la habría abierto yo.

—Si me hubiera quedado en la cama, nada de esto habría pasado —se lamentó Seth.

—Puede que no les haya pasado nada.

—Seguro. Y han dejado que un monstruo entre en la casa y suba hasta nuestra puerta haciéndose pasar por el abuelo.

—A lo mejor tuvieron que esconderse en el sótano o en algún otro sitio.

Seth ya no lloraba. Cogió una muñeca del suelo y usó el vestidito para sonarse los mocos.

—Eso espero.

—En caso de que haya ocurrido algo malo, no puedes echarte tú la culpa. Lo único que hiciste fue abrir una ventana. Si esos monstruos han hecho de verdad algo malo, es culpa de ellos.

—En parte.

—El abuelo, Lena y Dale saben perfectamente que vivir aquí entraña sus riesgos. Estoy segura de que están bien, pero si no es así, no debes culparte.

—Lo que tú digas.

—Hablo en serio.

—Me gusta más cuando hablas en broma.

—¿Sabes lo que me gustó a mí? —preguntó Kendra.

—¿El qué?

—Cuando salvaste a *Ricitos de Oro*.

Seth se rio, bufando un poco por la nariz taponada.

—¿Viste lo chamuscado que dejó la sal al tío aquel? —Volvió a coger la muñeca y a limpiarse la nariz con el vestido.

—Fuiste muy valiente.

—Me alegro de que diera resultado.

—Fuiste muy rápido de pensamiento.

Seth lanzó una mirada a la puerta y luego miró de nuevo a Kendra.

—Probablemente deberíamos salir a comprobar los estragos.

—Si tú lo dices…

11

Panorama después de la batalla

Kendra supo que la cosa había ido mal en el momento mismo en que abrió la puerta. Las paredes de la escalera del desván estaban cubiertas de surcos de forma desigual: en la parte de la puerta había pintarrajeados unos burdos pictogramas, así como gran cantidad de muescas y arañazos no tan nítidos como aquéllos; y en la base de las escaleras se veía una sustancia parda y reseca pringada por la pared.

—Voy a coger sal —dijo Seth. Volvió al círculo que rodeaba la cama y se llenó manos y bolsillos con la sal que había abrasado al intruso la noche anterior.

Cuando Seth se reunió de nuevo con Kendra, ella empezó a bajar las escaleras. El crujir de los peldaños sonó por toda la casa, sumida en el silencio. El pasillo del final de la escalera se encontraba en peor estado que ésta. También aquí las paredes habían sido destrozadas salvajemente por unas garras. La puerta del cuarto de baño había sido arrancada de las bisagras y presentaba tres agujeros de diferentes tamaños, con el filo hecho astillas. La alfombra tenía zonas chamuscadas y otras manchadas.

Kendra avanzó por el pasillo, desolada ante el panorama tras la violenta noche. Un espejo hecho añicos. Un aplique roto. Una mesa reducida a astillas para el fuego. Y al final del pasillo un rectángulo boqueante por ventana.

—Parece como si hubieran dejado entrar a otras criaturas —dijo Kendra, señalando el final del pasillo.

Seth estaba examinando unos pelos chamuscados que había en una mancha húmeda en el suelo.

—¿Abuelo? —gritó—. ¿Hay alguien?

El silencio no hacía presagiar nada bueno.

Kendra bajó las escaleras que llevaban al vestíbulo. Faltaban trozos de barandilla. La puerta de la entrada colgaba de lado, con una flecha clavada en el marco. Unas pinturas primitivas afeaban las paredes, algunas marcadas en el yeso, otras garabateadas.

Como en trance, Kendra recorrió las estancias inferiores de la casa. Estaba todo completamente destrozado. Casi todas las ventanas habían sido destruidas. Las puertas, abolladas, aparecían tiradas en el suelo a distancia de su marco original. Los muebles, mutilados, sangraban su relleno hasta una alfombra echada a perder. Las colgaduras, rasgadas, pendían convertidas en jirones. Los candelabros estaban por el suelo, destrozados. Y a un sofá, quemado, le habían arrancado la otra mitad.

Kendra salió al porche de atrás. Las campanillas móviles estaban tiradas en el suelo, completamente enmarañadas. Los muebles aparecían repartidos por todo el jardín. Encima de una fuente se veía, haciendo equilibrios, una mecedora rota. Y de entre un seto asomaba un sillón de mimbre.

De vuelta en la casa, Kendra encontró a Seth en el despacho del abuelo. Era como si hubiese caído un yunque encima del escritorio. El suelo estaba cubierto de añicos de objetos de interés.

—Está todo destrozado —dijo Seth.

—Es como si hubiese entrado aquí un equipo de demoliciones pertrechado con mazos.

—O con granadas de mano. —Seth indicó un punto de la pared en el que parecía que hubiesen derramado brea—. ¿Eso de ahí es sangre?

—Parece demasiado oscura para ser humana.

Seth se abrió paso con cuidado alrededor de la mesa hecha astillas para acercarse a la ventana.

—A lo mejor están fuera.

—Espero que sí.

—En la pradera de césped —dijo Seth—. ¿Eso de ahí es una persona?

Kendra se acercó a la ventana.

—¿Dale? —gritó.

La silueta, tendida boca abajo en el suelo, no se movió.

—Vamos —dijo Seth, apresurándose entre los destrozos.

Kendra le siguió a la puerta de entrada a la casa y alrededor del lateral del edificio. Corrieron hasta la figura que yacía tendida junto a un bebedero de pájaros volcado.

—Oh, no —dijo Seth.

Era una estatua policromada de Dale. Una réplica fiel, salvo porque la pintura era más simple de lo que habría sido su coloración real. Tenía la cabeza vuelta hacia un lado, los ojos cerrados y apretados con fuerza, y los brazos levantados como queriendo protegerse de algo. Las proporciones eran exactas. Llevaba el mismo atuendo de la noche anterior.

Kendra tocó la estatua. Estaba hecha de metal, incluida la ropa. ¿De bronce, tal vez? ¿Plomo? ¿Acero? Golpeó con los nudillos uno de los antebrazos. Sonó macizo. Nada de sonido a hueco.

—Le han convertido en una estatua —dijo Seth.

—¿Tú crees que es él de verdad?

—¡Tiene que serlo!

—Ayúdame a darle la vuelta.

Entre los dos, hicieron fuerza. Pero no hubo manera de mover a Dale. Pesaba muchísimo.

—Realmente lo he jorobado todo —dijo Seth, apretándose las sienes con la palma de las manos—. ¿Qué he hecho?

—A lo mejor podemos hacer que vuelva a estar como antes.

Seth se arrodilló y acercó la boca al oído de Dale.

—Si puedes oírme, ¡danos una señal! —gritó.

La metálica escultura no emitió ninguna respuesta.

—¿Crees que el abuelo y Lena estarán también por aquí cerca? —preguntó Kendra.

—Tendremos que echar un vistazo.

Kendra hizo bocina con las manos antes de llamar a gritos:

—¡Abuelo! ¡Abuelo Sorenson! ¡Lena! ¿Podéis oírme?

—Mira esto —dijo Seth, que se agachó junto al bebedero de pájaros volcado en el suelo.

El bebedero se había caído encima de un lecho de flores. En el arriate se veía perfectamente una huella: tres largos dedos y un talón fino. La huella era lo bastante grande como para indicar que pertenecía a una criatura de al menos el tamaño de un hombre adulto.

—¿Un pájaro gigante?

—Mira el agujero que queda detrás del talón. —Metió un dedo en un agujero del tamaño de una moneda de cinco centavos—. Medirá casi diez centímetros de hondo.

—Qué raro.

Seth se puso nervioso.

—Tiene una especie de punta afilada en la parte posterior del talón, como una espuela o algo así.

—¿Y eso qué significa?

—Probablemente podemos seguir el rastro.

—¿Seguir el rastro?

Seth avanzó en la dirección que indicaban los dedos, repasando el terreno con la mirada.

—¡Mira! —Se agachó y señaló un agujero que había en la pradera de césped—. La dichosa espuela se clava hondo. Debería dejar un rastro claro.

—¿Y qué pasa si das con lo que sea que ha dejado estas huellas?

Seth se palpó los bolsillos.

—Le arrojo sal y rescato al abuelo.

—¿Cómo sabes que secuestró al abuelo?

—No lo sé —reconoció—. Pero por algo hay que empezar.

—¿Y si te convierte en una estatua policromada?

—No le miraré directamente a los ojos. Sólo a su reflejo.

—¿De dónde te has sacado eso?

—De la historia.

—Ni siquiera sabes de qué estás hablando —repuso Kendra.

—Eso ya lo veremos. Será mejor que vaya a por mi camisa de camuflaje.

—Antes vamos a asegurarnos de que no hay más estatuas por el jardín.

—Vale, y luego yo me piro. No quiero que se enfríe el rastro.

Después de mirar por todo el jardín durante media hora, Kendra y Seth habían encontrado varias piezas de mobiliario procedentes de la vivienda o del porche, en los sitios más insos-

159

pechados. Pero no hallaron más estatuas policromadas de tamaño natural. Llegaron junto a la piscina.

—¿Te has fijado en las mariposas? —preguntó Kendra.

—Sí.

—¿No notas nada especial en ellas?

Seth se dio una palmada en la frente con el talón de la mano.

—¡Hoy no hemos tomado leche!

—Exacto. Nada de hadas, sólo bichos.

—Si esas hadas son listas, no asomarán las narices por aquí —gruñó Seth.

—Eso, así aprenderán. ¿Qué quieres ser esta vez? ¿Una jirafa?

—Nada de todo esto habría pasado si hubiesen seguido protegiendo la ventana.

—Tú torturaste a un hada —le recordó Kendra.

—¡Ellas me torturaron a mí a cambio! Estamos en paz.

—Hagamos lo que hagamos, antes deberíamos tomar algo de leche.

160   Entraron en la casa. El frigorífico estaba tumbado sobre un costado. Entre los dos consiguieron abrir la puerta. Parte de las botellas de leche se habían roto, pero quedaban algunas intactas. Kendra agarró una, le quitó el tapón y dio un sorbo. Seth bebió después de ella.

—Necesito mis cosas —dijo, y salió disparado en dirección a las escaleras.

Kendra se puso a buscar pistas. ¿No habría intentado el abuelo dejarles algún mensaje? Tal vez no le había dado tiempo. Recorrió las habitaciones, pero no encontró ninguna pista que explicase el destino que habían corrido Lena o el abuelo.

Seth apareció con su camisa de camuflaje y la caja de cereales.

—Estaba intentando encontrar la escopeta. ¿No la has visto?

—Qué va. En la puerta de la casa hay una flecha clavada. Podrías lanzársela al monstruo.

—Creo que me limitaré a usar la sal.

—No hemos mirado en el sótano —dijo Kendra.

—Merece la pena intentarlo.

Abrieron la puerta que había al lado de la cocina y escudriñaron la penumbra. Kendra se fijó en que era prácticamente la única puerta que no presentaba desperfectos de toda la casa. Unos peldaños de piedra descendían hacia las tinieblas.

—¿Dónde tienes la linterna? —dijo Kendra.

—¿No hay un interruptor? —preguntó Seth. No encontraron ninguno. Seth rebuscó en la caja de cereales y sacó la linterna.

Con un puñado de sal del bolsillo en una mano y la linterna en la otra, Seth encabezó la marcha. El tramo de escaleras era más largo de lo que cabría esperar en una escalera que bajaba a un sótano: tenía más de veinte escalones. Al pie de la escalera, el foco de la linterna iluminó un pasillito desnudo que terminaba en una puerta de hierro.

Avanzaron hasta la puerta. Debajo del picaporte había una cerradura. Seth trató de girar el picaporte, pero la puerta estaba cerrada con llave. En la parte inferior de la puerta había una pequeña trampilla.

—¿Qué es esto? —preguntó.

—Es para los duendecillos, para que puedan entrar a arreglar cosas.

Seth empujó la trampilla.

—¡Abuelo! ¡Lena! ¿Hay alguien ahí?

Esperaron en vano una respuesta. Seth repitió la llamada una vez más, antes de ponerse de pie y alumbrar con la linterna el hueco de la trampilla.

—¿Ninguna de tus llaves valdría para abrir esta cerradura? —preguntó.

—Son demasiado pequeñas.

—Puede que haya una llave escondida en algún rincón del dormitorio del abuelo.

—Si estuvieran aquí abajo, supongo que nos responderían.

Kendra y Seth empezaron a subir las escaleras. Una vez arriba oyeron un gemido fuerte y profundo que se prolongó durante al menos diez segundos. El penetrante sonido procedía del exterior. Era demasiado fuerte como para que lo hubiera emitido un ser humano. Fueron corriendo al porche trasero. El gemido había cesado. Era difícil saber de dónde procedía.

Aguardaron, mirando a su alrededor, esperando que aquel insólito sonido volviera a producirse. Al cabo de un par de tensos minutos, Kendra rompió el silencio.

—¿Qué ha sido eso?

—Apuesto a que era lo que tiene apresados al abuelo y a Lena —dijo Seth—. Y no ha sonado muy lejos de aquí.

—Sonaba a algo de gran tamaño.

—Sí.

—Tamaño ballena.

—Llevamos la sal —le recordó Seth—. Tenemos que seguir el rastro.

—¿Estás seguro de que es una buena idea?

—¿Tienes otra mejor?

—No sé. ¿Esperar a ver si aparecen por su propio pie? A lo mejor se escapan.

—Si eso no ha ocurrido ya, no va a ocurrir. Iremos con cuidado, y nos aseguraremos de regresar antes de que se haga de noche. No nos pasará nada. Llevamos la sal. Actúa como si fuera un ácido.

—Si algo sale mal, ¿quién nos salvará? —preguntó Kendra.

—No tienes que venir si no quieres. Pero yo sí voy.

Seth bajó a toda prisa los escalones del porche y empezó a atravesar el jardín. Kendra le siguió a regañadientes. No estaba segura de cómo iban a organizar un rescate si achicharrar al monstruo con la sal no daba resultado. Pero Seth tenía razón en una cosa: no podían simplemente abandonar al abuelo.

Kendra dio alcance a su hermano en el arriate donde habían encontrado la primera huella. Rebuscando entre los dos por la hierba, siguieron una sucesión de agujeros del tamaño de una moneda de cinco centavos que discurría por el césped. Los orificios se sucedían separados entre sí por una distancia de unos ciento cincuenta metros y seguían una línea generalmente recta que rebasaba el granero y abandonaba finalmente el jardín por un angosto sendero que se perdía en el bosque.

Al no estar ya medio oculto entre la hierba, seguir el rastro se volvió aún más fácil. Dejaron atrás un par de intersecciones, pero el camino resultaba siempre evidente. Las huellas de la criatura que había dejado aquellos agujeros en la tierra eran inconfundibles. Progresaban rápidamente. Kendra se mantenía alerta, observando bien los árboles por si hubiera alguna bestia mítica, pero no encontró nada más extraordinario que un jilguero y varias ardillas.

—Me muero de hambre —dijo Seth.

—Yo estoy bien. Pero me está entrando sueño.

—No lo pienses.

—Está empezando a dolerme la garganta —añadió Kendra—. Ya sabes, llevamos despiertos casi treinta horas.

—Yo no estoy tan cansado —dijo Seth—. Sólo hambriento. Deberíamos haber buscado comida en la despensa. No puede estar todo destrozado.

—No tendremos tanta hambre si no pensamos en ello todo el rato.

De repente, Seth se detuvo en seco.

—Oh, oh.

—¿Qué?

Seth dio varios pasos hacia delante. Inclinándose hacia el suelo, retrocedió de espaldas hasta más allá de donde se encontraba su hermana. Luego volvió a avanzar hacia delante, más despacio esta vez, apartando con la punta del pie cualquier hoja o ramita que hubiera en el camino. Kendra entendió cuál era el problema antes de que Seth le pusiera palabras.

—No hay más agujeros.

Kendra le ayudó a repasar el terreno. Entre los dos, analizaron el mismo segmento de sendero varias veces. A continuación, Seth empezó a buscar fuera del camino.

—Esto podría ser chungo —dijo.

—Hay mucha maleza —coincidió Kendra.

—Si pudiéramos encontrar aunque sólo fuera un agujero, sabríamos en qué dirección fue.

—Si abandonó el camino, nunca podremos seguir el rastro.

Seth gateó a cuatro patas por el borde del camino, rebuscando bajo el mantillo de debajo de la maleza. Kendra cogió un palo y lo usó para apartar obstáculos y buscar el rastro.

—No hagas agujeros —le avisó Seth.

—Sólo estoy apartando hojas.

—Podrías hacerlo con las manos.

—Si quisiera acabar con picaduras y un sarpullido.

—Eh, aquí está. —Le mostró a Kendra un agujero a una distancia de aproximadamente metro y medio desde el último que habían encontrado en el camino—. Giró a la izquierda.

—En diagonal. —Kendra dibujó una línea con la mano, conectando los dos puntos y continuando bosque adentro.

—Pero podría haber vuelto a girar —apuntó Seth—. Deberíamos encontrar el siguiente.

Encontrar el siguiente agujero les llevó casi quince minutos. Aquello demostraba que la criatura había girado ciertamente casi del todo a la izquierda, colocándose en perpendicular al camino.

—¿Y si giró más veces? —preguntó Kendra.

—Estaría volviendo sobre sus propios pasos.

—A lo mejor quería despistar a quien lo siguiese.

Seth avanzó metro y medio más y encontró el siguiente agujero casi al instante. El hallazgo confirmó que el nuevo curso era perpendicular al sendero.

—Por esta zona la maleza no es tan tupida —observó Seth.

—Seth, vamos a tardar todo el día para dar con veinte zancadas.

—No pretendo seguir sus huellas exactamente. Sólo avanzar un rato en la misma dirección que tomó. A lo mejor nos cruzamos con un sendero y podemos seguir otra vez el rastro. O a lo mejor vive por aquí cerca.

Kendra se metió una mano en el bolsillo para tocar la sal.

—No me hace gracia dejar el sendero.

—A mí tampoco. No iremos muy lejos. Pero parece que a esta cosa le gustan los senderos. Todo este rato vino por uno. Puede que estemos a punto de hacer un descubrimiento. Merece la pena seguir un poco más sólo para comprobarlo.

Kendra miró a su hermano fijamente.

—Vale, pero ¿y si lo que nos encontramos es una cueva?

—Echamos un vistazo.

—¿Y si oímos respiraciones procedentes de la cueva?

—No hace falta que entres. Ya miraré yo. Se trata de encontrar al abuelo.

Kendra se mordió la lengua. Estuvo a punto de decir que si le encontraban allí, seguramente estaría hecho pedazos.

—Vale, sólo un poco más.

Caminaron en línea recta, alejándose del sendero. Iban todo el tiempo repasando el suelo con la vista, pero no volvieron a encontrar más agujeros. No mucho rato después cruzaron el lecho seco y pedregoso de un arroyo. A pocos metros de allí atravesaron un pradito. Los arbustos y las flores silvestres les llegaban casi hasta la cintura.

—Yo no veo ningún otro rastro —dijo Kendra—. Ni ninguna guarida de monstruo.

—Echemos un buen vistazo por el prado —propuso Seth. Realizó una búsqueda exhaustiva por el perímetro del prado pero tampoco encontró ni agujeros ni huellas.

—Aceptémoslo —dijo Kendra—. Si tratamos de seguir más allá, estaremos andando a ciegas.

—¿Y si subimos a esa colina? —sugirió Seth, señalando el punto más elevado que se divisaba desde el prado, a menos de un cuarto de kilómetro de distancia—. Si fuésemos a hacernos una casa por estos alrededores, elegiríamos aquel alto. Además, si conseguimos subir ahí, tendremos mejores vistas de toda el área. Con estos árboles, a duras penas distinguimos algo.

Kendra apretó los labios. La colina no era muy empinada; sería fácil subirla. Y no estaba demasiado lejos.

—Si no encontramos nada allí arriba, ¿damos la vuelta?

—Trato hecho.

Marcharon en dirección a la colina, que estaba en una línea completamente diferente del curso que habían tomado inicialmente desde el sendero. Conforme se abrían paso por entre una maleza cada vez más densa, oyeron de pronto el chasquido de una ramita a un lado. Se detuvieron a escuchar con atención.

—Me estoy poniendo bastante nerviosa —dijo Kendra en voz baja.

—Estamos bien. Seguramente habrá sido sólo una piña que se ha caído de un árbol.

Kendra trató de quitarse de la mente las imágenes que se le venían de la pálida mujer del vestido negro y ondulante. Sólo de pensar en ella se quedó helada. Si la veía en el bosque, temía que simplemente se haría un ovillo en el suelo y dejaría que la apresase.

—Estoy perdiendo la pista de hacia dónde nos dirigimos —dijo. Al caminar de nuevo entre los árboles, habían dejado de ver tanto la colina como la pradera.

—Llevo mi brújula.

—Así, si todo lo demás falla, siempre podremos encontrar el polo Norte.

—El sendero que seguimos antes discurría en dirección noroeste —la tranquilizó Seth—. Luego, lo abandonamos para ir en dirección suroeste. La colina está al oeste, y el prado al este.

—Eso está bastante bien.

—El truco consiste simplemente en fijarse.

Poco después, los árboles empezaron a escasear y se encontraron ascendiendo la colina. Con los árboles cada vez más distanciados entre sí, la maleza crecía más alta y los arbustos eran más grandes. Kendra y Seth fueron subiendo la moderada pendiente en dirección a la cumbre.

—¿Hueles eso? —preguntó Seth.

Kendra se detuvo.

—Como si alguien estuviera cocinando.

El aroma era leve, pero, una vez que lo había percibido, notorio. Kendra estudió la zona con repentina sensación de alarma.

—Oh, Dios mío —dijo, al tiempo que se agachaba en cuclillas.

—¿Qué?

—Agáchate.

Seth se arrodilló a su lado. Kendra señaló en dirección a la cumbre de la colina. A un lado se elevaba una tenue columna de humo, fina y temblorosa.

—Sí —susurró él—. Puede que lo hayamos encontrado.

Una vez más, Kendra tuvo que morderse la lengua. Esperaba que nadie estuviera cocinando al abuelo.

—¿Qué hacemos?

—Quédate aquí —dijo Seth—. Iré a ver qué es.

—No quiero quedarme sola.

—Pues entonces ven conmigo, pero mantente un poco retrasada. No queremos que nos cojan a los dos a la vez. Ten preparada la sal.

No hacía falta que se lo recordara. Su única preocupación sobre la sal era que el sudor de sus manos la convirtiera en una pasta.

Seth se alejó reptando, siempre agachado, usando los arbustos a modo de protección, abriéndose paso poco a poco en dirección a la delgada columna de humo. Kendra imitó sus movimientos, impresionada ante el fruto que finalmente daban tantas horas de jugar a los soldaditos. Incluso ahora que iba siguiéndole, tuvo que hacer esfuerzos para aceptar lo que estaban haciendo. Acercarse a hurtadillas a la guarida de un cuco monstruoso para pillarlo por sorpresa se contaba entre las actividades sin las cuales Kendra podía vivir. ¿No deberían estar escabulléndose de allí, más bien?

La trémula hilaza de humo estaba cada vez más cerca. Seth hizo una señal a Kendra con el brazo para que se acercara. Ella se acurrucó a su lado, detrás de un arbusto ancho dos veces más alto que ella, y trató de mantener una respiración tranquila. Seth arrimó los labios al oído de su hermana.

—Podré ver lo que está pasando ahí cuando rodee este arbusto. Trataré de chillar si me capturan o me pasa algo parecido. Estate preparada.

Ella pegó su boca al oído de él.

—Si me juegas una mala pasada, te prometo que te mataré, en serio.

—No lo haré. Yo también estoy asustado.

Él reanudó el avance sigilosamente. Kendra intentó calmarse. Esperar era una tortura. Se planteó rodear el arbusto para echar un vistazo rápido, pero no logró reunir el valor necesario. El silencio era buena señal, ¿verdad? A menos que hubiesen derribado a Seth de manera fulminante con un dardo venenoso.

La pausa se alargó despiadadamente. Entonces, oyó que Seth retornaba menos cautelosamente que cuando se había ido. Cuando rodeó el arbusto, iba caminando recto y diciendo:

—Ven aquí, tienes que ver esto.

—¿Qué es?

—No asusta.

Kendra rodeó el arbusto con él, tensa aún. Más adelante, en

un claro próximo a la cumbre de la colina, vio el origen del fino hilo de humo: un cilindro de piedra, que les llegaría por la cintura aproximadamente, con un cabrestante de madera y un cubo colgando.

—¿Un pozo?

—Sí. Ven a oler.

Se acercaron al pozo. Aun de cerca, el humo que se elevaba seguía siendo vaporoso y poco definido. Kendra se asomó a mirar y clavó la vista en la profunda oscuridad.

—Huele bien.

—A sopa —dijo Seth—. Carne, verduras, especias.

—¿Será sólo que tengo hambre? Huele de maravilla.

—Opino lo mismo. ¿Deberíamos probar un poco?

—¿Echo el cubo? —preguntó Kendra, escéptica.

—¿Por qué no? —replicó Seth.

—Ahí abajo podría haber criaturas.

—No lo creo —dijo él.

—Tú piensas que no es más que un pozo lleno de sopa —se mofó Kendra.

—Te recuerdo que estamos dentro de una reserva mágica.

—Por lo que sabemos, podría ser venenoso.

—Echar un vistazo no puede hacernos ningún daño —insistió Seth—. Me muero de hambre. Además, no todo lo que hay aquí es malo. Apuesto a que aquí es adonde vienen a cenar los habitantes fantásticos del lugar. Mira, si hasta tiene manivela. —Empezó a girar el cabrestante, haciendo descender así el cubo a lo oscuro.

—Yo vigilo —dijo Kendra.

—Buena idea.

Kendra se sintió expuesta. Estaban tan lejos aún de la cumbre que no podía ver nada en la otra punta de la colina, pero sí estaban lo bastante altos como para dominar desde allí un amplio panorama de árboles y tierra cuando dirigió la vista pendiente abajo. Con la escasa cobertura que apenas protegía el pozo, le preocupó que unos ojos escondidos pudieran estar espiándoles desde el follaje de abajo.

Seth siguió desenrollando la cuerda, haciendo bajar el cubo cada vez más. Al final oyó el chapoteo que indicaba que había tocado el líquido del fondo. La cuerda se aflojó un tanto. Al poco, empezó a enrollarla de nuevo para subir el cubo.

—Deprisa —dijo Kendra.

—Eso hago. Es muy hondo.

—Tengo miedo de que todos los seres del bosque puedan estar viéndonos.

—Ya llega. —Dejó de darle a la manivela y sacó los últimos metros de cuerda con las manos hasta dejar el cubo apoyado en el pretil del pozo.

Kendra se acercó a su lado. Dentro del cubo de madera flotaban en un fragante caldo amarillo trozos de carne, rodajas de zanahoria, patatas cortadas y cebolla.

—Parece un guiso normal y corriente —dijo Kendra.

—Mejor que normal. Yo voy a probar un poco.

—¡Ni se te ocurra! —le advirtió ella.

—Anímate. —Seth cogió con los dedos un trozo de carne, chorreando caldo, y la probó—. ¡Está rico! —anunció. Luego sacó una patata y emitió el mismo veredicto. Inclinando el cubo, sorbió directamente el caldo—. ¡Alucinante! —exclamó—. Tienes que probarlo.

Desde detrás del mismo arbusto que habían utilizado como último escondrijo durante su maniobra de aproximación al pozo emergió una criatura. Se trataba de un hombre que iba desnudo de cintura para arriba. Tenía el pecho llamativamente peludo y un par de afilados cuernos por encima de la frente. De cintura para abajo presentaba unas greñudas patas de cabra. Blandiendo un cuchillo, el sátiro cargó contra ellos.

Kendra y Seth se dieron la vuelta, alarmados al oír el trote de las pezuñas subiendo a todo correr por la pendiente.

—La sal —soltó Seth, al tiempo que se metía las manos en los bolsillos.

Mientras él trataba de coger la sal, Kendra corrió a colocarse detrás del pozo, de modo que éste quedó entre ella y el atacante. Seth no. Él se mantuvo donde estaba y, cuando el sátiro se encontraba a un par de pasos de distancia, le tiró un puñado de sal.

El sátiro se detuvo en seco, obviamente sorprendido por la nube de sal. Seth le tiró un segundo puñado y volvió a meter

BRANDON MULL

la mano en el bolsillo para coger más. La sal ni chisporroteó ni emitió destello alguno. Pero el sátiro se había quedado anonadado.

—¿Qué estás haciendo? —le preguntó con un murmullo.

—Yo podría preguntarte lo mismo —replicó Seth.

—No, no puedes. Estás echando a perder nuestra operación. —El sátiro embistió de nuevo, pero dejando a Seth a un lado, y cortó la cuerda con el cuchillo—. Ya llega.

—¿Quién?

—Yo me ahorraría las preguntas para más tarde —dijo el sátiro, que enrolló la cuerda hasta dejarla bien tensa en el cabrestante. A continuación, agarró el cubo y echó a trotar pendiente abajo, derramando la sopa en la carrera.

Kendra oyó, procedente del otro lado de la colina, un rumor de hojas y ramas que se partían. Seth y ella siguieron al sátiro.

Éste se metió directamente en el arbusto tras el cual Kendra se había acurrucado un rato antes. Seth y su hermana se ocultaron en él como había hecho el hombre cabra.

Nada más esconderse, apareció una mujer corpulenta y horripilante que se acercó al pozo. Tenía la cara ancha y chata, y unos lóbulos flácidos que le colgaban casi hasta los fornidos hombros. El pecho deforme le bajaba por dentro de una casaca vasta de confección casera. Su tez, que parecía de piel de aguacate, presentaba una textura rugosa que la hacía parecerse a la pana. Sus cabellos eran canosos y los llevaba revueltos y enmarañados, y su complexión rayaba en la obesidad. El pozo apenas le llegaba a las rodillas, lo que la hacía considerablemente más alta que Hugo. Al andar, se balanceaba a un lado y otro, y respiraba con fuerza por la boca.

Se dobló por la cintura y palpó el pozo, con lo que la estructura de madera recibió un buen mamporro.

—La ogresa no ve tres en un burro —susurró el sátiro.

Al decir esto, la ogresa levantó la cabeza de golpe y refunfuñó en un idioma gutural. Luego se apartó del pozo dando un par de bamboleantes pasos, se sentó en cuclillas y olisqueó la parte del suelo en la que Seth había tirado la sal.

—Aquí ha *habío* gentes —sentenció en tono acusatorio, con voz ronca y acento marcado—. ¿Dónde estar ustedes gentes?

El sátiro se puso un dedo en los labios. Kendra estaba totalmente inmóvil y trataba de respirar con suavidad, pese a la tensión. Intentó planear en qué dirección saldría corriendo.

La ogresa echó a andar pesadamente pendiente abajo en dirección a su escondrijo, olisqueando arriba y abajo.

—He oído gentes. He olido gentes. Y huelo mi guiso. Otra vez gentes han estado con mi guiso. Salgan ahora mismo *pa* disculparse.

El sátiro sacudió la cabeza e hizo el gesto de cortarse el cuello con un dedo para enfatizar la orden. Seth se metió una mano en el bolsillo. El sátiro le tocó la muñeca y sacudió la cabeza en gesto de negación, mirándole con el ceño fruncido.

La ogresa había recorrido ya la mitad de la distancia que la separaba del arbusto.

—Ya que a ustedes gentes tanto gusta mi guiso, a lo mejor quieren darse baño en él.

Kendra se aguantó el impulso de salir pitando. La ogresa se les echaría encima en cuestión de segundos. Pero parecía que el sátiro sabía lo que hacía. Levantó una mano, indicándoles tácitamente que no se movieran ni hicieran ruido.

Sin previo aviso, algo empezó a formar un alboroto tremendo entre los arbustos, a unos veinte metros a su derecha. La ogresa giró el cuerpo y se lanzó en dirección al alboroto con una manera de andar poco elegante pero rápida.

El sátiro hizo una señal de afirmación con la cabeza. Los tres salieron gateando del arbusto y echaron a correr colina abajo. A su espalda, la ogresa se detuvo en plena carrerilla y cambió de dirección para ir a por ellos. El hombre cabra tiró el cubo en medio de unos setos de espino y brincó para salvar un tronco caído. Kendra y Seth corrieron tras él.

Propulsada por su propio impulso cuesta abajo, Kendra se encontró corriendo a zancadas más largas de lo que hubiera deseado. Cada vez que un pie suyo tocaba el suelo se convertía en una nueva oportunidad para perder el equilibrio y caerse. Seth iba un par de pasos por delante de ella, mientras que el veloz sátiro aumentaba poco a poco la distancia que los separaba.

Sin prestar la menor atención a los posibles obstáculos, la ogresa los perseguía ruidosamente, pisoteando arbustos y arrancando ramas a su paso. Respiraba entrecortadamente, con pitidos y la boca húmeda, y de vez en cuando soltaba alguna maldición, con su idioma ininteligible. Pese a su tamaño descomunal y a su aparente agotamiento, la contrahecha mujerona progresaba a gran velocidad.

La pendiente se niveló. Kendra notó que a su espalda la ogresa sufría una caída, acompañada de los chasquidos de las ramas y de los troncos caídos al partirse debajo, con lo que se creó un estruendo de fuegos artificiales. Kendra echó la vista atrás y vio que la fornida ogresa ya estaba poniéndose de nuevo en pie.

El sátiro los condujo hasta una quebrada no muy honda, donde encontraron la amplia entrada a un túnel oscuro.

—Por aquí —dijo, lanzándose al interior del túnel a toda velocidad.

Aunque parecía lo suficientemente espacioso como para que la perseguidora cupiera por él, Seth y Kendra le siguieron sin rechistar. El sátiro parecía seguro de lo que hacía y hasta entonces había tenido razón en todo.

172

El túnel iba haciéndose cada vez más oscuro a medida que se adentraban en él. Unas fuertes pisadas los siguieron. Kendra miró hacia atrás. La ogresa llenaba todo el pasadizo subterráneo, impidiendo el paso de prácticamente toda la luz que se filtraba desde la abertura.

Empezaba a costar distinguir al sátiro. El túnel empezó a estrecharse. A escasos metros por detrás de Kendra se oía la respiración entrecortada y las toses de la ogresa. Con suerte, le iba a dar un ataque al corazón y se iba a desplomar allí mismo.

En un momento dado, la oscuridad se tornó absoluta. Entonces, empezó a aparecer algo de luz. El túnel siguió encogiendo. Al poco, Kendra tuvo que avanzar agachada, y podía tocar las paredes de ambos lados con las manos. El sátiro aflojó la marcha y miró atrás con una sonrisa maliciosa. Kendra también miró por encima de su hombro para comprobar la situación.

La jadeante ogresa iba a gatas. Entonces, cayó hacia delante sobre la panza para seguir avanzado a rastras, con pitidos y toses. Cuando ya no pudo arrastrarse más, rugió de impotencia, emitiendo un crispado grito gutural. Después se oyó como si vomitase.

Delante de ellos, el sátiro avanzaba a cuatro patas. El pasadizo se inclinaba hacia arriba. Salieron por un boquete a una hondonada en forma de cuenco. Esperándoles fuera había otro sátiro. Este segundo sátiro tenía la pelambre más rojiza que el primero, así como unos cuernos algo más largos. Una vez fuera, les hizo una señal para que le siguieran.

Los dos sátiros y los dos niños corrieron como locos por el bosque unos cuantos minutos más. Al llegar a un claro con un pequeño estanque, el sátiro pelirrojo se detuvo y se dio la vuelta para mirar a los demás.

—¿Qué pretendíais? ¿Arruinar nuestra operación? —preguntó.

—Menuda chapuza —coincidió el otro sátiro.

—No lo sabíamos —dijo Kendra—. Creímos que era un pozo.

—¿Creísteis que una chimenea era un pozo? —protestó el pelirrojo—. ¿He de suponer que a veces confundís también los carámbanos con las zanahorias? ¿O las carretas con los retretes?

—Tenía un cubo —dijo Seth.

—Y salía del suelo —añadió Kendra.

—Tienen parte de razón —admitió el otro sátiro.

—Estabais en el tejado de la madriguera de la ogresa —les explicó el pelirrojo.

—Ahora lo entendemos —dijo Seth—. Pensábamos que era una colina.

—No hay nada malo en birlarle un poco de sopa de su caldero —siguió diciendo el pelirrojo—. Nosotros procuramos ser generosos con lo que tenemos. Pero es preciso aplicar cierta dosis de delicadeza. Un poquito de finura. Al menos esperad a que la vieja señora se duerma. ¿Quiénes sois, de todos modos?

—Seth Sorenson.

—Kendra.

—Yo soy Newel —dijo el pelirrojo—. Éste es Doren. ¿Os hacéis cargo de que seguramente tendremos que idear todo un nuevo sistema de extracción?

—La ogresa destruirá el viejo —aclaró Doren.

173

—Casi costará más esfuerzo que cocinarnos nosotros mismos nuestro propio guiso —añadió Newel, enfurruñado.

—Nunca nos queda tan bien como a ella —se lamentó Doren.

—Tiene un don —coincidió Newel.

—Lo sentimos mucho —se disculpó Kendra—. Estábamos un poco perdidos.

Doren le restó importancia moviendo la mano.

—No os preocupéis. Es que nos hace gracia ponernos chulitos. Si lo que hubieseis echado a perder fuera nuestro vino, sería otro cantar.

—Aun así —intervino Newel—, un tío tiene que comer, y guiso gratis es guiso gratis.

—Encontraremos la manera de compensaros —dijo Kendra.

—Nosotros también —dijo Newel.

—Por casualidad, ¿no tendréis… pilas? —preguntó Doren.

—¿Pilas? —preguntó Seth, arrugando la nariz.

—Tamaño C —puntualizó Newel.

Kendra se cruzó de brazos.

—¿Por qué queréis pilas?

—Porque brillan —respondió Newel, dándole un codazo a Doren.

—Las veneramos —explicó Doren, y asintió con expresión de sabiduría—. Para nosotros son como pequeñas deidades.

Los chicos miraron atónitos a los hombres cabra, sin saber muy bien cómo continuar la conversación. Era evidente que estaban mintiendo.

—De acuerdo —concedió Newel—. Es que tenemos una tele portátil.

—No se lo digáis a Stan.

—Teníamos un montón de pilas, pero se nos han terminado.

—Y nuestro suministrador ya no trabaja aquí.

—Podríamos llegar a un arreglo. —Newel abrió las manos en gesto diplomático—. Un puñado de pilas, en muestra de arrepentimiento por habernos fastidiado el trasvase de guiso.

—Luego, podemos hacer negocios con otras cosas. Oro, birras, lo que se os ocurra. —Doren bajó un poco el volumen y añadió—: Por supuesto, tendríamos que mantener en secreto el acuerdo.

—A Stan no le mola que veamos la tele —dijo Newel.

—¿Conocéis a nuestro abuelo? —preguntó Seth.

—¿Y quién no? —dijo Newel.

—¿No le habréis visto últimamente? —preguntó Kendra.

—Sí, claro. La semana pasada, sin ir más lejos —dijo Doren.

—Me refiero desde anoche.

—No, ¿por? —preguntó Newel.

—¿No os habéis enterado? —preguntó Seth.

Los sátiros se miraron y se encogieron de hombros.

—¿Qué novedades hay? —preguntó Newel.

—Anoche secuestraron a nuestro abuelo —dijo Kendra.

—¿Cómo que lo acostaron? —dijo Newel.

—Dicen que lo secuestraron —le explicó Doren.

Kendra asintió.

—Entraron unas criaturas en la casa y se lo llevaron a él y a nuestra ama de llaves.

—¿Y a Dale no? —preguntó Doren.

—Creemos que no —respondió Seth.

Newel sacudió la cabeza.

—Pobre Dale. Nunca ha sido muy popular.

—Tiene un pésimo sentido del humor —coincidió Doren—. Demasiado callado.

—¿Vosotros no sabréis quién puede haberlos secuestrado, verdad? —preguntó Kendra.

—¿La noche del solsticio de verano? —dijo Newel, y levantó las manos—. Cualquiera. Seguro que lo adivináis antes que yo.

—¿Podríais ayudarnos a encontrarle? —preguntó Seth.

Los sátiros se cruzaron una mirada incómoda.

—Sí, vaya —empezó a decir Newel, con actitud de sentirse incómodo con la situación—, es que tenemos una semanita fina.

—Mogollón de compromisos —confirmó Doren, al tiempo que retrocedía un poco.

—Ya veis, ahora que lo he pensado —añadió Newel—, puede que, de todos modos, hubiésemos necesitado un nuevo sistema de poleas y jarcias para la chimenea. ¿Y si cada cual se va por su camino y lo dejamos estar?

175

—No os toméis a pecho nada de lo que hemos dicho —apuntó Doren—. Estábamos siendo satíricos.

Seth dio un paso adelante.

—¿Sabéis algo y no queréis decírnoslo?

—No es eso —dijo Newel, continuando con su paulatina retirada—. Es simplemente que hoy es el primer día del verano. Estamos a tope.

—Gracias por ayudarnos a huir de la ogresa —intervino Kendra.

—Ha sido un placer —repuso Newel.

—Todo incluido en el lote —añadió Doren.

—¿Al menos podríais indicarnos la dirección para volver a casa, chicos? —preguntó Seth.

Los sátiros dejaron de retroceder. Doren extendió un brazo.

—Allí hay un camino.

—Cuando lleguéis a él, doblad a la derecha —añadió Newel.

—Así estaréis en la dirección adecuada para iniciar la vuelta a casa.

Los sátiros se volvieron a toda prisa y echaron a correr entre los árboles.

12

Dentro del granero

$\mathcal{K}$endra y Seth dieron con el camino tal como los sátiros les habían indicado, y enseguida reencontraron los agujeros tamaño moneda de cinco centavos que les sirvieron de perfecto rastro de miguitas de pan para retornar a casa.

—Esos tipos cabra eran unos estúpidos —comentó Seth.

—Gracias a ellos nos salvamos de la ogresa —le recordó Kendra.

—Podrían habernos ayudado a rescatar al abuelo, y en vez de eso nos dejan colgados. —Mientras proseguían la marcha por el sendero, Seth puso cara de malas pulgas.

Estaban acercándose ya al jardín cuando oyeron otra vez el gemido inhumano, el mismo sonido que habían oído al salir del sótano, sólo que ahora más fuerte que nunca. Se detuvieron. Aquel desconcertante sonido venía de más adelante. Era un gemido largo y lastimero, similar al bramido de una sirena.

Seth rebañó parte de lo que le quedaba de sal en un bolsillo y aceleró el paso. Enseguida se encontraron en el límite del jardín. Todo parecía normal. No vieron ningún mastodonte gigantesco, capaz de emitir el sonido bronco que habían oído.

—Acuérdate de que la sal no surtió mucho efecto con el sátiro —susurró Kendra.

—Probablemente sólo achicharra a las criaturas malévolas —replicó él.

—Yo creo que la señora ogro se llevó un poco.

—A esas alturas estaba ya toda mezclada con tierra. Tú misma viste que abrasaba a esos bichos anoche.

Aguardaron, dudando si entrar en el jardín o no.

—¿Y ahora qué? —preguntó Kendra.

El tremendo gemido resonó por todo el jardín, más fuerte ahora, como si estuviera más cerca. Los tablones del tejado del granero tabletearon.

—Sale del granero —dijo Seth.

—¡Ahí no hemos mirado aún! —exclamó Kendra.

—A mí no se me ocurrió.

El monstruoso gemido retumbó una tercera vez. El granero entero se estremeció. Los pájaros alzaron el vuelo desde el alero.

—¿Crees que algo pudo llevarse al abuelo y a Lena al granero? —preguntó Kendra.

—Suena como si ese algo estuviera todavía ahí dentro.

—El abuelo nos dijo que no entráramos jamás en el granero.

—A mí me parece que yo ya estoy castigado —dijo Seth.

—No, me refiero a… ¿y si ahí dentro tiene guardadas criaturas feroces? Tal vez no tenga nada que ver con la desaparición del abuelo.

—Es nuestra mejor opción. ¿En qué otro sitio podemos mirar? No tenemos ninguna otra pista. Las huellas no nos han llevado a nada. Por lo menos deberíamos intentar echar una ojeada al interior.

Seth empezó a andar en dirección al granero, mientras Kendra le seguía a su pesar. La enorme construcción medía unos buenos cinco pisos de alto y estaba rematada con una veleta con forma de toro. Hasta ese momento, Kendra nunca se había parado a ver por dónde podía accederse al interior del granero. Ahora reparó en la inevitable puerta doble de gran tamaño, en la fachada delantera, así como en otras puertas más pequeñas dispuestas a lo largo de uno de los flancos.

El granero entero crujió y, a continuación, empezó a temblar como si hubiese un terremoto. El chasquido de la madera al partirse lo invadió todo, y entonces se oyó otro triste lamento.

Seth miró a Kendra, a su espalda. Ahí dentro había algo gigantesco. Unos segundos después el granero quedó en calma.

Las puertas delanteras estaban aseguradas mediante unas cadenas y un pesado candado, por lo que Seth se dirigió al lateral de la edificación y trató sigilosamente de abrir las puertas pequeñas. Todas estaban cerradas con llave. El granero tenía varias ventanas, pero las más próximas al suelo estaban a una altura de tres pisos.

Sigilosamente, rodearon todo el edificio, sin encontrar ninguna puerta que no estuviera cerrada con llave. Tampoco había ni rendijas ni agujeros por los que mirar.

—El abuelo selló bien este sitio —susurró Kendra.

—Puede que tengamos que hacer algo de ruido para entrar —dijo Seth. Y empezó a rodear el edificio una vez más.

—No estoy segura de que eso sea inteligente.

—Voy a esperar a que el granero se ponga a temblar otra vez. —Seth se sentó en el suelo, delante de una puertecilla de casi un metro de alto. Pasaron los minutos.

—¿Crees que sabe que estamos esperando? —preguntó Kendra.

—No seas gafe.

—Deja de decir eso.

Un hada se acercó volando por el aire. Seth intentó ahuyentarla.

—Vete de aquí.

El hada esquivó sin el menor esfuerzo los manotazos de Seth. Cuanto más empeño ponía él en espantarla, más se acercaba ella.

—Déjalo, no haces sino azuzarla aún más —dijo Kendra.

—Estoy harto de hadas.

—Entonces, no le hagas ni caso y a lo mejor se va.

Seth dejó de prestar atención al hada. Ella se le puso justo detrás de la cabeza. Al ver que la proximidad no causaba reacción alguna, el hada decidió posársele encima. Seth se dio una palmada en la coronilla, errando el golpe, mientras ella esquivaba una y otra vez sus manotazos. Justo cuando Seth se ponía en pie de un brinco para tratar de cazarla, volvió a retumbar el gemido de antes. La puertecilla tembló.

El chico se sentó de culo rápidamente y empezó a golpear la puerta con los dos pies. El gemido amortiguaba casi por com-

179

pleto el ruido de los golpes. A la tercera patada, el marco de la puertecilla se partió y la puerta se abrió de par en par.

Seth rodó sobre sí para apartarse de la abertura. Kendra dio también un paso a un lado. Seth rebuscó en sus bolsillos y sacó lo que le quedaba de sal.

—¿Quieres un poco? —preguntó, sólo moviendo los labios.

Kendra aceptó un puñadito de sal. Un par de segundos después, el ensordecedor gemido cesó. Mediante gestos, Seth indicó a Kendra que le esperase y, agachándose, se metió por la puertecilla. Kendra aguardó, apretando la sal en la palma de la mano.

Seth reapareció en el hueco de la puerta con una expresión inescrutable.

—Tienes que ver esto —dijo.

—¿Qué es?

—No te preocupes. Ven a ver.

Kendra se agachó para entrar por la puertecilla. El inmenso granero albergaba una única nave, grande y oscura, así como unos cuantos armarios dispuestos alrededor. La nave entera estaba ocupada por una sola vaca de proporciones gigantescas.

—No es lo que me esperaba —murmuró Kendra, sin poder dar crédito a lo que veía.

Con la boca abierta, contempló asombrada la colosal vaca. Su inmensa cabeza rozaba casi las vigas del techo, a catorce o quince metros de altura. Un pajar que cubría todo un lateral del edificio hacía las veces de comedero. Las pezuñas de la vaca eran del tamaño de unos yacusis. La gigantesca ubre estaba a reventar. De unas tetas casi del tamaño de sacos de boxeo brotaban y se escurrían gotas de leche.

La mastodóntica vaca bajó la testuz y se quedó mirando a los recién llegados al granero. Emitió un largo mugido y sólo al cambiar ligeramente el peso de su cuerpo el granero entero se estremeció.

—Esto es la leche —dijo Kendra en un susurro.

—Ya te digo. Dudo de que al abuelo se le acaben las reservas de leche en una buena temporada.

—Venimos en son de paz —dijo Kendra, dirigiéndose a la vaca.

180

El animal levantó la cabeza y se puso a mascar paja de su montón.

—¿Cómo es que no hemos oído antes a este bicho? —se extrañó Seth.

—Probablemente no muge nunca. Creo que le duele algo —observó Kendra—. ¿Ves lo hinchada que está la ubre? Apuesto a que daría para llenar una piscina.

—Totalmente.

—Seguramente alguien la ordeña todas las mañanas.

—Y hoy no lo ha hecho nadie —dijo Seth.

Se quedaron callados y la miraron. La vaca siguió masticando paja del montón. Seth señaló la parte trasera del granero.

—¡Mira qué boñigas!

—¡Qué asco!

—¡La bosta de vaca más grande del mundo!

—Tenías que fijarte en eso...

La vaca emitió otro quejido atronador, el más insistente de todos hasta ese momento. Los chicos se taparon los oídos con las manos hasta que el mugido cesó.

—Seguramente deberíamos intentar ordeñarla —dijo Kendra.

—¿¡Cómo se supone que vamos a hacer eso!? —exclamó Seth.

—Tiene que haber un modo. Ellos deben de hacerlo todos los días.

—Pero si ni siquiera alcanzamos a cogerles las *ésas*.

—Seguro que esta vaca sería capaz de hacer añicos todo esto si quisiera. Es decir..., ¡mírala! Está cada vez más disgustada. Tiene la ubre a punto de explotar. Quién sabe qué clase de poderes tiene. Con su leche, la gente puede ver hadas. Lo último que necesitamos es una vaca mágica gigantesca corriendo suelta por ahí. Podría ser el acabose...

Seth se cruzó de brazos y analizó la cuestión.

—Esto es imposible.

—Tenemos que mirar en los armarios. A lo mejor tienen guardadas herramientas especiales.

—¿Y el abuelo?

—No tenemos ninguna pista —dijo Kendra—. Y si no ordeñamos esta vaca, podríamos acabar con un nuevo desastre entre manos.

En los armarios encontraron gran variedad de herramientas y equipamiento, pero ningún artilugio que pareciese servir para ordeñar vacas mastodónticas. Tanto dentro como fuera de los armarios había barriles vacíos, por todas partes, y Kendra supuso que debían de emplearlos para recoger leche. En un armario, Kendra encontró un par de escaleras de tijera.

—Esto puede ser todo lo que necesitemos —dijo.

—Pero ¿cómo vamos a agarrar esas cosas con nuestras manos?

—No hace falta.

—Tiene que haber alguna máquina gigante de ordeñar —dijo Seth.

—Yo no veo por aquí nada parecido a eso. Pero podría dar resultado si simplemente nos abrazamos a ellas y dejamos que goteen.

—¿Estás loca?

—¿Por qué no probar? —insistió Kendra, e indicó el espacio entre la ubre y el suelo—. Desde los pezones hasta el suelo no hay tanta distancia.

—¿No vamos a intentar usar los barriles?

—No, podemos desaprovechar la leche. Los barriles nos estorbarían. Nosotros sólo tenemos que aliviarle la presión.

—¿Y si nos pisa?

—Apenas tiene sitio para moverse. Si nos quedamos debajo de la ubre, no nos pasará nada.

Arrastraron las escaleras de mano a la posición adecuada, cada una al lado de una teta de la ubre, en el mismo lado de la gigantesca vaca. Se encaramaron a ellas. Con sólo mantenerse de pie en el penúltimo peldaño, estuvieron lo suficientemente altos para agarrar la teta cerca de la ubre.

Seth aguardó, mientras Kendra trataba de colocarse en posición.

—Esto se mueve un montón —dijo.

—Ponte en equilibrio.

Ella se irguió, vacilante. Tenía la sensación de encontrarse mucho más alta que cuando lo había calculado desde el suelo.

—¿Listo?

—No. Apuesto a que del granero no escapará.

—Al menos tenemos que intentarlo.

—¿Abrazarnos a la ésa y colgarnos de ella? —preguntó Seth.

—Nos turnaremos, primero tú, luego yo, luego tú, luego yo. Luego, iremos con el otro lado.

—¿Qué tal si empiezas tú?

—A ti se te dan mejor estas cosas —dijo Kendra.

—Es verdad, yo ordeño mogollón de vacas gigantes. Uno de estos días te enseñaré los trofeos que he ganado.

—En serio, empieza tú —le instó Kendra.

—¿Y si le hago daño?

—No creo que seamos tan grandes como para eso. Me preocupa más que no vayamos a poder extraerle nada de leche.

—O sea, que tengo que achucharla con todas mis fuerzas, ¿no? —confirmó Seth.

—Eso es.

—En cuanto yo lo haga, vas tú, y seguimos así lo más deprisa que podamos.

—Y si alguna vez encuentro un trofeo de ordeño de vacas gigantes, te lo compraré —se brindó Kendra.

—Casi preferiría que esto fuera un secretillo entre tú y yo. ¿Lista?

—A por ella.

Con vacilación, Seth apoyó una mano en la gran teta. La vaca mugió y él retiró la mano y se agachó, abrazándose a la escalera con las dos manos para mantener el equilibrio. Kendra trató de mantenerlo también mientras se partía de risa. Al final el mugido-sirena cesó.

—He cambiado de idea —dijo Seth.

—Contaré hasta tres —dijo Kendra.

—O empiezas tú, o no lo hago. Casi me caigo y me meo en los pantalones al mismo tiempo.

—¡Uno…, dos… y tres!

Seth dio un paso al frente para lanzarse desde la escalera y

183

abrazarse a la mama. Resbaló por ella y cayó al suelo juntamente con un impresionante chorro de leche. Kendra le imitó y se abrazó también a la mama. Aun aferrándose a ella con fuerza, resbalaba más de lo que había calculado. Kendra se estampó contra el suelo con los vaqueros empapados ya de leche caliente.

Seth estaba subiendo ya por la escalera.

—Esto es una guarrada —dijo, y adelantó la pierna para abrazarse de nuevo a la mama y resbalar por ella.

Esta vez aterrizó de pie en el suelo. Kendra subió y volvió a tirarse. Tras abrazarse con todas sus fuerzas, descendió esta vez un poquito más despacio. Pero volvió a caer de bruces cuando tocó el suelo. Había leche por todas partes.

Enseguida le cogieron el tranquillo y aterrizaban de pie casi todas las veces, a un ritmo constante. La ubre inflada colgaba baja, y fueron mejorando la técnica de abrazar la mama para controlar la caída. La leche brotaba en cantidad. Cuando se dejaban caer por las mamas, éstas chorreaban como si fueran mangueras de bombero. Debieron de necesitar unos setenta saltos cada uno para empezar a notar que se reducía la producción.

—Al otro lado —dijo Kendra, jadeando.

—Tengo los brazos agarrotados —se quejó Seth.

—Hay que darse prisa.

Arrastraron las escaleras unos metros y repitieron todo el proceso. Kendra trató de figurarse que se encontraba en una especie de parque de columpios surrealista, en el que los niños vadeaban en leche en lugar de arena y se tiraban por gordos postes carnosos.

Kendra se concentró en subir por la escalera y en aterrizar en el suelo con la máxima ligereza posible. Temía que si convertía alguna de las dos acciones en simple rutina, podría sufrir un grave accidente, como hacerse un esguince en un tobillo, partirse un hueso o algo peor.

A la primera señal de que menguaba el flujo de leche, se tumbaron en el suelo, exhaustos, sin importarles el baño de leche, pues tenían la ropa y el pelo empapados ya. Los dos jadeaban intensamente, tratando de recobrar el aliento. Kendra se tocó el cuello y dijo:

184

—El corazón me late tan fuerte como si fuera un martillo neumático.

—Creí que iba a potar, qué asco —se quejó Seth.

—Yo estoy más cansada que de con ganas de vomitar.

—Pues piénsalo. Estás empapada en leche caliente y cruda, mientras tu cara resbala unas cien veces por el pezón de una vaca.

—Yo creo que han sido más veces.

—Hemos encharcado el granero entero —observó Seth—. No pienso tomar leche nunca más en mi vida.

—Y yo no pienso volver a los columpios en mi vida —prometió Kendra.

—¿Cómo dices?

—Es un poco difícil de explicar...

Seth repasó con la mirada toda la zona que quedaba debajo de la vaca.

—El piso dispone de sumideros, pero no creo que consigan chupar mucha leche.

—Antes vi una manguera. Dudo de que a la vaca le agrade tener todo cubierto de leche cortada. —Kendra se incorporó y se escurrió la leche del pelo—. Ha sido la mejor sesión de gimnasia de mi vida. Estoy muerta.

—Si hiciera esto todos los días me parecería a Hércules —comentó Seth.

—¿No te importa recoger las escaleras?

—No, si te ocupas tú de la manguera.

La manguera era larga y el agua salía con buena presión, y parecía que los sumideros tenían capacidad de sobra. Empujar la leche con el chorro a presión resultó ser la parte más sencilla de toda la operación. Seth le pidió que le limpiara de arriba abajo con el chorro de agua y a continuación le devolvió el favor.

Desde el instante en que el proceso de ordeñarla comenzó de verdad, la vaca dejó de hacer ruido y ya no mostró el menor interés en ellos. Llamaron a voces al abuelo y a Lena, dentro del granero, para estar seguros; empezaron sin alzar mucho la voz para no asustar a la vaca, y poco a poco fueron subiendo el volumen hasta acabar llamándolos a gritos. Como ya había sucedido antes, su llamada no recibió respuesta.

—¿Deberíamos volver a la casa? —preguntó Kendra.

—Supongo que sí. Dentro de poco se hará de noche.

—Estoy agotada. Y muerta de hambre. Deberíamos buscar comida.

Salieron del granero. El día se apagaba.

—Tienes un siete enorme en la camisa —observó Kendra.

—Me la he roto cuando huíamos de la ogresa esa.

—Tengo una rosa que te puedo prestar.

—Ésta me irá bien —dijo Seth—, en cuanto se seque.

—La rosa te camuflará igual de bien que la de camuflaje —insistió Kendra.

—¿Todas las chicas son tan descerebradas como tú?

—¿Me estás diciendo que una camisa verde te hará invisible a los monstruos?

—No. Pero sí «menos» visible. Ésa es la cuestión. Menos visible que esa azul que llevas.

—Supongo que también yo debería agenciarme una verde.

13

Un mensaje inesperado

Sentada en el suelo del comedor, Kendra dio un mordisco al segundo bocadillo de crema de cacahuete y mermelada que se comía. Seth y ella habían registrado la cocina de arriba abajo y habían encontrado comida para dos semanas. La despensa contenía latas de fruta y verdura, tarros intactos de conservas, pan, harina de avena, crema de trigo, galletitas, atún y un montón de cosas más.

El frigorífico aún funcionaba, aunque estaba por los suelos, así que recogieron lo mejor posible todos los trozos de cristal. Seguían teniendo leche, queso y huevos de sobra. Y en el congelador había un montón de carne.

Kendra dio otro mordisco. Apoyó la espalda y cerró los ojos. Le había quedado hambre como para un segundo bocadillo, pero ahora tenía sus dudas sobre si se lo terminaría o no.

—Estoy agotada —anunció.

—Yo también —dijo Seth. Puso un pedazo de queso sobre una galletita y lo cubrió con una sardina bañada en mostaza—. Me pican los ojos.

—A mí me escuece la garganta —dijo Kendra—. Y ni siquiera se ha puesto el sol.

—¿Qué vamos a hacer con lo del abuelo?

—Creo que lo mejor que podemos hacer es descansar un poco. Tendremos la mente más despejada mañana por la mañana.

—¿Cuánto dormimos anoche? —preguntó Seth.

—Una media hora —calculó Kendra.

—¡Llevamos despiertos casi dos días!

—Ahora dormirás dos días enteros.

—Lo que tú digas —dijo Seth.

—Es cierto. Tus glándulas segregarán un capullo para que te metas dentro y duermas.

—No me chupo el dedo...

—Por eso tienes tanta hambre. Estás almacenando grasa para la fase de hibernación.

Seth se terminó la galletita.

—Deberías probar las sardinas.

—Yo no como pescado con cabeza.

—¡Las cabezas son lo más rico! Puedes notar cómo saltan los ojos cuando...

—Basta. —Kendra se puso de pie—. Necesito irme a la cama.

Seth se levantó también.

—Y yo.

Subieron las escaleras, recorrieron el pasillo, donde estaba todo patas arriba, y ascendieron el tramo de escaleras del desván. Su habitación, salvo las camas, «estaba hecha un cisco». *Ricitos de Oro* cruzó el cuarto hasta un rincón, muy tiesa, y se puso a cloquear. Su comida estaba tirada por todo el suelo.

—Tenías razón al decir que la sal no parecía funcionar —dijo Seth.

—Puede que sólo funcione aquí dentro.

—Los hombres cabra esos eran un par de memos, pero muy graciosos.

—Se llaman sátiros —dijo Kendra.

—Tengo que encontrar pilas C. Dijeron que nos darían oro a cambio.

—Pero no especificaron cuánto.

—Aun así, ¡cambiar pilas por oro! Podría forrarme.

—Yo no estoy muy segura de si me fiaría de esos dos. —Kendra se dejó caer en la cama y hundió la cara en la almohada—. ¿Por qué cacarea *Ricitos de Oro* sin parar?

—Seguro que echa de menos su jaula. —Seth cruzó la habitación en dirección a la alborotada gallina—. Kendra, será mejor que vengas a ver esto.

—¿Puedo verlo por la mañana? —preguntó con la voz amortiguada por la almohada.

—Tiene que ser ahora.

Kendra se levantó de la cama empujándose con los brazos y se dirigió a donde estaba Seth. En el rincón de la habitación más de un centenar de granos de la comida de la gallina habían sido dispuestos en forma de ocho letras:

SOY
LA ABU

—Me estás gastando una broma —dijo Kendra. Y miró a Seth con recelo—. ¿Has escrito esto tú?

—¡No! ¡Para nada!

Kendra se agachó delante de *Ricitos de Oro*.

—¿Tú eres mi abuela Sorenson?

La gallina movió la cabecita arriba y abajo, como en gesto de afirmación.

—¿Eso ha sido un «sí»?

La cabecita volvió a subir y bajar.

—Haz un «no» para que pueda estar segura —dijo Kendra.

Ricitos de Oro meneó la cabeza en señal de negación.

—¿Cómo ha podido pasar esto? —preguntó Seth—. ¿Alguien te ha convertido en gallina?

La gallina movió la cabecita arriba y abajo.

—¿Cómo te devolvemos a tu estado original? —preguntó Kendra.

Ricitos de Oro se quedó inmóvil.

—¿Por qué el abuelo no ha podido devolverla a su estado original? —preguntó Seth.

—¿El abuelo Sorenson ha intentado romper el hechizo? —interrogó Kendra.

Ricitos de Oro movió la cabeza arriba y abajo y a continuación la sacudió.

—¿Sí y no?

La gallina asintió.

—Lo intentó, pero no lo consiguió —adivinó Kendra.

La gallina volvió a hacer un gesto afirmativo.

—¿Sabes cómo podemos convertirte otra vez en persona? —preguntó Kendra.

Otro gesto afirmativo.

—¿Se trata de algo que podemos ejecutar dentro de la casa? —preguntó Kendra.

La cabecita negó.

—¿Tenemos que llevarte ante la bruja? —probó Seth.

La cabecita asintió. Y entonces la gallina agitó las alas y se alejó.

—¡Espera, abuela! —Kendra extendió los brazos para cogerla, pero la alborotada gallina se zafó de sus manos—. Está aterrorizada.

Seth la persiguió hasta atraparla.

—Abuela, ¿todavía puedes oírnos? —preguntó.

La gallina no hizo ningún gesto que indicase que le había entendido.

—Abuela —dijo Kendra—, ¿todavía puedes contestar nuestras preguntas?

La gallina se revolvió. Seth la sujetó fuerte. La gallina le picoteó la mano y él la soltó. Los chicos se quedaron observando a *Ricitos de Oro*. Durante unos cuantos minutos, la gallina no hizo nada que revelase una inteligencia fuera de lo normal ni les ofreció ninguna reacción reconocible a sus preguntas.

—Antes nos respondió, ¿verdad? —preguntó Kendra.

—¡Nos escribió un mensaje! —dijo Seth, señalando el rincón donde estaban las letras: «SOY LA ABU».

—Ha debido de tener abierta momentáneamente una ventana de comunicación con nosotros —razonó Kendra—. En cuanto nos hubo transmitido el mensaje, lo dejó en nuestras manos.

—¿Cómo es que no se comunicó antes con nosotros?

—No sé. A lo mejor lo ha intentado, pero no llegamos a enterarnos.

Seth bajó la cabeza con gesto meditativo y a continuación se encogió ligeramente de hombros.

—¿La llevamos mañana a ver a la bruja?

—No sé. A Muriel sólo le queda un nudo. Pero tal vez podamos negociar con ella.

—¿Con qué quieres que negociemos? —preguntó Kendra.

—Podríamos llevarle comida. U otras cosas. Objetos que le hagan la vida más cómoda en esa choza.

—No la veo dispuesta a aceptar un trueque así. Se dará cuenta de que estamos desesperados por arreglar lo de la abuela.

—No le daremos opción.

Kendra se mordió el labio.

—¿Y si no accede? Por el abuelo no cedió. ¿Dejamos libre a Muriel si está dispuesta a devolver a la abuela a su estado original?

—¡Ni hablar! —dijo Seth—. En cuanto esté libre, ¿qué le impedirá convertirnos en gallinas a todos?

—El abuelo dijo que aquí no se puede usar la magia contra otros, salvo si ellos la han usado primero contra ti. A Muriel nunca le hemos causado ningún daño, ¿no?

—Pero es una bruja —repuso Seth—. ¿Por qué iba a estar cautiva si no fuese peligrosa?

—No te estoy diciendo que quiera dejarla suelta. Lo que digo es que puede que nos hallemos en una situación de emergencia en la que no nos quede otra elección. Podría merecer la pena correr el riesgo, con tal de conseguir que la abuela vuelva y nos ayude.

Seth meditó sobre la cuestión.

—¿Y si conseguimos que nos diga dónde está el abuelo?

—O las dos cosas —dijo Kendra, entusiasmándose—. Seguro que haría lo que fuera con tal de verse libre. O, por lo menos, haría esas dos cosas. Entonces, a lo mejor sí que podemos salir de este lío.

—Tienes razón con que no tenemos mucha elección.

—Deberíamos consultarlo con la almohada —concluyó Kendra—. Los dos estamos molidos. Mañana por la mañana podemos decidir lo que vamos a hacer.

—De acuerdo.

Kendra se metió en la cama, se tapó con las sábanas y las mantas, hundió la cabeza en la almohada y se quedó dormida antes de que le pasase por la mente otro pensamiento.

—Quizá no teníamos que habernos quitado la leche de la ropa —dijo Seth—. Así habríamos podido hacer mantequilla mientras andábamos.

—¡Qué guarro!

—Al final del día yo podría haberme sacado yogur de las axilas.

—Estás grillado —dijo Kendra.

—Entonces podríamos echarle mermelada de Lena y hacernos un tarro de yogur con lecho de fruta.

—¡Para ya!

Seth pareció divertirse con sus propias ocurrencias. *Ricitos de Oro* iba montada en la carretilla, metida en una bolsa de saco que Seth había encontrado en la despensa. Habían intentado arreglar la jaula abollada, pero no lograron que la portezuela se mantuviera cerrada. El saco se cerraba con un cordón corredizo, que ciñeron alrededor del cuello de la gallina sin apretar demasiado, para que pudiera llevar la cabeza fuera.

No era fácil pensar que esa gallina fuese la abuela Sorenson. No había realizado ni un solo acto propio de la abuela en toda la mañana, ni mostró reacción alguna al anuncio de que iban a ir a ver a Muriel, y durante la noche había puesto un huevo en la cama de Kendra.

Kendra y Seth se habían despertado justo antes del alba. Habían encontrado la carretilla en el granero, y determinaron que podría resultar más fácil usarla que llevar en brazos a *Ricitos de Oro* hasta la choza de hiedra.

Ahora le tocaba a Kendra llevar la carretilla. La gallina parecía apaciguada. Probablemente iba disfrutando del aire fresco. Hacía buen tiempo: sol y temperatura agradable, sin llegar a hacer calor.

Kendra se preguntó cómo irían las negociaciones con Muriel. Al final habían decidido que no haría ningún daño el ver qué términos podrían alcanzar con la bruja. Podrían tomar su decisión final basándose en lo que Muriel estuviera dispuesta a hacer por ellos, en lugar de basarse en conjeturas.

Habían cargado la carretilla con comida, ropa, herramientas y utensilios, por si pudieran llegar a un acuerdo intercambiando el favor por objetos que le hicieran la vida más cómoda, en vez de por su libertad. Casi toda la ropa había quedado destrozada durante la noche del solsticio, pero encontraron unas cuantas prendas de vestir intactas para que la abuela se vistiese si al final conseguían devolverla a su estado original. Se habían cerciorado de que la gallina tomase leche por la mañana, así como de tomar un poco ellos también.

No les costó mucho recordar las veredas que conducían a la choza. Y acababan de ubicar la frondosa construcción en la que moraba la bruja. Seth dejó la carretilla y cogió a la gallina, mientras Kendra reunía todos los artículos de trueque que pudo llevar con los brazos. Kendra le había recordado a Seth que mantuviera la calma y que fuese cortés, pasase lo que pasase, pero ahora repitió de nuevo la advertencia.

Cuando se acercaban a la choza, oyeron una música extraña, como si alguien estuviera pulsando una goma elástica mientras tocaba unas castañuelas. Tras rodear la choza para llegar a la puerta de entrada, se encontraron a la mugrienta y andrajosa vieja tocando un birimbao con una mano, mientras hacía bailar la marioneta de madera con la otra.

—No esperaba volver a tener visita tan pronto —se rio la bruja cuando terminó su canción—. Lástima lo de Stanley.

—¿Qué sabes sobre nuestro abuelo? —preguntó Seth.

—El bosque entero bulle con la noticia de su secuestro —dijo Muriel—. Y el de la nayádica ama de llaves, si hay que dar crédito a los rumores. El escándalo del momento.

—¿Sabes dónde están? —tanteó Seth.

—Pero mirad cuántos obsequios preciosos me habéis traído —dijo efusivamente la bruja, al tiempo que juntaba las venosas manos—. Esa colcha es una maravilla, pero se estropearía en mi humilde morada. No permitiré que malgastéis vuestra dadivosidad conmigo, no sabría qué hacer con semejantes primores.

—Hemos traído estas cosas para comerciar contigo —dijo Kendra.

—¿Comerciar? —preguntó histriónicamente la bruja, y chasqueó los labios—. ¡Por el té que os ofrecí! Bobadas, cielo, ni en sueños querría cobraros por mi hospitalidad. Pasad, pasad, y beberemos los tres en compañía.

—No queremos comerciar por el té —aclaró Seth, sosteniendo en alto a *Ricitos de Oro*—. Queremos que transformes a nuestra abuela en quien era.

—¿A cambio de una gallina?

—Ella es la gallina —le explicó Kendra.

La bruja sonrió y se acarició el mentón.

—Ya me parecía haberla reconocido —caviló—. Pobrecitos míos, un guardián secuestrado en mitad de la noche y el otro reducido a ave de corral.

—Podemos ofrecerte este edredón estampado, un albornoz, un cepillo de dientes y un montón de comida casera —dijo Kendra.

—Por encantador que todo eso pueda ser —replicó Muriel—, necesitaría la energía de un nudo al desatarse para obrar un conjuro capaz de devolver a vuestra abuela a su antiguo estado.

—No podemos desatarte el último nudo —dijo Seth—. El abuelo se pondría hecho una furia.

La bruja se encogió de hombros.

—Mi apuro es fácil de entender: cautiva en esta choza, tengo mermadas mis capacidades. El problema no tiene nada que ver con mi voluntad de llegar a un arreglo con vosotros; el dilema reside en que la única manera que tengo de cumplir vuestra petición pasa por utilizar el poder que guarda el último nudo. La decisión está en vuestras manos. Yo no tengo otra elección.

—Si deshacemos el último nudo, ¿nos dirás también adónde han llevado a nuestro abuelo? —preguntó Kendra.

—Niña, nada me gustaría más que reuniros con vuestro abuelo perdido. Pero lo cierto del asunto es que no tengo ni la más remota idea de adónde se lo han llevado. Nuevamente, haría falta desatar el nudo para que pudiera recabar el poder necesario para averiguar su paradero.

—¿Con el poder de un solo nudo podrías encontrar al abuelo y transformar a la abuela? —preguntó Kendra.

—Lamentablemente, sólo tendría la oportunidad de ejecutar una u otra hazaña. Lograr las dos me sería imposible.

—Pues a no ser que busques el modo de hacerlo, no dispondrás de la oportunidad de hacer ni la una ni la otra —repuso Seth.

—Entonces hemos alcanzado un punto muerto —dijo la

bruja en tono de disculpa—. Si me decís que no hay trato a no ser que pueda cumplir algo que es imposible, entonces no hay trato. Yo podría ejecutar una de vuestras dos peticiones, pero no las dos.

—Si te pedimos que transformes a la abuela —preguntó Kendra—, ¿podrías ayudarnos a encontrar al abuelo cuando estés liberada?

—Tal vez —reflexionó la bruja—. Sí, sin garantías, una vez libre seguramente podría emplear mis capacidades para arrojar algo de luz sobre el misterio de la desaparición de vuestro abuelo.

—¿Cómo sabemos que no nos atacarás si te dejamos suelta? —preguntó Seth.

—Una pregunta justa —dijo Muriel—. Los largos años de cautiverio podrían haberme amargado hasta el punto de estar ansiosa por obrar maldades en cuanto me viese libre. Sin embargo, os doy mi palabra de practicante de las ancestrales artes de que no infligiré daño alguno a vuestra abuela en el momento de mi liberación de este confinamiento. De albergar malevolencia, sería contra quienes iniciaron mi cautiverio, enemigos que abandonaron esta vida hace decenios; no contra quienes me liberen. En todo caso, me consideraría en deuda con vosotros.

—¿Y te comprometerías a ayudarnos a encontrar al abuelo Sorenson? —preguntó Kendra.

—Puede que vuestra abuela rechace mi ayuda. Ella y vuestro abuelo nunca me han tenido en mucha estima. Pero si ella aceptase mi colaboración para localizar a Stan, os la brindaría.

—Tenemos que hablar de todo esto en privado —dijo Kendra.

—¡Por supuesto! —dijo Muriel.

Kendra y Seth regresaron al camino. La chica echó todos los objetos de trueque en la carretilla.

—No me gusta tanta amabilidad de su parte —dijo Seth—. Casi da más miedo que antes. Creo que está deseando realmente salir de ahí.

—Lo sé. Pero creo que nosotros estamos igual de deseosos

de romper el hechizo de la abuela y de, tal vez, encontrar al abuelo.

—Es una embustera —le advirtió Seth—. No creo que podamos tomarnos en serio ninguna de sus promesas.

—Seguramente.

—Deberíamos contar con que nos atacará en cuanto se vea libre. Si no, genial. Pero he traído sal, por si puede servirnos de algo.

—No olvides que tendríamos a la abuela para ayudarnos a manejarla —le recordó Kendra.

—Puede que la abuela no sepa nada sobre combatir brujas.

—Estoy segura de que habrá aprendido un par de trucos. Vamos a intentar preguntárselo.

Seth sostuvo la gallina en alto. Kendra le acarició la cabeza delicadamente.

—Abuela Sorenson —dijo Kendra—. Ruth. Necesito que me escuches. Si puedes oírme, necesitamos que respondas. Esto es muy importante. —Pareció que la gallina escuchaba—. ¿Deberíamos desatar el último nudo para que Muriel Taggert te devuelva a tu forma original?

La cabecita subió y bajó.

—¿Eso ha sido un sí?

La cabecita volvió a subir y bajar.

—¿Puedes decir también que no?

La gallina no respondió.

—Abuela. Ruth. ¿Puedes menear la cabeza para que podamos estar seguros de que nos oyes?

De nuevo, la gallina no hizo señal alguna de haber entendido.

—A lo mejor ha agotado todos sus poderes para responder a tu primera pregunta —conjeturó Seth.

—Pareció realmente que decía que sí —dijo Kendra—. Y no sé qué más podemos hacer. Liberar a la bruja supone pagar un alto precio, pero ¿es peor que no tener esperanzas de encontrar al abuelo y que tener a la abuela atrapada en el cuerpo de una gallina toda su vida?

—Deberíamos soltarla.

Kendra guardó silencio unos segundos, analizando sus propios sentimientos. ¿De verdad era ésta su única opción? Eso parecía.

—Volvamos a la choza —accedió.

Volvieron a la puerta de entrada.

—Queremos que rompas el hechizo de la abuela —le anunció Kendra.

—¿Vosotros desharéis voluntariamente mi último nudo, el último obstáculo para mi independencia, si yo le devuelvo a vuestra abuela su forma humana?

—Sí. ¿Cómo lo hacemos?

—Simplemente, decid: «Por propia y libre voluntad mía, yo secciono este nudo», y a continuación sopláis sobre él. Deberíais buscar algo para que vuestra abuela pueda vestirse. No llevará nada puesto.

Kendra corrió a la carretilla y volvió con el albornoz y un par de zapatillas. Muriel aguardaba en el umbral de la puerta, sujetando la cuerda.

—Depositad a vuestra abuela en el umbral —les indicó.

—Quiero soplar yo sobre el nudo —dijo Seth.

—Encantada —respondió Kendra.

—Saca tú a la abuela del saco.

Kendra se agachó y abrió del todo la boca del bolso de tela de saco. Muriel tendió la soga hacia Seth. La gallina alzó la vista, ahuecando las plumas y aleteando. Kendra intentó que estuviera quieta y le desagradó enormemente la sensación de aquellos huesillos finos moviéndose bajo sus manos.

—Por propia y libre voluntad mía, yo secciono este nudo —dijo Seth, mientras *Ricitos de Oro* cacareaba a voz en cuello. Entonces, sopló sobre el nudo y éste se deshizo.

Muriel extendió ambas manos sobre la alborotada gallina y empezó a cantar en voz baja unas palabras indescifrables. El aire se onduló. Kendra apretó con fuerza a la gallina, que no paraba de revolverse. Al principio notó como si por la piel del ave empezasen a brotar burbujas; a continuación, los delicados huesecillos empezaron a agitarse. Kendra soltó a *Ricitos de Oro* y dio un paso atrás.

Kendra lo vio todo como si estuviera observando a través de unas lentes del túnel de los horrores. La figura de Muriel

197

estaba distorsionada: primero se ensanchó muchísimo y a continuación se estiró a lo alto. Le pareció que Seth forma de reloj de arena, con la cabeza enorme, cinturilla y pies de payaso. Kendra se frotó los ojos, pero aquello no la curó de su visión ondulada. Cuando bajó la vista, el suelo se curvó en todas direcciones. Se inclinó hacia delante y abrió los brazos para mantener el equilibrio.

La Muriel del túnel de los horrores empezó a mutar, al igual que la asombrosa imagen de *Ricitos de Oro*, que iba perdiendo plumas conforme crecía de tamaño y se transformaba en una persona. El paisaje se ensombreció, como si unos nubarrones hubieran tapado el sol, y se formó un aura oscura que envolvió a Muriel y a la abuela.

La oscuridad se expandió, oscureciéndolo todo por un momento, y entonces ante ellos apareció la abuela, totalmente desnuda. Kendra le echó el albornoz por encima de los hombros.

Del interior de la choza salió un sonido similar al de un viento huracanado. El suelo retumbó.

—Agachaos —dijo la abuela, que empujó a Kendra hacia el suelo. Seth también se tumbó boca abajo.

Un furibundo vendaval hizo estallar las paredes de la choza, y las convirtió en metralla. El tejado salió disparado por encima de las copas de los árboles, cual un géiser de confeti de madera. El tocón se partió por la mitad. Fragmentos de madera y de hiedra salieron pitando en todas direcciones; se oían sus crujidos al golpear contra los troncos de los árboles circundantes, y sus chasquidos al fustigar la maleza como látigos.

Kendra levantó la cabeza. Cubierta de harapos, Muriel lo miraba todo boquiabierta, patidifusa. Seguían cayendo del cielo astillas de madera y trozos de hiedra dando vueltas, como una lluvia de granizo. Muriel sonrió de oreja a oreja, enseñando su colección de dientes deformados y encías hinchadas. Empezó a reírse entre dientes, al tiempo que los ojos se le llenaban de lágrimas. Entonces, abrió en cruz sus brazos arrugados y exclamó:

—¡Emancipación! ¡Al fin, justicia!

La abuela Sorenson se levantó del suelo. Era más baja y rechoncha que Muriel, y tenía el pelo color canela y azúcar.

—Debes abandonar inmediatamente esta propiedad.

Muriel clavó la mirada en la abuela. La dicha de su semblante había quedado eclipsada por el resentimiento. Se le escapo una lágrima, que resbaló por un surco de la cara hasta detenerse en la barbilla.

—¿Así me das las gracias por haber deshecho tu hechizo?

—Ya tienes tu recompensa por los servicios prestados. Has salido de tu confinamiento. La expulsión de esta reserva es la consecuencia de tus anteriores indiscreciones.

—Mis deudas están saldadas. Tú no eres la responsable de la reserva.

—Mi autoridad es la misma que la de mi marido. En su ausencia, yo soy en realidad la responsable. Te invito a marcharte y a no regresar jamás.

Muriel dio media vuelta y empezó a caminar dando grandes pisotones.

—Adonde me dirijo es asunto mío —dijo, sin mirar atrás.

—No dentro de mi reserva.

—¿«Tu» reserva, dices? Me opongo a que te arrogues la propiedad de este sitio. —Muriel seguía sin mirar hacia atrás.

La abuela empezó a andar detrás de ella (una vieja en albornoz, siguiendo a una vieja vestida con harapos).

—Cualquier nuevo delito entrañará nuevos castigos —le advirtió la abuela.

—Podrías llevarte una sorpresa cuando veas quién administra las sanciones.

—No provoques una nueva enemistad. Márchate en paz.

La abuela apretó el paso y agarró a Muriel por el antebrazo.

Muriel se revolvió para soltarse y quedó mirando de frente a la abuela.

—Ándate con ojo, Ruth. Si buscas problemas aquí y ahora, delante de los pequeños, te someteré. Éste no es el mejor momento para aplicar un protocolo anticuado. Las cosas han cambiado más de lo que crees. Te sugiero que os marchéis de aquí antes de que recupere la autoridad sobre el lugar.

Seth corrió hacia ellas. La abuela dio un paso atrás. Seth lanzó un puñado de sal en dirección a la bruja, pero no surtió el menor efecto. Muriel le señaló con el dedo y dijo:

—Tendrás tu recompensa, mocoso impertinente. Mi memoria es excelente.

—Pagarás por tus actos —le advirtió la abuela.

Muriel se había echado a andar de nuevo a zancadas.

—Hablas a unos oídos que no te escuchan.

—Dijiste que nos ayudarías a encontrar a nuestro abuelo —dijo Kendra a voces.

Muriel se rio sin mirar atrás.

—Guardad silencio, niños —dijo la abuela—. Muriel, te he ordenado que te marches de aquí. Tu desafío es un acto de guerra.

—Emites desahucios con el fin de tener argumentos contra mí por incumplimiento y, de este modo, justificar unas represalias —dijo Muriel—. No temo una guerra contigo.

La abuela se dio la vuelta.

—Kendra, ven aquí —dijo, y se acercó a Seth para darle un fuerte abrazo. Cuando Kendra estuvo cerca, la abrazó a ella también—. Siento haberos inducido a error, niños. No debí guiaros hasta Muriel. No me di cuenta de que se trataba del último nudo que le quedaba.

—¿Qué quieres decir? —replicó Kendra—. Tú escuchaste lo que decíamos.

La abuela sonrió con tristeza.

—Cuando eres una gallina, pensar con claridad se convierte en un reto agotador. Tenía la mente nublada. Relacionarme con vosotros como una persona, aunque sólo fuera por un instante, me exigía una concentración tremenda.

Seth indicó en dirección a Muriel con el mentón.

—¿Deberíamos detenerla? Apuesto a que entre los tres podríamos con ella.

—Si atacamos nosotros, ella podrá defenderse recurriendo a la magia —dijo la abuela—. Nos quedaríamos sin la protección que otorgan los estatutos fundacionales del tratado.

—¿Lo hemos complicado todo? —preguntó Seth—. Al liberarla, quiero decir.

—Las cosas estaban ya patas arriba —respondió la abuela—. Que la bruja ande suelta viene a complicar, sin duda, la situación. Falta por ver si mi ayuda puede contrarrestar su posible interferencia. —La abuela parecía sofocada y se abanicó la cara con la mano—. Vuestro abuelo nos ha dejado metidos en un buen apuro.

—No fue culpa suya —dijo Seth.

La abuela se dobló hacia delante y apoyó las manos en las rodillas. Kendra la sujetó.

—Estoy bien, Kendra. Sólo un poco atontada. —Se irguió con cuidado—. Contadme lo que ha pasado. Sé que unos seres indeseables entraron en la casa y se llevaron a Stan.

—Y a Lena también, y creo que convirtieron a Dale en una estatua —informó Kendra—. Le encontramos en el jardín.

La abuela asintió.

—Como responsable que es de la reserva, Stan es un valioso trofeo. Igual que una ninfa caída. Por el contrario, Dale fue considerado un personaje poco importante y le dejaron atrás. ¿Alguna pista sobre quién pudo llevárselos?

—Encontramos unas huellas cerca de Dale —dijo Seth.

—¿Os llevaron a alguna parte?

—No —respondió Seth.

—¿Tenéis alguna idea sobre dónde pueden tener al abuelo y a Lena?

—No.

—Muriel probablemente lo sepa —dijo la abuela—. Mantiene una alianza con los diablillos.

—Hablando de Muriel —dijo Kendra—, ¿adónde ha ido?

Los tres miraron a su alrededor. A Muriel no se la veía por ninguna parte. La abuela frunció el entrecejo.

—Debe de disponer de medios especiales para ocultarse o para viajar. Da igual. Por ahora, no estamos preparados para enfrentarnos a ella.

—¿Qué hacemos? —preguntó Seth.

—Nuestro primer punto en el orden del día es encontrar a vuestro abuelo. Averiguar su paradero debería indicarnos el mejor modo de proceder.

—¿Cómo lo hacemos?

La abuela suspiró.

—Nuestra opción más cercana sería Nero.

—¿Quién? —preguntó Kendra.

201

—Un trol del precipicio. Tiene una piedra mágica con la que puede verse todo. Si conseguimos cambiársela por algo, deberíamos ser capaces de descubrir el paradero de Stan.

—¿Le conoces bien? —preguntó Seth.

—Nunca le he visto. Vuestro abuelo tuvo tratos con él en su día. Será peligroso, pero en estos momentos probablemente sea nuestra mejor alternativa. Deberíamos darnos prisa. Os contaré más detalles por el camino.

14

Un trol duro de pelar

—¿Alguna vez habéis oído una conversación cuando estáis a punto de quedaros dormidos? —les preguntó la abuela—. Las palabras os llegan desde lejos y os cuesta entender el significado.

—Eso me pasó a mí en un motel una vez que estábamos de viaje —explicó Kendra—. Mamá y papá estaban hablando. Yo me quedé dormida y su conversación se transformó en un sueño.

—Entonces, hasta cierto punto podéis haceros una idea de mi estado mental cuando era una gallina. Decís que estamos en junio, pero mis últimos recuerdos nítidos son de febrero, cuando actuó el embrujo. Durante los primeros días me mantuve bastante alerta. Con el tiempo, caí en un estado de conciencia crepuscular y era incapaz de pensar racionalmente, incapaz de interpretar mi entorno como lo haría un ser humano.

—Qué extraño —comentó Seth.

—Os reconocí cuando llegasteis, pero fue como si estuviera viéndoos a través de unas lentes empañadas. Mi mente no volvió a espabilarse hasta que dejasteis entrar por la ventana a aquellas criaturas. El impacto me sacó de golpe del estupor. Me costó Dios y ayuda aferrarme a mi estado de conciencia. No os puedo describir el grado de concentración que me hizo falta para poder escribiros aquel mensaje. Mi mente quería desconectar, relajarse. Deseaba comerme aquellos deliciosos granos, no formar con ellos unos extraños trazos.

Iban por un camino de tierra bastante ancho. En lugar de regresar a la casa, habían proseguido por el sendero que continuaba desde detrás de la choza de hiedra, adentrándose cada vez más en el bosque. En un momento dado, el sendero se bifurcó y luego se cruzó con la pista por la que avanzaban ahora. El sol brillaba con fuerza en el cielo, el aire estaba espeso de humedad y a su alrededor el bosque permanecía sumido en un silencio antinatural.

Kendra y Seth le habían traído a la abuela unos vaqueros, pero resultaron pertenecer a los tiempos en que más delgada estuvo y no pudo ni intentar abrochárselos. Las zapatillas deportivas eran del abuelo y le quedaban varias tallas más grandes. Así pues, la abuela iba ahora con un bañador debajo del albornoz, y los pies todavía metidos en las zapatillas de estar por casa.

La abuela levantó las manos y las contempló mientras las abría y cerraba un par de veces.

—Qué raro es tener otra vez manos de verdad —murmuró.

—¿Cómo te convertiste en una gallina, para empezar? —preguntó Seth.

—El orgullo me hizo ser descuidada —respondió la abuela—. Así nunca más se me olvidará que ninguno de nosotros somos inmunes a los peligros de este lugar, aun cuando nos creamos que tenemos la sartén por el mango. Me ahorraré los detalles para otra ocasión.

—¿Por qué el abuelo no te devolvió a tu ser? —preguntó Kendra.

La abuela enarcó las cejas de repente.

—Seguramente porque todas las mañanas le ponía huevos. Me gusta pensar que si me hubiese llevado a ver a Muriel de entrada, podría haber evitado que ocurriese todo este disparate. Pero supongo que estaba buscando una cura alternativa para mi mal.

—Que no pasara por preguntarle a Muriel —dijo Seth.

—Exacto.

—Entonces, ¿por qué permitió que Muriel me curara a mí?

—Estoy segura de que era consciente de que vuestros padres volverían pronto y que no dispondría de tiempo suficiente para descubrir otro remedio.

—¿No sabías que Seth se había convertido en una morsa mutante y que Muriel rompió el hechizo? —dijo Kendra.

—Todo eso me lo perdí —dijo la abuela—. Cuando era una gallina, se me escapaban casi todos los detalles. Cuando os insté a que me llevaseis a ver a Muriel, di por hecho que todavía le quedaban dos nudos. Sólo cuando levanté la vista y observé el único nudo de la soga, empecé a comprender la situación. Para entonces ya era demasiado tarde. Por cierto, ¿cómo acabaste convertido en morsa?

Seth y Kendra le contaron con todo detalle la peripecia por la cual el hada quedó transformada en un diablillo, y el castigo subsiguiente. La abuela los escuchó atentamente y les hizo unas pocas preguntas para terminar de entenderlo todo.

El sendero dibujó un recodo alrededor de un alto matorral y entonces apareció ante su vista un puente cubierto hecho con madera negra, que se extendía sobre una quebrada. Aunque era viejo y estaba algo maltrecho, parecía hallarse en un estado razonablemente bueno.

—Nuestro destino ya queda cerca —anunció la abuela.

—¿Cruzando el puente? —preguntó Kendra.

—Bajando la quebrada. —La abuela se detuvo y observó con cuidado la vegetación de uno y otro lado del sendero—. No me gusta nada la quietud de este bosque. Hoy se respira mucha tensión sobre Fablehaven —dijo, y reanudó la marcha.

—¿Por causa del abuelo? —preguntó Seth.

—Sí, y por tu reciente enemistad con las hadas. Pero me preocupa que pueda tratarse de algo más. Estoy deseando llegar para hablar con Nero.

—¿Él nos ayudará? —preguntó Kendra.

—Si por él fuera, nos haría daño. Los troles pueden ser violentos e impredecibles. No acudiría a él en busca de información si nuestra situación fuese menos apurada.

—¿Cuál es el plan? —preguntó Seth.

—Nuestra única opción es negociar inteligentemente. Los troles de precipicio son astutos y despiadados, pero su avaricia puede implicar su debilidad.

—¿Avaricia? —preguntó Seth.

—Codicia. Los troles de precipicio son unas criaturas mezquinas. Acaparadoras de tesoros. Astutos negociadores. Les chifla notar el escalofrío que sienten al imponerse a un contrincante. Sea cual sea el acuerdo al que lleguemos, Nero tendrá que sentirse como el vencedor indiscutible. Sólo espero que seamos capaces de dar con algo que él valore y de lo que nosotros estemos dispuestos a prescindir.

—¿Y si no lo conseguimos? —preguntó Kendra.

—Tenemos que conseguirlo. Si no logramos llegar a un acuerdo, Nero no nos dejará marchar ilesos.

Llegaron al borde de la quebrada. Kendra apoyó una mano en el puente y se inclinó hacia delante para echar un vistazo a la pendiente. La quebrada era asombrosamente profunda, con plantas tenaces aferradas a sus empinadas paredes. Por el desfiladero discurría un estrecho arroyo.

—¿Cómo vamos a bajar hasta allí?

—Con mucho cuidado —respondió la abuela, y se sentó al borde del precipicio.

Entonces, se giró para quedar tumbada boca abajo y empezó a reptar retrocediendo pendiente abajo, con los pies primero. Daba una imagen ridícula, con su albornoz y las zapatillas. La pared no era del todo vertical, pero prácticamente todo el descenso presentaba una inclinación muy pronunciada.

—Si nos caemos, rodaremos sin parar hasta el fondo —observó Kendra.

—Una buena razón para no caernos —coincidió la abuela, que seguía desplazándose cuidadosamente hacia abajo—. Adelante, parece peor de lo que es. Simplemente, buscad asideros firmes e id bajando paso a paso.

Seth siguió a la abuela, y a continuación Kendra empezó a bajar, abrazándose desesperadamente a la pared de la quebrada, tanteando antes de descender un paso, buscando a ciegas el siguiente punto en el que apoyar el pie. Pero la abuela tenía razón. En cuanto empezó a bajar, la tarea resultó menos complicada de lo que parecía. Había muchos asideros, como arbustos escuálidos provistos de tallos perfectamente arraigados. Aunque al principio se movía con cautela, fue poco a poco ganando seguridad e incrementando la velocidad con la que descendía.

Cuando Kendra llegó al final, Seth estaba agachado junto a

un macizo de flores que crecía a la orilla del arroyo. La abuela Sorenson aguardaba cerca, de pie.

—Has tardado bastante —comentó Seth.

—Iba con cuidado.

—Nunca había visto a nadie desplazarse a centímetro por hora.

—No es momento para pelearse —interrumpió la abuela—. Seth, Kendra lo ha hecho estupendamente. Ahora debemos darnos prisa.

—Me encanta cómo huelen estas flores —dijo Seth.

—Apártate de ellas —insistió la abuela.

—¿Por qué? Huelen genial; huélelas.

—Esas flores son peligrosas. Y tenemos prisa.

La abuela agitó la mano indicándole que la siguiera, y empezó a andar mirando con cuidado por dónde pisaba al abrirse paso por el pedregoso fondo de la quebrada.

—¿Por qué son peligrosas? —preguntó Seth cuando se puso a su altura.

—Se trata de una clase especial de flor de loto. Su perfume es embriagador, y su sabor, divino. Un mordisquito de un solo pétalo te sumerge en un trance letárgico plagado de vívidas alucinaciones.

—¿Cómo una droga?

—Más adictivo que la mayoría de las drogas. Probar una flor de loto suscita un anhelo de tomar más que jamás podrá saciarse. Muchos son los que han desperdiciado su vida entera en la búsqueda y el consumo de los pétalos de esas flores hechizantes.

—Yo no iba a comerme una.

—¿No? Pues siéntate a olerlas unos minutos, y acabarás con un pétalos en la boca antes de que te des cuenta de lo que estás haciendo.

Avanzaron en silencio durante varios cientos de metros. Las paredes de la quebrada se volvían cada vez más desnudas y rocosas a medida que progresaban. Repararon en unos cuantos macizos más de flores de loto.

—¿Dónde está Nero? —preguntó Kendra.

La abuela repasó con la mirada la pared de la quebrada.

—Un poco más adelante. Vive en un saliente.

—¿Tendremos que escalar para llegar hasta él?

—Stan me dijo que Nero lanzaba una escala de cuerda.

—¿Qué es eso? —preguntó Seth, señalando un punto delante de ellos.

—No estoy segura —dijo la abuela. Pasado un buen trecho de quebrada, unos veinte leños puestos de pie, cada uno más alto que el anterior, subían desde la orilla del arroyo hasta la pared de la quebrada. El leño más alto facilitaba el acceso a un saliente rocoso—. Eso podría ser nuestro destino. No es lo que Stan me describió.

Llegaron a los leños. El más bajo medía unos noventa centímetros, el segundo ciento ochenta, y cada leño subsiguiente venía a ser unos noventa centímetros más alto que el anterior, hasta llegar al último, que medía unos dieciocho metros de alto. Los leños estaban dispuestos con una separación de unos noventa centímetros entre uno y otro, y formaban una hilera escalonada. Ninguno de los leños presentaba rama alguna. Bajos o altos, eran todos similares en grosor, con unos cuarenta y cinco centímetros de sección, y todos tenían la parte superior cortada de plano.

Haciendo bocina con una mano, la abuela llamó al trol, gritando en dirección al saliente.

—¡Nero! ¡Quisiéramos hablar contigo!

—No es un buen día —respondió una voz, profunda y sedosa—. Intentadlo la próxima semana. —No podían ver a quien les hablaba.

—Debemos vernos hoy o nunca —insistió la abuela.

—¿Quién tiene tan urgente necesidad? —preguntó la resonante voz.

—Ruth Sorenson y sus nietos.

—¿Ruth Sorenson? ¿Qué es lo que quieres?

—Tenemos que encontrar a Stan.

—¿El encargado? Sí, podría averiguar su paradero. Subid las escaleras y discutiremos los términos.

La abuela miró a su alrededor.

—No te referirás a estos troncos, ¿verdad? —replicó ella.

—Sin duda que sí.

—Stan dijo que tenías una escala.

—Eso era antes de que pusiese estos leños. No fue tarea fácil.

—Trepar por ellos parece peligroso.

—Considéralo un filtro —repuso Nero—. Un modo de asegurarme de que quienes buscan mis servicios los necesitan de verdad.

—Así pues, ¿tenemos que trepar por estos leños a cambio del privilegio de conversar contigo? ¿Y si te hablamos desde aquí abajo?

—Inaceptable.

—Tus escaleras son igualmente inaceptables —dijo la abuela en tono firme.

—Si estáis realmente en apuros, subiréis por ellas —observó el trol.

—¿Qué has hecho con la escala?

—Aún la tengo.

—¿Podríamos, por favor, subir por ella en vez de por los leños? No voy vestida para una carrera de obstáculos. Haremos que merezca la pena.

—¿Qué tal si llegamos a un acuerdo? Que uno de vosotros suba por los troncos. Entonces yo bajaré la escala para que suban los otros dos. Es mi última oferta. Acceded, o marchaos a buscar la información a otra parte.

—Yo lo haré —se ofreció Seth.

La abuela le miró.

—Si alguno de nosotros va a subir por esos troncos, seré yo. Soy más alta y podré pasar de un leño al otro con más facilidad.

—Yo tengo los pies más pequeños, por lo que los troncos parecerán más grandes. Mantendré mejor el equilibrio.

—Lo siento, Seth. Esto es algo que me toca hacer a mí.

Seth salió disparado en dirección al primer tronco, se encaramó a él con toda facilidad y, dando un salto como si estuviera jugando a saltar el potro, acabó sentado encima del segundo tronco. La abuela corrió al segundo tronco.

—¡Bájate de ahí!

Seth se puso de pie, temblando. Se inclinó hacia delante y apoyó las manos en el tercer tronco. Desde su posición encima

209

del segundo tronco, la parte superior del tercero le llegaba casi a la mitad del pecho. Tras dar otro salto al estilo salto del potro, se sentó en lo alto del tronco de casi tres metros de alto.

—Puedo hacerlo —dijo.

—A medida que vayas estando más alto, dejará de ser tan fácil —le advirtió la abuela—. Baja y deja que lo haga yo.

—Ni hablar. Abuela muerta ya tengo una.

Kendra observaba la escena sin decir nada. Desde la posición sedente, Seth desplazó el peso del cuerpo para ponerse de rodillas y se puso de pie haciendo equilibrios. Saltó al siguiente tronco, quedando ya totalmente fuera del alcance de su abuela. En su fuero interno, Kendra se alegraba de que fuese Seth quien subía por los leños. No podía imaginarse a la abuela trepando eficazmente, y menos aún ataviada con el albornoz y las zapatillas. En el mejor de los casos, ¡se podía imaginar los terribles lugares de su cuerpo en los que podría acabar clavándose astillas! Y Kendra veía perfectamente en su mente la imagen de la abuela Sorenson convertida en un fardo inerte al pie de uno de los troncos.

—¡Seth Andrew Sorenson, obedece a tu abuela! Quiero que te bajes de ahí.

—Deja de distraerme —replicó él.

—Puede que te parezca divertido cuando estás en estos troncos bajos, pero cuando estés más alto...

—Me paso la vida trepando cosas altas —insistió Seth—. Mis amigos y yo trepamos a las barras que hay debajo de las gradas del instituto. Si nos cayéramos de allí, nos mataríamos.

El chico se puso de pie. Parecía que se le daba cada vez mejor. Se subió al siguiente tronco y se quedó sentado en él a horcajadas, antes de ponerse de rodillas.

—Ten cuidado —dijo la abuela—. No pienses en la altura.

—Sé que estás intentando ayudarme —dijo Seth—, pero, por favor, deja de hablar.

La abuela se acercó a Kendra y se quedó a su lado.

—¿Es capaz de hacerlo? —le preguntó susurrando.

—Es muy probable que sí. Es muy valiente, y bastante atlético. Es posible que la altura no le afecte. Yo me moriría de miedo...

Kendra quería apartar la vista. No quería verle caer. Pero no podía apartar los ojos de su hermano, que seguía saltando de un tronco a otro como si saltase al potro, cada vez más alto. Cuando saltó al decimotercero, a unos doce metros de alto ahora, se ladeó peligrosamente.

Kendra sintió escalofríos por todo el cuerpo, como si fuera ella la que estaba a punto de perder el equilibrio. Seth se agarró con las piernas y se inclinó hacia el lado contrario para recuperar el equilibrio.

Catorce, quince, dieciséis. Kendra lanzó una mirada a la abuela. ¡Iba a conseguirlo! Diecisiete. Seth se puso de pie, tembló una pizca, abrió los brazos.

—Estos altos se mueven un poco —informó desde arriba.

Seth saltó de nuevo al tronco siguiente y esta vez aterrizó de forma poco elegante, tambaleándose excesivamente hacia un lado. Durante unos segundos estuvo a punto de recuperar el equilibrio. Kendra sintió que todos los músculos de su cuerpo se tensaban de espanto. Moviendo los brazos como las aspas de un molino, Seth cayó al vacío. Kendra chilló. No podía dejar de mirar.

Desde el saliente apareció algo a toda velocidad: una cadena negra y fina, con un peso metálico en el extremo. La cadena se enroscó a una de las piernas de Seth. En lugar de caer al suelo, quedó colgando en medio del precipicio y chocó de manera violenta contra la pared de piedra.

Kendra divisó por primera vez a Nero. Su estructura corporal era la propia de un hombre, pero sus rasgos eran los de un reptil. El cuerpo, negro y brillante, aparecía decorado con unas cuantas marcas amarillo brillante. Con una mano sostenía la cadena de la que pendía Seth. Nero tiró de ella y subió a Seth hasta el saliente con sus poderosos músculos. Entonces se perdieron de vista, y del saliente bajó desenroscándose una escala de cuerda que acabó tocando la base del precipicio.

—¿Estás bien? —le gritó Kendra a Seth.

—Todo bien —respondió él—. Sólo se me ha cortado un poco la respiración con el golpe.

La abuela empezó a subir por la escala. Kendra la siguió, obligándose a concentrarse en asir el siguiente peldaño y a no

211

hacer caso al impulso de mirar hacia abajo. Al final llegó al saliente. Una vez allí, fue a la parte posterior de éste y se quedó de pie al lado de la baja abertura de una oscura cueva de la que salía una corriente de aire fresco.

Nero intimidaba aún más visto de cerca. Tenía el sinuoso cuerpo cubierto de unas escamitas finas. Aunque no era mucho más alto que la abuela, el grosor de su musculado cuerpo le hacía parecer enorme. Más que nariz, tenía hocico. Y unos ojos protuberantes que no pestañeaban nunca. Una hilera de afiladas púas le iba desde el centro de la frente hasta la rabadilla.

—Gracias por rescatar a Seth —dijo la abuela.

—Me dije a mí mismo: si el muchacho consigue pasar quince leños, le ayudaré si se cae. Admito que tengo curiosidad por oír lo que me ofrecéis a cambio de informaros sobre el paradero de tu marido. —Su voz era tersa y melodiosa.

—Dinos lo que tienes en mente —le dijo la abuela.

Una larga lengua gris salió de su boca y se lamió con ella el ojo derecho.

—¿Quieres que hable yo primero? Así sea. No pido gran cosa, una menudencia insignificante para la propietaria de esta ilustre reserva. Seis cofres de oro, doce calderos de plata, tres toneles de piedras preciosas en bruto y un cubo de ópalos.

Kendra miró a la abuela. ¿De verdad podía tener ella semejante tesoro?

—Una suma razonable —respondió la abuela—. Por desgracia, no hemos traído esas riquezas con nosotros.

—Puedo esperar a que reúnas el pago, si dejas a la niña como fianza.

—Lamentablemente, no disponemos de tiempo suficiente para transportar aquí el tesoro, a no ser que quieras revelarnos el paradero de Stan antes de recibir el pago.

Nero se lamió el ojo izquierdo y sonrió de oreja a oreja, una visión horripilante que dejó al descubierto dos filas de dientes afilados como agujas.

—Antes de satisfacer vuestra petición, debo recibir el pago íntegramente.

La abuela cruzó los brazos.

—Entiendo que posees ya grandes reservas de tesoros. Me

sorprende que una oferta económica tan insignificante como la que puedo hacerte yo te incite a hacer tratos con nosotros.

—Continúa —dijo.

—Tú nos estás ofreciendo un servicio. A lo mejor, nosotros deberíamos pagarte a ti también con un servicio.

Nero asintió, con semblante reflexivo.

—Es posible. El muchacho tiene arrojo. Déjamelo como aprendiz, bajo contrato, durante los próximos cincuenta años.

Seth lanzó una mirada desesperada a la abuela.

La abuela arrugó el entrecejo.

—Espero dejar abierta la posibilidad de hacer negocios contigo en el futuro, por lo cual no deseo dejarte con sensación de desaire. El chico tiene arrojo, pero escasa habilidad. Tú asumirías la carga de formarle como sirviente tuyo, y te encontrarías atado a su incompetencia. Estarías dando más valor a su vida con la educación que le instilarías del que él te ofrecería a ti con sus servicios.

—Aprecio tu franqueza —dijo Nero—, aunque aún te queda mucho por aprender en lo tocante a regatear. Empiezo a preguntarme si de verdad tienes algo de valor que ofrecerme. En caso negativo, nuestra conversación no acabará bien.

—Hablas de valor —replicó la abuela—. Yo pregunto: ¿qué valor aporta un tesoro a un acaudalado trol? Cuantas más riquezas posee, menos mejora cada nueva adquisición su riqueza total. Un lingote de oro representa mucho más para un pobre que para un rey. También pregunto: ¿qué valor tendría un frágil sirviente humano para un maestro infinitamente más sabio y capaz? Considera la situación. Queremos pedirte un servicio que para nosotros es valioso, algo que no podemos hacer nosotros solos. No deberías aspirar a menos.

—Estoy de acuerdo. Ten cuidado. Tus palabras están extendiendo una red a tus pies. —Su voz se había teñido de un matiz mortífero.

—Cierto, salvo que yo cuente con formación para ofrecerte un servicio de extraordinario valor. ¿Alguna vez te ha dado alguien un masaje?

—¿Lo dices en serio? Siempre me ha parecido una ridiculez.

—A todos los que nunca han recibido un masaje, siempre

les parece una ridiculez. Guárdate de emitir juicios sin pensar. Todos nosotros perseguimos la riqueza, y aquellos que más riquezas atesoran son los que pueden permitirse determinadas comodidades que no están al alcance de las masas. Entre los primeros de estos lujos se cuenta el indescriptible alivio y relajación que procura un masaje de manos de alguien experto en dicho arte.

—¿Y tú afirmas ser experta en ese supuesto arte?

—Recibí formación de un auténtico maestro. Mi habilidad es tan grande que casi no hay dinero que la pague. La única persona del mundo que ha recibido un masaje completo de mis manos es el propio encargado en persona, y eso porque soy su mujer. Yo podría darte un masaje completo, que desbloquearía y distendería hasta el último músculo de tu cuerpo. La experiencia vendría a redefinir lo que entiendes por placer.

Nero sacudió la cabeza.

—Vas a necesitar más que palabras floridas y grandilocuentes promesas para convencerme.

—Considera mi ofrecimiento con perspectiva —dijo la abuela—. La gente paga sumas exorbitantes para recibir el masaje de un experto. El tuyo te saldrá gratis, sólo a cambio de un servicio. ¿Cuánto tiempo tardarías en averiguar el paradero de Stan?

—Unos segundos.

—A mí el masaje me llevará treinta arduos minutos. Y estarás experimentando algo nuevo, un deleite que no has conocido en todos los años de tu larga vida. Jamás volverá a presentársete una oportunidad como ésta.

Nero se lamió un ojo.

—Eso por descontado: jamás me han dado un masaje. Podría enumerar muchas cosas que no he hecho en mi vida, principalmente porque no tengo ningún interés en hacerlas. He probado la comida humana y me ha parecido deficiente. No estoy convencido de que un masaje me vaya a parecer tan satisfactorio como dices.

La abuela escrutó su rostro.

—Tres minutos. Te daré un masaje de muestra de tres minutos. Sólo te permitirá atisbar brevemente la inenarrable dicha que te aguarda, pero así estarás en mejores condiciones de tomar una decisión.

—Muy bien. No creo que una demostración pueda hacerme ningún daño.

—Dame la mano.

—¿La mano?

—Te daré un masaje en una mano. Tendrás que valerte de tu imaginación para hacerte una idea de las sensaciones que te procuraría si te lo diese en todo el cuerpo.

El trol extendió una mano. La abuela Sorenson la tomó entre las suyas y empezó a trabajar la palma con los pulgares. Al principio, él intentó mantener un semblante neutral, pero entonces empezó a torcer la boca y a poner los ojos en blanco.

—¿Qué tal? —preguntó la abuela—. ¿Demasiado intenso?

Los finos labios del trol temblaron.

—No, perfecto —dijo en un arrullo.

La abuela continuó frotando con pericia la palma del trol y el dorso de su mano. Él empezó a lamerse compulsivamente los ojos. La abuela remató el masaje en los dedos.

—La demostración ha concluido —anunció.

—¿Treinta minutos de esto, dices, por todo mi cuerpo?

—Los niños me ayudarán —dijo la abuela—. Intercambiaremos servicio por servicio.

—¡Pero yo debería cambiaros mi servicio por algo más duradero! ¡Por un tesoro! Un masaje nada más es demasiado perecedero.

—La ley de los rendimientos menguantes se aplica también a los masajes, igual que a casi todo. El primero es el mejor, y en realidad es todo lo que necesitas. Además, siempre puedes dar servicios a cambio de tesoros. Es posible que ésta sea la única ocasión de que dispongas para recibir un masaje profesional.

El trol extendió la otra mano y dijo:

—Otra muestra más, para acabar de decidirme.

—No valen más muestras.

—¿Me ofreces sólo un masaje? ¿Y si te quedas doce años conmigo como masajista personal?

La abuela se puso seria.

—No te estoy pidiendo que mires esa piedra tuya infinidad

215

de veces para infinidad de propósitos. Te estoy solicitando una única información. Un servicio a cambio de un servicio. Ésta es mi oferta, desigual a tu favor. El masaje dura treinta minutos, frente a los escasos segundos que necesitarás tú para echar una miradita a tu piedra.

—Pero vosotros necesitáis la información —le recordó Nero—. Y yo no necesito un masaje.

—Saciar las necesidades es la carga del pobre. El rico y poderoso puede permitirse entregarse a sus deseos y caprichos. Si desaprovechas esta oportunidad, te preguntarás toda la vida qué fue lo que te perdiste.

—No lo hagas, abuela —intervino Kendra—. Entrégale el tesoro, y listo.

Nero levantó un dedo.

—Esta proposición no es ortodoxa y contradice mis mejores criterios, pero me intriga la idea de un masaje, y yo rara vez me siento intrigado por nada. Sin embargo, treinta minutos es demasiado poco tiempo. Pongamos… dos horas.

—Sesenta minutos —respondió la abuela sin inmutarse.

—Noventa —contraatacó Nero.

La abuela se retorció las manos. Dobló y estiró los brazos. Se frotó la frente.

—Noventa minutos es mucho tiempo —dijo Kendra—. ¡Al abuelo nunca le has dado un masaje de más de una hora!

—Calla la boca, niña —le espetó la abuela.

—O noventa o no hay trato —dijo Nero.

La abuela suspiró, resignada.

—De acuerdo…, noventa minutos.

—Muy bien, acepto. Pero si no estoy satisfecho con el masaje completo, el trato se rompe.

La abuela sacudió la cabeza.

—Nada de excepciones. Un único masaje de noventa minutos, a cambio de la localización de Stan Sorenson. El maravilloso recuerdo te acompañará hasta el fin de tus días.

Nero miró a Kendra y luego a Seth, para fijar finalmente los ojos en la abuela con mirada astuta.

—De acuerdo. ¿Qué tenemos que hacer?

La mejor camilla que pudo encontrar era una balda de piedra bastante estrecha, que estaba cerca de la entrada de la cueva. Nero se tumbó en la repisa y la abuela les mostró a Kendra y a Seth cómo tenían que masajearle las piernas y los pies. Les hizo una demostración sobre cómo y dónde debían aplicar los nudillos y el resto de las manos.

—Es muy fuerte —les dijo, al tiempo que clavaba con fuerza los nudillos en la planta del pie del trol—. Haced toda la fuerza que podáis. —Dejó el pie del trol en la camilla y se colocó junto a su cabeza—. Los niños han recibido ya las instrucciones, Nero. Los noventa minutos empiezan a contar ya.

Kendra puso las manos, con vacilación, en el inflado gemelo del trol. Aunque no estaban húmedas, el tacto de las escamas era viscoso. Una vez había cogido una serpiente con las manos; la textura de la escamosa piel de Nero se le parecía bastante.

Con Nero tumbado boca abajo, la abuela se puso a trabajar en la nuca y los hombros. Empleó toda una serie de técnicas diferentes: hundiéndole los pulgares, frotando la piel con las palmas de las manos, apretando con los puños, clavándole los codos. Acabó subida de rodillas encima de su rabadilla, con mucho cuidado de no pincharse con las púas del espinazo, y desde allí estrujaba, amasaba y aplicaba presión a los músculos.

Nero estaba en éxtasis evidente. Ronroneaba y gemía de gusto, de placer. De sus labios manaba un constante torrente de cumplidos con voz adormilada. Lánguidamente, los animaba a apretar con más fuerza y más hondo.

Kendra empezaba a cansarse. Cada cierto tiempo, la abuela les enseñaba a Seth y a ella otras técnicas que podían aplicar durante el masaje. Lo que más desagradó a Kendra fue masajearle los pies al trol: desde las blandas almohadillas de sus callos hasta los rechonchos muñones que eran sus dedos. Pero trató de seguir lo mejor posible el incansable ejemplo de su abuela. Además de ayudarlos con el masaje de piernas y pies, la abuela le masajeó incansablemente la cabeza, el cuello, los hombros, la espalda, los brazos, las manos, el pecho y el abdomen.

Cuando por fin terminaron, Nero se incorporó con una sonrisa de euforia en el rostro. De sus ojos bulbosos había desaparecido por completo todo rastro de malicia. Parecía listo para la siesta más gustosa de toda su vida.

—Han sido casi cien minutos —dijo la abuela—. Pero prefería hacerlo bien.

—Gracias —dijo él, medio atontado—. Jamás habría soñado con algo así. —Se levantó y se apoyó en la pared del precipicio para mantenerse erguido—. Os habéis ganado ampliamente vuestra recompensa.

—Nunca había tocado a nadie tan lleno de nudos y tensión —comentó la abuela.

—Ahora me siento distendido —dijo él, balanceando los brazos—. Enseguida vuelvo con la información que buscáis. —Nero se metió en la cueva agachando la cabeza.

—Yo quiero ver su piedra mágica —cuchicheó Seth.

—Espera. Has de ser paciente —le reprendió la abuela, mientras se enjugaba el sudor de la frente.

—Debes de estar exhausta —dijo Kendra.

218

—No me encuentro en muy buen estado —reconoció la abuela—. El masaje me ha exigido un gran esfuerzo. —Bajó la voz y añadió—: Pero seguro que vale más que varios barriles de tesoros, que no tenemos.

Seth se acercó andando al filo del saliente y miró el fondo de la quebrada. La abuela se sentó en la repisa de piedra en la que le habían dado el masaje al trol, y Kendra aguardó a su lado.

Al poco rato apareció Nero. Todavía se le veía afable y relajado, aunque no tan grogui como antes.

—Stan está encadenado en el sótano de la Capilla Olvidada.

La abuela apretó la mandíbula.

—¿Estás seguro?

—Me ha costado un poco dar con él y conseguir verle bien, teniendo en cuenta quién más está confinado allí. Pero, sí, estoy seguro.

—¿Se encuentra bien?

—Está vivo.

—¿Lena estaba con él?

—¿La náyade? Claro, también la vi a ella.

—¿Andaba cerca Muriel?

—¿Muriel? ¿Cómo iba ella a...? ¡Oh, eso es lo que era aquello! Ruth, el pacto era para una sola información. Pero no, a ella no la he visto. Creo que esto pone fin a nuestro arreglo. —Indicó con gestos la escala de cuerda—. Si me disculpáis, tengo que tumbarme.

219

15

El otro lado del desván

La abuela no quiso decir ni una palabra mientras recorrían la quebrada. Lucía un semblante adusto y pensativo, y acallaba con un «chis» todo intento de entablar conversación. Kendra esperó a estar otra vez en el sendero de al lado del puente cubierto para intentar preguntarle de nuevo.

—Abuela… —empezó a decir.

—Aquí no —la reprendió ella—. No debemos hablar del tema estando a la intemperie. —Les hizo gestos para que se acercaran a ella y prosiguió, en voz baja—: Espero que con esto sea suficiente: debemos ir a rescatar a vuestro abuelo hoy. Mañana podría ser demasiado tarde. Regresaremos a casa inmediatamente, nos equiparemos e iremos al lugar en el que se encuentra retenido. Os revelaré su paradero exacto en cuanto nos hallemos bajo techo. Puede que Muriel no sepa aún dónde está, y aunque lo sepa, no quiero que se entere de que nosotros lo sabemos.

La abuela dejó de susurrar y los apremió a continuar la marcha.

—Siento haber sido tan antipática cuando nos despedimos de Nero —dijo después de andar un trecho en silencio durante unos minutos—. Tenía que trazar un plan. Chicos, realmente hicisteis un trabajo extraordinario allá arriba. Nadie debería tener que pasarse una tarde entera frotándole los pies a un trol. Seth fue un héroe al subir por los troncos y Kendra intervino muy oportunamente durante las negociaciones con aquel farol. Los dos habéis sobrepasado mis expectativas.

—No tenía ni idea de que fueras masajista —comentó Kendra.

—Me enseñó Lena. Ella ha recibido cursos profesionales en todos los rincones del mundo. Si alguna vez tenéis la oportunidad de recibir un masaje de sus manos, no lo rechacéis. —La abuela se prendió unos mechones sueltos detrás de la oreja. Durante unos segundos volvió a mostrarse absorta en sus pensamientos, apretando los labios y mirando al infinito mientras andaba—. Hay un par de cosas que quisiera preguntaros, cosas de las que sí podemos hablar en el exterior. ¿Habéis conocido a un señor que se llama Warren?

—¿Warren? —repitió Seth.

—¿Un hombre apuesto y callado? ¿Con el pelo y la tez blancos? El hermano de Dale.

—No —respondió Kendra.

—Es posible que lo llevaran a la casa la noche del solsticio de verano —tanteó la abuela.

—Estuvimos con el abuelo, con Dale y con Lena hasta después del anochecer, pero en ningún momento vimos a nadie más —dijo Seth.

—Yo ni siquiera he oído hablar de él —añadió Kendra.

—Yo tampoco —coincidió Seth.

La abuela asintió.

—Debió de quedarse en la cabaña. ¿A Hugo sí le habéis conocido?

—¡Sí! —exclamó Seth—. Es alucinante. Me pregunto dónde se habrá metido…

La abuela dedicó una mirada tranquilizadora a Seth.

—Estoy segura de que habrá estado ocupándose de sus quehaceres en el granero.

—No lo creo —dijo Kendra—. Tuvimos que ordeñar nosotros a la vaca ayer.

—¿Vosotros habéis ordeñado a *Viola*? —preguntó la abuela, sinceramente asombrada—. ¿Cómo?

Kendra le describió cómo habían colocado las escaleras de mano y cómo se habían dejado caer abrazados a las mamas. Seth añadió detalles sobre lo empapados en leche que habían quedado.

—¡Qué niños tan ingeniosos! —comentó la abuela—. ¿Stan nunca os había dicho nada sobre la vaca?

—La encontramos porque mugía fortísimo —le explicó Seth—. Hacía temblar el granero entero.

—La ubre parecía a punto de explotar —dijo Kendra.

—*Viola* es nuestra vaca lechera —los informó la abuela—. Todas las reservas cuentan con un ejemplar, aunque no todos pertenecen a la especie bovina. Es más vieja que esta reserva, que se fundó en 1711. La trajeron en aquel entonces por barco desde Europa. Es hija de una vaca lechera de una reserva que hay en la cordillera de los Pirineos; cuando hizo la travesía marina, tenía unos cien años de edad y era ya más grande que un elefante. Lleva desde entonces aquí, creciendo cada año que pasa.

—Parece que pronto dejará pequeño el granero —dijo Seth.

—Su crecimiento ha ido ralentizándose con los años, pero, sí, puede que un día sea demasiado gigantesca para su recinto actual.

—Ella da la leche que beben las hadas —dijo Kendra.

—No sólo las hadas beben de ella. Todas las criaturas del reino de las hadas alimentan y veneran su raza. A diario dedican encantamientos a su comida y hacen ofrendas secretas para honrarla y fortalecerla. A cambio, su leche actúa como una ambrosía, esencial para su supervivencia. No es de extrañar que las vacas sigan siendo consideradas animales sagrados en determinados lugares del mundo.

—Debe de producir toneladas de bosta —dijo Seth.

—Otra bendición. Su estiércol es el mejor abono del mundo, pues hace que las plantas maduren mucho más rápidamente de lo normal, y alcancen a veces proporciones increíbles. Gracias al poder de su bosta, podemos recoger varias cosechas de un solo campo de cultivo en una temporada, y en esta finca florecen numerosas plantas tropicales que, de no ser por ella, perecerían. Por un casual, ¿no se os ocurriría sacar leche para las hadas?

—No —dijo Seth—. La echamos toda por el sumidero. Estábamos más bien centrados en que la vaca se calmase.

—No pasa nada. La falta de leche puede volver algo malhumoradas a las hadas, pero lo superarán. Mañana como muy tarde nos ocuparemos de que beban un poco.

—Así pues, normalmente es Hugo quien ordeña a *Viola* —coligió Kendra.

—Correcto. Es una norma que ha de cumplir siempre, de manera que tiene que haber una razón que explique por qué no lo ha hecho en los últimos días. ¿No le habéis visto desde la noche del solsticio de verano?

—No.

—Probablemente le asignaron vigilar a Warren y la cabaña hasta que volvieran a llamarle. Debería venir si le llamamos.

—¿Podría haberle pasado algo? —preguntó Seth.

—Puede que un golem os parezca poco más que materia animada a la que se ha concedido una inteligencia rudimentaria. Sin embargo, casi todas las criaturas de esta reserva tienen miedo de Hugo. Pocas podrían hacerle daño si lo intentasen. Él será nuestro principal aliado en el rescate de vuestro abuelo.

—¿Y Warren? —preguntó Kendra—. ¿Él también ayudará? La abuela arrugó el entrecejo.

—No le habéis conocido porque está mal de la cabeza. Dale se ha quedado en esta reserva sobre todo para cuidar de él. Warren vive perdido en un alelamiento catatónico. Fablehaven está lleno de historias. La de Warren es otra fábula trágica más, la típica de un mortal que se aventuró allí donde no debía entrar. Warren no nos servirá de ninguna ayuda.

—¿Nadie más? —preguntó Seth—. ¿Por ejemplo, los sátiros?

—¿Los sátiros? —exclamó la abuela—. ¿Cuándo habéis conocido sátiros? Me parece que voy a tener unas palabritas con vuestro abuelo cuando le encontremos.

—Los conocimos por accidente en el bosque —la tranquilizó Kendra—. Estábamos cogiendo guiso de lo que nos pareció ser un pozo, y ellos nos avisaron de que en realidad estábamos robándoselo a una ogresa.

—Esos sinvergüenzas estaban protegiendo más su turbia operación que a vosotros —se mofó la abuela—. Llevan años birlándole el guiso. A los muy canallas no les hacía gracia tener que rehacer su mecanismo de robo; probablemente les sonaba

223

demasiado parecido a tener que trabajar. Los sátiros viven para la frivolidad. Son el no va más en cuanto a amigos interesados se refiere. Vuestro abuelo y yo sentimos un respeto mutuo respecto de un puñado de seres que habitan en esta reserva, pero no hay aquí mucha más lealtad que la que cualquiera hallaría en plena naturaleza. El rebaño se limita a mirar mientras los enfermos o los heridos son despedazados por los depredadores. Si alguien va a rescatar a vuestro abuelo en tan corto plazo de tiempo, será gracias a nosotros solos, sin nadie más que Hugo para ayudarnos.

Era última hora de la tarde cuando llegaron al jardín. La abuela se detuvo y se puso las manos en las caderas mientras contemplaba el panorama. La casita del árbol destrozada. Los muebles maltrechos, tirados por el jardín. Las ventanas arrancadas de cuajo, sin cristales.

—Me da miedo entrar —murmuró.

—¿No te acuerdas de lo mal que quedó la casa? —le preguntó Kendra.

—Era una gallina, ¿recuerdas? —dijo Seth—. Ella ponía los huevos que comíamos…

La frente de la abuela se llenó de arrugas.

—Que violen tu hogar es lo más parecido a una traición terrible —dijo en voz baja—. Sé que en el bosque merodean siniestros seres malvados, pero jamás habían cruzado ese límite.

Kendra y Seth siguieron a la abuela por el jardín y subieron tras ella la escalera del porche. La abuela se dobló por la cintura y recogió del suelo un triángulo de cobre, y lo colgó de un gancho que pendía de un clavo. Kendra se acordó de haber visto aquel triángulo moviéndose y sonando entre el resto de los móviles musicales. El triángulo tenía una varilla de cobre, sujeta a él mediante una cadena de cuentas. La abuela la hizo chocar con fuerza por todo el perímetro interno del triángulo.

—Esto debería traernos a Hugo —les explicó la abuela. Cruzó el porche y se detuvo un instante en el umbral de la puerta para contemplar el interior de su casa—. Es como si nos hubiesen bombardeado —murmuró— ¡Qué vandalismo sin sentido!

Desmoralizada y aturdida, fue paseándose por la destrozada vivienda. De vez en cuando, recogía del suelo un marco dañado y examinaba la rasgada fotografía que contenía, o bien pasaba la mano por lo que quedaba de una preciada pieza del mobiliario. Luego, subió las escaleras y se dirigió a su dormitorio. Kendra y Seth la vieron buscar algo en el armario; finalmente sacó de él una tartera metálica.

—Por lo menos esto está intacto —dijo la abuela.

—¿Tienes hambre? —le preguntó Seth.

Kendra le dio un golpe en el hombro con el dorso de la mano.

—¿Qué es eso, abuela?

—Seguidme.

Abajo, en la cocina, la abuela abrió la tartera. De ella extrajo un puñado de fotos.

—Ayudadme a esparcirlas.

Las fotos eran imágenes de la casa. En ellas aparecía cada habitación vista desde diferentes ángulos. También estaba retratado el exterior, desde múltiples perspectivas. En total habría más de un centenar de fotografías. La abuela y los chicos empezaron a repartirlas por el suelo de la cocina.

—Hicimos estas fotos por si alguna vez ocurría lo inimaginable —dijo la abuela.

De repente, Kendra comprendió lo que estaban haciendo.

—¿Para los duendes?

—Muy lista —la felicitó la abuela—. No estoy segura de si estarán a la altura del reto, teniendo en cuenta la envergadura de los daños. Pero ya antes han obrado milagros. Lamento que nos haya acaecido semejante calamidad estando vosotros de vacaciones aquí.

—No deberías sentirte mal —dijo Seth—. Todo ha pasado por mi culpa.

—No debes asumir toda la culpa —insistió la abuela.

—¿Qué más podemos hacer? —preguntó Kendra—. Nosotros lo provocamos.

—Kendra no hizo nada —dijo Seth—. Ella trató de detenerme. Todo es culpa mía.

La abuela miró a Seth pensativamente.

—No era tu intención hacer daño al abuelo. Sí, con tu de

sobediencia le hiciste vulnerable. Por lo que entiendo, recibiste la orden de no mirar por la ventana. Si hubieses hecho caso, no te habrías sentido tentado a abrir la ventana y tu abuelo no habría sido secuestrado. Debes afrontar ese hecho y aprender de ello.

»Pero la responsabilidad total por el suplicio de Stan es un peso considerablemente mayor del que mereces que recaiga sobre ti. Tu abuelo y yo somos los encargados de esta finca. Somos los responsables de los actos que cometan aquellos que traigamos a este lugar, especialmente los niños. Stan os permitió venir para hacerles un favor a vuestros padres, pero también porque tenemos que empezar a compartir selectivamente este secreto con nuestros descendientes. No estaremos aquí eternamente. A nosotros nos desvelaron el secreto de este lugar, y llegó un día en que recayó sobre nuestros hombros la responsabilidad de este refugio encantado. Un día tendremos que traspasar dicha responsabilidad a otras personas.

Cogió a Seth y a Kendra de la mano y les miró fijamente con ojos cargados de afecto.

—Sé que los errores que cometisteis no fueron ni deliberados ni maliciosos. Vuestro abuelo y yo hemos cometido también infinidad de errores. Lo mismo que todas las personas que han vivido aquí, por muy sabias o cautelosas que fueran. Vuestro abuelo debe cargar con parte de la culpa, por haber puesto a unos niños en una situación en la que abrir una ventana con buenas intenciones podía causar tanto daño y tanta destrucción. Y, evidentemente, los fanáticos que le secuestraron son, en última instancia, los más culpables.

Kendra y Seth estaban mudos. Seth arrugó la cara en un puchero y, luchando a duras penas por contener las lágrimas, se lamentó:

—De no haber sido por mí, ahora el abuelo estaría bien.

—Y yo seguiría siendo una gallina metida dentro de una jaula —apostilló la abuela—. Preocupémonos por arreglar el desaguisado, en lugar de buscar culpables. No desesperéis. Sé que podemos arreglar las cosas. Llevadme donde está Dale.

Seth asintió en silencio, sorbiendo por la nariz y frotándosela con el antebrazo. El chico encabezó la marcha por el porche trasero y luego por el jardín, en dirección a su destino.

—La verdad es que no hay muchas hadas —dijo la abuela—. Nunca había visto el jardín tan desprovisto de vida.

—No ha habido muchas por aquí desde que atacaron a Seth —comentó Kendra—. Y desde que el abuelo desapareció, aún menos.

Cuando se hallaron junto a la estatua de metal policromado y de tamaño natural de Dale, la abuela sacudió la cabeza.

—Es la primera vez que veo este hechizo en concreto, pero sin duda se trata de Dale.

—¿Puedes ayudarle? —preguntó Kendra.

—Tal vez, si dispusiera de tiempo suficiente. En parte, deshacer un hechizo pasa por entender quién lo obró y cómo.

—Encontramos unas huellas —dijo Seth, y mostró a la abuela la huella del parterre. Aunque se había difuminado un poco, seguía perfectamente visible.

La abuela arrugó el ceño.

—No me suena de nada. Las noches festivas corren sueltas muchas criaturas que, de lo contrario, jamás vemos; por eso nos refugiamos dentro de la casa. Puede que esta huella ni siquiera constituya una pista relevante. Podría pertenecer al depredador o a la montura sobre la que éste cabalgaba, o bien podría ser de una bestia que casualmente pisó por aquí en algún momento de la noche.

—Entonces, ¿ignoramos a Dale de momento? —preguntó Kendra.

—No tenemos alternativa. Disponemos de poco tiempo. Sólo nos queda esperar que al rescatar a tu abuelo, podamos arrojar algo de luz sobre lo que motivó el mal que padece Dale ahora, y hallar la manera de revertir la maldición. Venid.

Volvieron a la vivienda. Mientras subían por la escalera a la segunda planta, la abuela iba hablándoles por encima del hombro.

—Dentro de la casa hay unos cuantos baluartes especiales. Uno de ellos se encuentra en la habitación en la que os habéis alojado. Otro es una segunda habitación que hay al otro lado del desván.

227

—¡Lo sabía! —exclamó Kendra—. Ya decía yo que desde fuera parecía que el desván tenía otra parte. Pero nunca logré encontrar un modo de acceder.

—Probablemente estabas buscando por el lugar equivocado —dijo la abuela y los condujo por el pasillo en dirección a su dormitorio—. Los dos lados del desván no se comunican entre sí. En cuanto estemos allí arriba, os daré todos los detalles sobre mi plan.

La abuela se acuclilló y rebuscó algo entre los restos de una mesilla de noche destrozada. Encontró unas cuantas horquillas de pelo y las utilizó para prenderse el cabello en un moño de matrona. Luego, buscó un poco más hasta que encontró una llave. Los condujo al aseo principal y allí usó la llave para abrir la cerradura de un armario empotrado.

Pero en vez de un armario, la puerta daba a una segunda puerta, ésta hecha de acero y provista de un gran volante para introducir una combinación: una puerta de cámara acorazada. La abuela se puso a girar el volante.

—Cuatro giros a la derecha hasta el once, tres a la izquierda hasta el veintiocho, dos a la derecha hasta el tres, uno a la izquierda hasta el treinta y uno, y medio giro a la derecha hasta el dieciocho.

Bajó una palanca y la pesada puerta se abrió con un «clac». Unas escaleras enmoquetadas subían hasta la siguiente puerta. La abuela subió la primera. Seth y Kendra se reunieron con ella en el desván.

Aquel lado del desván era aún más grande que el cuarto de juegos. La abuela accionó un interruptor y un buen número de luces disiparon las sombras. Todo un lado de la habitación estaba ocupado por un banco de trabajo alargado; la pared contra la que se apoyaba aparecía llena de herramientas colgadas de ganchos. Las otras paredes estaban tapadas con toda una colección de preciosos armarios de madera. Dispuestos sin orden ni concierto, había por toda la habitación una serie de objetos insólitos: una jaula de pájaros, un fonógrafo, un hacha de guerra, una balanza colgante, un maniquí y un globo terráqueo del tamaño de una pelota de playa.

También había baúles y cajas, puestos en varias filas que

dejaban libre el espacio justo para llegar a ellos. Unas pesadas cortinas ocultaban las ventanas.

La abuela les hizo una señal para que se acercasen al banco de trabajo y una vez allí se subieron a sendos taburetes altos.

—¿Qué hay en todas esas cajas? —preguntó Seth.

—Muchas cosas, casi todas peligrosas. Aquí es donde guardamos nuestras armas y talismanes más preciados. Libros de conjuros, ingredientes para pociones, todas las cosas importantes.

—¿Ahora ya puedes contarnos más detalles de lo del abuelo? —preguntó Kendra.

—Sí. Oísteis a Nero decir que Stan y Lena se encuentran retenidos en la Capilla Olvidada. Dejadme que os cuente algo de historia, para haceros ver las ramificaciones.

»Hace mucho tiempo, esta tierra estuvo dominada por un poderoso demonio llamado Bahumat. Durante siglos, aterrorizó a los indios que moraban en la región. Ellos aprendieron a evitar ciertas zonas, pero incluso con estas precauciones, en realidad, no había ningún lugar seguro. Los indios hacían todas las ofrendas que el demonio parecía exigir, pero seguían viviendo presas del miedo. Entonces, un grupo de europeos se brindó a derrocar al demonio a cambio de hacerse dueños de las tierras que tenía bajo su dominio, y los líderes de la comunidad, incrédulos, les dieron su consentimiento.

»Con la ayuda de poderosos aliados y de potentes sortilegios, los europeos sometieron con éxito al demonio y lo encerraron. Unos años después, fundaron Fablehaven en los terrenos que arrebataron a Bahumat.

»Pasaron los años. A principios del siglo XIX se había fundado, en los terrenos de esta reserva, una comunidad compuesta principalmente por miembros de una misma familia. Construyeron una serie de viviendas alrededor de la mansión original. Os hablo de antes de que se erigiese la casa y el granero actuales. La antigua mansión sigue en pie, en el corazón de la finca, aunque el tiempo y los elementos han acabado con la mayor parte de las estructuras más débiles que la rodeaban. Pese a que sus hogares han desaparecido, existe todavía una construcción más duradera también levantada por ellos: una iglesia.

229

»En 1826, por culpa de la flaqueza y la estulticia de los hombres, Bahumat estuvo a punto de escapar. Podría haber sido una catástrofe espantosa, porque ninguna de todas las personas que quedaban en la reserva poseía ni los recursos ni los conocimientos necesarios para enfrentarse con éxito a una entidad dotada de tanto poder como aquélla. Pese a todo, aunque al final pudo evitarse la fuga, la experiencia resultó tan desestabilizadora para la mayoría de los que vivían aquí que casi todos se marcharon.

»La prisión en la que el demonio estaba confinado había sufrido daños. Con ayuda del exterior, se trasladó a Bahumat a un nuevo recinto, en el sótano de la iglesia. Unos meses después dejaron de celebrarse reuniones en aquel lugar, y desde entonces ha dado en llamarse la Capilla Olvidada.

—Entonces, ¿Bahumat sigue allí? —preguntó Kendra.

—Créeme, si Bahumat se hubiera escapado, nos habríamos enterado. Dudo de que haya alguien en el mundo capaz de capturar de nuevo a ese desalmado si llegara a verse libre. Los de su especie llevan demasiado tiempo ausentes, ya porque estén cautivos, ya porque hayan sido aniquilados. Y los que sabían cómo derrotar a semejante enemigo han desaparecido, sin nadie que ocupe hoy su lugar, lo cual me recuerda mi preocupación principal: que Muriel pueda intentar liberar a Bahumat.

—¿Cometería tamaña estupidez? —exclamó Seth.

—Muriel tiene al mal por maestro. Fue encarcelada originalmente por andar metida en esas cosas. Si llega antes que nosotros a la Capilla Olvidada, cosa que probablemente haya ocurrido ya, teniendo en cuenta que sus diablillos la habrán informado sobre la situación, tendremos que neutralizarla con el fin de salvar a vuestro abuelo. Si le damos tiempo suficiente para poder liberar a Bahumat, tendrán que salvarnos a todos. Por eso debo intentar detenerla inmediatamente.

—No sólo tú —quiso corregirla Seth.

—Tendremos que ocuparnos de esto Hugo y yo. Vosotros ya habéis hecho suficiente, chicos.

—¿Cómo? —exclamó Seth—. ¡Ni hablar de eso!

—Sacar a vuestro abuelo no debería ser tan complicado. Pero si ocurre lo peor, y yo fracaso, Fablehaven podría sucumbir.

Bahumat jamás estuvo conforme con el tratado que protege esta reserva. Como tampoco lo estaría ninguno de los suyos. Él considera que esta tierra es suya y tiene el poder suficiente para anular el tratado, lo cual sumiría a la reserva en un interminable periodo de tinieblas. Cada día sería como esas temibles noches festivas, y esta propiedad quedaría convertida en un lugar inhabitable para siempre jamás, excepto para los moradores de la sombra. Todo mortal que quedase atrapado aquí caería presa de unos horrores demasiado terribles de contemplar.

—¿De verdad podría pasar eso? —preguntó Kendra en voz baja.

—No sería la primera vez —respondió la abuela—. Desde que se instituyeron las reservas, ha caído más de una. Los motivos son infinitos, casi siempre derivados de la locura humana. Algunas han sido recuperadas. Otras cayeron sin remedio. Actualmente hay, por lo menos, treinta reservas caídas en todo el mundo. Tal vez lo más inquietante de todo sean los recientes rumores sobre la Sociedad del Lucero de la Noche.

—Maddox nos habló de ellos —dijo Seth.

—El abuelo recibió una carta en la que se le advertía de que estuviese alerta —añadió Kendra.

—Tradicionalmente, la caída de una reserva constituía un acontecimiento poco común. Una o dos cada siglo, tal vez. Hace unos diez años empezaron a circular rumores que decían que la Sociedad del Lucero de la Noche estaba haciendo de las suyas otra vez. Más o menos en la misma época empezaron a caer reservas a un ritmo alarmante. En los últimos cinco años han caído cuatro.

—¿Por qué querría nadie hacer algo así? —preguntó Kendra.

—Son muchos los que han tratado de dar respuesta a ese interrogante —dijo la abuela—. ¿Para obtener riquezas? ¿Poder? Nosotros, los que protegemos las reservas, somos esencialmente ecologistas. No queremos que las magníficas criaturas del mundo mágico se extingan. Y tratamos de no actuar en detrimento de las criaturas de la sombra, pues queremos que también ellas sobrevivan. Pero las segregamos cuando es necesario. Los integrantes de la Sociedad del Lucero de la Noche enmascaran sus verdaderas intenciones mediante la retórica, alegando que nosotros aprisionamos erróneamente a las criaturas de las tinieblas.

—¿Y es así? —preguntó Seth.

—Los demonios más violentos y malévolos son aprisionados, efectivamente, pero se hace por la seguridad del mundo. En la Antigüedad, su anhelo de matanzas incesantes y de dominación ilegítima les llevó a entrar en conflicto con los hombres de buena voluntad y con las criaturas de la luz, y hoy están pagando un costoso precio por haber salido perdedores. Muchos otros entes siniestros fueron admitidos en las reservas con la condición de que accedieran a respetar determinadas limitaciones, unos acuerdos que asumieron voluntariamente. Una de las restricciones habituales consiste en tener prohibido salir de la reserva; por eso la sociedad considera que muchas de estas criaturas están encarceladas. Según ellos, los estatutos de las reservas crean unas normas artificiales que alteran el orden natural de las cosas. Para ellos, la mayor parte de la humanidad es prescindible. Su premisa es que son preferibles el caos y el derramamiento de sangre a unas regulaciones equitativas. Nosotros estamos en desacuerdo.

—¿Crees que los del Lucero de la Noche tienen algo que ver con el secuestro del abuelo? —preguntó Kendra.

La abuela se encogió de hombros.

—Es posible. Yo espero que no. En caso afirmativo, lo han llevado a cabo con suma sutileza. Existen potentes limitaciones para impedir que puedan entrar intrusos en una reserva. Y la nuestra es más secreta que la mayoría.

La abuela abrió un cajón y sacó un pergamino enrollado. Lo desenrolló: era un mapa del mundo. En varias zonas del mapa había unos grandes puntos y aspas, junto con los nombres de las principales ciudades.

—Las equis indican reservas caídas —les explicó la abuela—. Los puntos indican las reservas activas.

—Fablehaven no aparece señalada —se fijó Kendra.

—Buena vista —sentenció la abuela—. Hay treinta y siete reservas activas indicadas en el mapa. Y cinco no señaladas, de la cuales una es Fablehaven. Incluso entre los miembros más fiables de nuestra comunidad, muy pocas son las personas que saben de la existencia de las reservas no señaladas. Y nadie las conoce todas.

—¿Por qué? —preguntó Seth.

—Escondidos en esas cinco reservas hay unos artefactos especiales de grandísimo poderío.

—¿Qué clase de artefactos? —preguntó Seth, entusiasmado.

—No puedo decirlo. Yo misma no conozco la mayor parte de los detalles. El artefacto que alberga Fablehaven no nos pertenece a nosotros. Se guarda en un lugar no desvelado de la propiedad. Los malhechores, sobre todo los miembros de la Sociedad del Lucero de la Noche, no desearían otra cosa que reunir todos los artefactos de las reservas secretas.

—Entonces, hay muchas razones por las que Fablehaven debe ser protegida —dedujo Kendra.

La abuela asintió.

—Vuestro abuelo y yo estamos dispuestos a dar la vida por ella si fuera necesario.

—Tal vez ninguno de nosotros tres debería ir a buscar al abuelo —dijo Kendra—. ¿No podemos pedir ayuda?

—Hay varias personas que acudirían en nuestra ayuda si los llamase, pero necesito detener a Muriel y encontrar a vuestro abuelo hoy mismo. Nadie podría llegar hasta aquí tan rápidamente. Fablehaven está protegida por el secreto. A veces esta ventaja se convierte en un inconveniente. Yo no conozco los conjuros que mantienen cautivo a Bahumat, pero estoy segura de que, si dispone del tiempo suficiente, Muriel encontrará la manera de anularlos. Debo actuar inmediatamente.

La abuela se bajó de su taburete, anduvo por un pasillo entre cajas, abrió un baúl y extrajo un estuche recargado con un estampado en relieve de parras y flores. De este estuche sacó una pequeña ballesta, no mucho más grande que una pistola. También sacó una flechita con las plumas negras, el astil de marfil y la cabeza de plata.

—¡Qué chula! —exclamó Seth—. ¡Yo quiero una!

—Este proyectil fulminará a cualquier criatura que haya sido mortal alguna vez, incluidos los encantados y los seres sobrenaturales, si consigo clavarlo en un punto letal.

233

—¿Un punto letal? —preguntó Kendra.

—El corazón y el cerebro son los más seguros. Las brujas pueden resultar más difíciles de aniquilar. Éste es el único talismán que estoy segura podría matar a Muriel.

—¿Vas a matarla? —susurró Kendra.

—Sólo como último recurso. Primero intentaré que Hugo la atrape. Pero hay demasiado en juego como para que vayamos a por ella sin una salvaguarda. Si, imprevisiblemente, el golem me fallase, carezco de la habilidad necesaria para someter yo sola a Muriel. Creedme, lo último que quiero es ver mis manos manchadas con su sangre. Matar a un mortal no constituye un crimen tan doloroso como matar a una criatura mística, pero aun así anularía en gran medida la protección de la que gozo en virtud del tratado. Seguramente tendría que salir yo misma de la reserva para no regresar nunca más.

—¡Pero ella está intentando destruir la reserva entera! —se quejó Seth.

—No matando directamente a alguien —dijo la abuela—. La capilla es territorio neutral. Si yo voy allí y la mato, aun cuando pudiera justificar mi acto, nunca más volvería a disfrutar de la protección que me otorga el tratado.

—Yo oí a Dale disparar escopetas y demás la noche en que las criaturas se colaron por nuestra ventana —dijo Kendra.

—Las criaturas estaban invadiendo nuestro territorio —le explicó la abuela—. Independientemente del motivo, al entrar en esta casa pierden todas sus protecciones. En tales circunstancias, Dale podía matarlas sin temor a represalias, es decir, que conservaba su estatus protegido conforme al tratado. Este principio actuaría en vuestra contra si os aventuraseis por determinadas áreas prohibidas de Fablehaven. Si perdieses de este modo toda vuestra protección, se abriría la veda para cazar a Kendra y a Seth. Por tal motivo, justamente, está prohibido entrar en esas áreas.

—No capto quién te castigaría si matases a Muriel —dijo Seth.

—Las barreras místicas que me protegen quedarían levantadas y el castigo sobrevendría de manera natural. Mira, como mortales, podemos elegir violar las normas. Las criaturas místicas que buscan cobijo aquí no gozan de ese lujo. Muchas, si pudieran, violarían también las normas. Pero no tienen esa opción. Siempre y cuando yo obedezca las normas, estoy a salvo. Pero si me quedo sin las protecciones que me garantiza el tratado, las consecuencias de mi vulnerabilidad se dejarían notar de forma inevitable.

—Entonces, ¿eso quiere decir que el abuelo está vivo con toda seguridad? —preguntó Kendra con un hilillo de voz—. Que no pueden matarle ni hacerle nada.

—Stan ha respetado las normas relativas al derramamiento de sangre, por lo cual, incluso en su noche de «desparrame», las criaturas siniestras de esta reserva no serían capaces de matarle. Ni serían tampoco capaces de obligarle a ir a un lugar donde sí pudieran matarle. Encarcelado, torturado, enloquecido, convertido en plomo… Todo eso puede que sí. Pero tiene que estar vivo. Y yo tengo que ir a buscarle.

—Y yo tengo que ir contigo —dijo Seth—. Necesitas refuerzos.

—Hugo es mi refuerzo.

Seth arrugó la cara entera, conteniendo las lágrimas.

—Me niego a quedarme sin vosotros, especialmente cuando ha sido culpa mía.

La abuela Sorenson abrazó a Seth.

—Cariño, aprecio tu valentía, pero no voy a arriesgarme a perder un nieto.

—¿No estaremos expuestos exactamente al mismo grado de peligro que si fuésemos contigo? —dijo Kendra—. Si el demonio queda libre, estaremos todos acabados.

—He pensado sacaros de aquí, llevaros fuera de la reserva —dijo la abuela.

Kendra se cruzó de brazos.

—¿Para que podamos esperar al otro lado de la verja a que vuelvan nuestros padres, para decirles que un demonio os mató e insistirles en que no podemos volver a la casa porque en realidad esto es una reserva mágica que ha caído en manos de las tinieblas?

—Vuestros padres no saben nada sobre la verdadera naturaleza de este lugar —dijo la abuela—. No se lo creerían si no lo vieran.

—¡Precisamente! —exclamó Kendra—. Si no lo consigues, lo primero que hará papá es venir derecho a vuestra casa para indagar. Nada de lo que pudiéramos decirle logrará persuadirle para que se quede lejos. Y seguramente llamará a la poli, y el mundo entero sabrá de este lugar.

—No verán nada —repuso la abuela—. Pero muchos fallecerían por causas inexplicables. Y, en realidad, a la vaca sí que la verán, incluso sin tener que tomar leche, porque *Viola* no deja de ser una criatura mortal.

—Te resultamos útiles cuando lo del trol —le recordó Seth—. Y da igual lo que digas o hagas, yo pienso seguirte de todas todas.

La abuela levantó las manos.

—De verdad, niños, creo que todo saldrá bien. Sé que os he pintado un escenario horroroso, pero estas cosas pasan en las reservas de vez en cuando, y normalmente conseguimos resolverlas. No veo por qué esta vez ha de ser diferente. Hugo arreglará el problema sin que pase nada grave y, llegado el caso, soy imbatible con la ballesta. Si no os importa esperar al otro lado de la verja, volveré a por vosotros antes de que se haga demasiado tarde.

—Pero yo quiero ver a Hugo machacar a Muriel —se emperró Seth.

—Si algún día hemos de heredar este lugar, no siempre podrás protegernos del peligro —dijo Kendra—. ¿No crees que sería una buena experiencia para nosotros veros a ti y a Hugo enfrentándoos a esta situación? Incluso a lo mejor os servimos de ayuda y todo...

—¡Un viaje de estudios! —exclamó Seth.

La abuela les dedicó una larga mirada llena de amor.

—Estáis creciendo tan deprisa, chicos... —suspiró.

16

La Capilla Olvidada

$\mathcal{M}$ientras el sol vacilaba sobre la línea del horizonte, Kendra contemplaba el paisaje desde la carreta, viendo los árboles pasar a gran velocidad delante de sus ojos. Se acordó de cuando iba mirando los árboles por la ventanilla del todoterreno deportivo el día en que sus padres los llevaron a la reserva. Sólo que ahora el camino estaba lleno de baches, el vehículo traqueteaba un montón y nada la protegía del viento. Y el destino era mucho más intimidante.

Hugo tiraba de la enorme carreta de mano. Kendra dudaba de que un tiro de caballos hubiera podido igualar la inalterable velocidad de sus grandes zancadas.

Llegaron a una zona despejada y Kendra vio el alto seto que rodeaba el estanque del paseo de madera y los cenadores. Qué raro se le hacía imaginar que Lena había vivido allí en tiempos, como una náyade.

Antes de subirse a la carreta, la abuela había dado la orden a Hugo de que obedeciese cualquier indicación de Kendra y de Seth. Y les dijo a los chicos que si las cosas salían mal, debían retirarse a toda velocidad con Hugo. También los advirtió de que tuvieran cuidado con lo que le decían a Hugo que hiciera. Al no contar con voluntad propia, las sanciones que se derivaran de sus actos recaerían en aquellos que hubiesen emitido las órdenes.

La abuela había dejado el albornoz y se había cambiado de ropa. Ahora llevaba unos vaqueros descoloridos, unas botas de faena y una camisa verde, unas prendas que había rescatado del desván. Seth se había llevado una gran satisfacción al ver que había elegido una camisa verde.

El chico agarraba con fuerza un bolsito de cuero. La abuela le había explicado que contenía un polvo especial que mantendría alejada de ellos a cualquier criatura indeseable. Además, le indicó que podía utilizarlo igual que había usado la sal en el dormitorio. Por otra parte, le advirtió que sólo debía utilizarlo como último recurso. Cualquier magia que empleasen no haría sino dar lugar a represalias menos soportables en caso de que fracasasen en su empeño. Ella también llevaba una bolsita de polvos mágicos.

Kendra iba con las manos vacías. Al no haber empleado aún ningún elemento mágico, la abuela dijo que sería un error que empezara a hacerlo ahora. Por lo visto, las protecciones del tratado eran bastante poderosas para quienes se abstenían por completo de utilizar la magia y las malas artes.

La carreta se puso a dar botes al pasar por un tramo especialmente accidentado. Seth se agarró al lateral para no caerse. Miró por encima de su hombro y sonrió.

238

—¡Allá vamos!

Kendra lamentó no sentirse tan evidentemente tranquila como él respecto de todo aquel lío. Empezaba a notar náuseas en la boca del estómago, una sensación que le recordó la primera vez que tuvo que cantar un solo en una obra de teatro del colegio. Estaba en cuarto. Siempre le había salido bien en los ensayos, pero cuando escudriñó por una rendija del telón y vio al público congregado, una sensación de intranquilidad empezó a bullirle en el estómago, hasta que llegó un momento en que tuvo la certeza de que iba a vomitar. Cuando oyó la frase que le daba el pie, salió al iluminado escenario, guiñando los ojos para tratar de ver a la multitud sumida en la penumbra, incapaz de encontrar a sus padres en medio de tanta gente. Sonaba la introducción de su canción, llegó el momento y, nada más empezar a cantar, el miedo se disipó y las náuseas desaparecieron.

¿Hoy sería igual? ¿Sería peor la anticipación que el acontecimiento mismo? Por lo menos, cuando llegasen, la realidad sustituiría a la incertidumbre y, al final, podrían hacer algo, actuar. Ahora lo único que podía hacer era preocuparse.

¿Cuán lejos se encontraba la dichosa iglesia? La abuela había dicho que Hugo no tardaría más de quince minutos en llevarlos hasta allí, pues la carretera por la que irían era una pista que estaba bastante decente. Kendra iba atenta a la aparición de algún unicornio, pero no vio ninguna criatura fantástica. Todas estaban escondidas.

El sol se hundió detrás del horizonte. La abuela señaló algo. Un poco más adelante, en mitad de un claro, había una iglesia de aspecto antiguo. Se trataba de una estructura cúbica, dotada de una hilera de ventanales con los restos dentados de vidrios rotos, así como de una linterna que probablemente había albergado una campana. El tejado estaba hundido. Las paredes, de madera, estaban grises y astilladas. No había forma de adivinar de qué color habían estado pintadas en su día. Un corto tramo de escaleras combadas conducía al hueco de unas puertas dobles que antiguamente daban acceso al interior. Parecía la madriguera perfecta para los murciélagos y los zombis.

Hugo aminoró la marcha, hasta detenerse finalmente delante de la sombría entrada. La iglesia estaba totalmente en silencio. No había ni rastro de que hubiera pasado alguien por allí en los últimos cien años.

—Hubiera preferido que fuese de día, pero, por lo menos, aún tenemos algo de luz —dijo la abuela, al tiempo que colocaba la flecha de cabeza plateada, con ayuda de un utensilio especial, en la cuerda de la ballesta enana y tiraba de ella para ponerla en posición—. Acabemos con esto lo antes que podamos. Al mal le agrada la oscuridad.

—¿Por qué será? —preguntó Seth.

La abuela meditó sobre su pregunta unos segundos, antes de responder.

—Porque al mal le gusta esconderse.

A Kendra no le hicieron gracia los escalofríos que sintió cuando oyó a la abuela decir aquello.

—¿Por qué no hablamos de cosas más alegres? —propuso, mientras se apeaban de la carreta.

—Porque estamos en plena caza de brujas y monstruos —replicó Seth.

—Kendra tiene razón —intervino la abuela—. No nos hace ningún bien enredarnos en pensamientos sombríos. Pero lo que sí queremos es reanudar el camino y largarnos de aquí antes de que el crepúsculo toque a su fin.

—Pues yo insisto en que deberíamos haber traído un par de escopetas —dijo Seth.

—¡Hugo! —ordenó la abuela—. Abre la marcha silenciosamente y llévanos hasta el sótano. Protégenos de todo mal, pero no mates.

Sólo de ver a aquel gigante hecho de barro y piedras, Kendra se sintió más segura. Con Hugo como paladín del grupo, no podía imaginar que algo pudiera darles demasiados problemas.

Los escalones crujieron bajo el peso de Hugo cuando subió por ellos. Andando con mucho sigilo, se metió por la enorme entrada. Los demás le siguieron, manteniéndose siempre cerca de su enorme guardaespaldas. La abuela cubrió la ballesta con un pañuelo rojo, al parecer para disimularla.

«Por favor, que Muriel no esté aquí», rezó Kendra para sus adentros: «Por favor, que encontremos al abuelo y a Lena ¡y ninguna otra cosa más!».

El interior del templo era aún más siniestro que el exterior. Los bancos, en estado ruinoso, habían sido aplastados por algo y les habían dado la vuelta; el púlpito de la parte delantera había sido derribado; y las paredes aparecían pintarrajeadas con unos garabatos color granate. Las telarañas pendían de las vigas del techo como si fueran etéreas pancartas. La luz ambarina del ocaso encontraba la manera de penetrar: por las ventanas y por unos cuantos agujeros irregulares de la cubierta. Pero no bastaba para disipar la oscuridad. No había ningún elemento que indicase que aquel lugar había sido antaño un recinto para el culto. Era, simplemente, una sala enorme, destartalada y vacía.

Los tablones del suelo crujieron a medida que Hugo iba pasando por ellos de puntillas en dirección a una puerta del fondo de la capilla. Kendra se sorprendió a sí misma preocupándose de que el suelo pudiera ceder bajo su peso y temiendo que Hugo descubriese un abrupto atajo al sótano. Debía de pesar más de cuatro toneladas.

Hugo empujó suavemente la corroída puerta. Dado que el

240

vano era del tamaño normal, tuvo que agacharse y retorcerse para poder pasar por él.

—Todo irá bien —dijo la abuela, poniéndole a Kendra una mano en el hombro para infundirle ánimos—. Manteneos detrás de mí.

Desde allí bajaba una escalera de caracol, que terminaba en un umbral sin puerta. La luz entraba a raudales por el hueco de la escalera. Escudriñando más allá de Hugo mientras el golem se contorsionaba para atravesar el vano de la puerta, Kendra advirtió que no estaban solos. Al seguir a la abuela Sorenson al interior del espacioso sótano, empezaron a quedar claras algunas cosas.

La estancia estaba alegremente iluminada por no menos de dos docenas de brillantes faroles. Contaba con un techo alto y alguna que otra pieza de mobiliario. El abuelo Sorenson y Lena estaban con las piernas y los brazos extendidos, y sujetos por grilletes a la pared.

De pie delante del abuelo y de Lena había una curiosa figura. Hecha totalmente de madera lisa y oscura, tenía el aspecto de una primitiva marioneta, no mucho más pequeña que el abuelo. Pero en vez de unas verdaderas articulaciones, las diferentes partes de madera estaban unidas mediante ganchos de oro, prendidos en las muñecas, codos, hombros, cuello, tobillos, rodillas, caderas, cintura y nudillos. La cabeza hizo pensar a Kendra en una máscara de *hockey* hecha de madera, aunque la imagen no era del todo acertada, pues ésta era más basta y sencilla. El curioso maniquí estaba danzando a saltitos, balanceando los brazos, dando golpecitos con los pies y desplazándolos a un lado y otro, con la vista clavada en el fondo del sótano.

—¿Es ése su títere de madera? —preguntó Seth en voz baja.

¡Pues claro que sí! ¡Era el espectral títere bailón de Muriel, sólo que mucho más grande y ya sin la varilla en la espalda para moverlo!

Al fondo del sótano había una hornacina de grandes dimensiones. Daba la impresión de que alguien hubiese arrancado varios tablones para acceder al nicho. Una red de cuerdas llenas de nudos cubría la hornacina, lo cual impedía ver el interior del lúgubre hueco. Al otro lado de las cuerdas se alzaba una oscura silueta. Junto al hueco había una hermosa y alta mujer, de lustrosa melena larga y rubia como la miel, soplando uno de los múltiples nudos de las cuerdas. Llevaba un espectacular vestido largo color azul claro que resaltaba su seductora figura.

La impactante mujer estaba rodeada de lo que parecían ser versiones en tamaño humano de los diablillos que Kendra había visto en la choza de Muriel. Todos ellos estaban vueltos hacia la hornacina y miraban el suelo. Su estatura variaba entre el metro setenta y el metro ochenta. Unos eran gordos, otros delgados y unos pocos, musculosos. Unos tenían la espalda chepuda, o con jorobas, o tenían cuernos o cornamentas, o lucían quistes protuberantes, o colas. A un par de ellos les faltaba alguna extremidad o una oreja. Todos tenían cicatrices. Todos tenían la piel ajada y correosa, y muñones en lugar de alas. A los pies de aquellos diablos de talla humana había infinidad de diablillos del diminuto tamaño de las hadas.

El aire se llenó de destellos. Un par de alas negras hechas de humo y sombra se desplegaron desde el interior de la hornacina. Kendra experimentó la misma sensación de vértigo que se había apoderado de ella cuando transformaron a la abuela de su estado gallináceo al de persona. Parecía como si la hornacina estuviera alejándose poco a poco, como si la estuviera observando desde el lado equivocado de un telescopio. Una momentánea explosión de oscuridad eclipsó la homogénea luminosidad procedente de los faroles, y de repente, justo en medio del área hacia la que todos los diablillos tenían concentrada toda su atención, emergió un nuevo diablillo de tamaño humano.

Kendra se tapó la boca con las dos manos. La bella mujer no podía ser otra que Muriel. Bahumat estaba aprisionado por aquella red de cuerdas llenas de nudos, semejantes a la cuerda que la había mantenido cautiva a ella, y estaba formulando deseos para aumentar el tamaño de sus diablillos, ¡al tiempo que iba liberando poco a poco al demonio!

—Hugo —dijo la abuela en voz baja—. Incapacita a los diablillos y captura a Muriel, a paso ligero.

Hugo se lanzó a la carga.

Uno de los diablillos se dio la vuelta y emitió un desagradable aullido, y otros del grupo se giraron rápidamente para quedar frente a los intrusos, mostrando con ellos unos rostros
crueles y demoniacos. La rubia espectacular se volvió también
y abrió unos ojos como platos ante la sorpresa.

—¡Atrapadlos! —les gritó.

Había más de veinte diablillos de los grandes, y diez veces
más de los pequeños. Encabezados por el más grande y musculoso del conjunto, se lanzaron a por Hugo formando un vario-
pinto conglomerado de enjutos fanáticos.

Hugo hizo frente a la arremetida en el centro de la sala.
Con fluida precisión, agarró al cabecilla por la cintura con una
mano y le sujetó a continuación por ambos pies con la otra, y
entonces empezó a girar sobre sí mismo ágilmente a un lado y a
otro. Luego, lanzó al aullante cabecilla a un lado, mientras los
demás se abalanzaban sobre él.

Atizando con los puños como si fuesen arietes de batalla,
Hugo hacía saltar por los aires a los diablillos, que salían disparados dando incontroladas volteretas laterales. Se le echaban
encima como un enjambre y daban ágiles brincos para aterrizar
encima de sus hombros y lanzarle zarpazos a la cabeza. Pero
Hugo simplemente seguía girando sobre su propio eje y es-
quivándolos y levantándolos en vilo, interpretando un violento
ballet gracias al cual todos los diablillos que saltaban sobre él
acababan saliendo disparados en todas direcciones.

Algunos de ellos se escabulleron astutamente sin que Hugo pudiera detenerlos, para lanzarse a todo correr en dirección a la abuela, Kendra y Seth. Hugo dio media vuelta y fue
a por ellos. Agarró un par de diablillos por las rodillas y los
usó como porras, blandiéndolos por el aire para ahuyentar a
los demás.

La capacidad de recuperación de los diablillos era impresionante. Hugo estampaba uno contra la pared, y la tenaz criatura lograba ponerse en pie nuevamente para volver a la carga.
Hasta el fornido cabecilla seguía participando en la refriega,
sosteniéndose mal que bien sobre sus destrozadas piernas.

Kendra dirigió la mirada hacia más allá del tumulto y vio
que Muriel estaba soplando sobre un nudo.

243

—Abuela, está tramando algo.

—Hugo —gritó la abuela—. Déjanos a los diablillos a nosotros y ve a capturar a Muriel.

Hugo arrojó al diablillo que tenía en ese momento en las manos. La criatura, aullando de dolor, barrió todo el techo hasta chocar contra la pared, con lo que produjo un crujido repugnante. Acto seguido, el golem se lanzó a por Muriel.

—¡Mendigo, protégeme! —chilló Muriel. El hombre de madera, que seguía danzando junto al abuelo y a Lena, echó a correr para entorpecer el avance de Hugo.

Libres de la indomable escabechina del golem, los diablillos heridos se arremolinaron en torno a la abuela, que se colocó delante de Kendra y de Seth. Entonces, cogió una bolsita con una mano y dibujó con el brazo un semicírculo para esparcir el polvo, que formó una rutilante nube. Cuando los diablillos tocaron la nube, saltaron chispas que los hicieron retroceder a toda velocidad. Unos pocos se lanzaron hacia la nube para intentar abrirse paso por la fuerza, pero el chisporroteo eléctrico se intensificó y acabaron rodando por el suelo. La abuela esparció un poco más de polvo en el aire.

De la hornacina empezaban a desplegarse unas enormes alas negras. El aire onduló. Kendra tuvo la sensación de estar viendo el sótano desde muy lejos, a través de un angosto túnel.

Hugo casi había llegado hasta Muriel. La crecida marioneta de madera se tiró en picado para abrazarse a los pies del golem, usando tanto los brazos como las piernas para inmovilizarle por los tobillos. El golem tropezó y cayó al suelo. Pero empezó a dar patadas hasta zafarse de Mendigo, y la marioneta de madera salió patinando por el suelo. A continuación, el golem se puso en pie y fue a por Muriel. Extendió los brazos y, cuando tenía las manos a escasos centímetros de ella, un trueno hizo temblar el sótano, acompañado de un breve lapso en que quedó todo en tinieblas. El gigantesco golem se desmoronó, convertido en un montículo de escombros.

Muriel relinchó victoriosa, con los ojos fuera de las órbitas, presa del delirio al ver que se había librado por los pelos de las garras de Hugo. A lo lejos, en un lado de la sala, Mendigo se incorporó hasta quedar sentado. La marioneta había perdido un brazo, arrancado a la altura del hombro. Lo recogió del suelo y se lo volvió a poner.

La mirada de Muriel se intensificó, sabiendo que la victoria era segura.

—Traédmelos a todos —ordenó.

Un pañuelo rojo revoloteó y descendió hacia el suelo. La abuela Sorenson levantó la ballesta con una mano, mientras con la otra esparcía lo que le quedaba dentro del bolsito. Una vez vacío del todo, lo tiró a un lado y dio varios pasos hacia delante, hasta entrar en la titilante nube de polvo, con la ballesta bien sujeta con ambas manos.

La flecha salió disparada. Mendigo dio un brinco, tratando desesperadamente de interponerse entre el proyectil y la bruja. Pero Hugo había lanzado demasiado lejos a la marioneta. Muriel lanzó un alarido y cayó de espaldas contra la red de sogas anudadas, tapándose la parte delantera de un hombro con la mano contraria, que lucía una perfecta manicura. Rebotó hacia delante y quedó a cuatro patas, jadeando, sin dejar de agarrarse el hombro. Entre los delgados dedos asomaban las plumas negras de la flecha.

—¡Pagarás por este aguijonazo! —bramó.

—¡Corred! —gritó la abuela Sorenson a los niños.

Demasiado tarde. Con los ojos cerrados y moviendo los labios sin emitir sonido alguno, Muriel extendió al frente su mano manchada de sangre y una ráfaga de viento barrió la rutilante nube de polvo. Los maltrechos diablillos se abalanzaron sobre la abuela Sorenson y la apresaron sin miramientos.

Seth dio un salto hacia delante y esparció un puñado de polvo sobre la abuela y los diablillos. Estalló un relámpago y los diablillos salieron despedidos a los lados.

—¡Mendigo, tráeme al chico! —le ordenó Muriel.

El sirviente de madera se lanzó a por Seth corriendo a cuatro patas a toda velocidad. Los diablillos se habían desplegado hacia fuera y varios de ellos se apiñaron junto a la puerta para impedir que nadie escapara. Seth arrojó un puñado de polvo al tiempo que Mendigo se tiraba a por él. La nube eléctrica repelió a la marioneta. A la vez, un diablillo se acercó corriendo

245

desde detrás de Seth y, dando un rápido manotazo, le arrebató el bolsito.

El diablillo era alto. Hizo girar a Seth sobre su eje, le sujetó por la parte superior de los brazos y le levantó del suelo para quedar los dos mirándose a los ojos. El diablillo siseó; de su boca abierta salió una lengua negra que vibró de forma grotesca.

—Eh —dijo Seth, al caer en la cuenta de quién se trataba—. ¡Eres el hada que cacé!

El diablillo se echó al chico al hombro y corrió con él hacia donde estaba Muriel. Otro diablillo cogió a la abuela para llevársela también a la bruja.

Kendra permanecía inmóvil, paralizada de espanto. Los diablillos la rodearon. Era imposible escapar. Hugo había quedado reducido a un montón de escombros. La abuela había errado el tiro con la ballesta; había herido a Muriel; no la había matado. Seth había hecho todo lo que había podido, pero al final él y la abuela habían sido capturados. Se habían agotado las defensas. Ya no había más trucos. Nada se interponía entre Kendra y los horrores que Muriel y sus diablillos deseasen infligirle.

Sólo que los diablillos no se lanzaban a por ella. Permanecían a su alrededor, pero parecía que no podían alargar los brazos para asirla. Levantaban los brazos hasta media altura y ahí se quedaban, como si las extremidades se negasen a obedecer.

—Mendigo, tráeme a la chica —le ordenó Muriel.

Mendigo se abrió paso entre el apretado grupo de diablillos. Estiró el brazo para coger a la niña, pero entonces se detuvo. Sus dedos de madera sufrían espasmos y los ganchos le tintineaban suavemente.

—A ti no pueden tocarte, Kendra —dijo el abuelo desde donde se hallaba, colgado de la pared mediante los grilletes—. Tú no has causado daños, ni has utilizado instrumentos mágicos ni has provocado perjuicios a nadie. ¡Corre, Kendra, a ti no pueden detenerte!

Kendra apartó a dos diablillos para poder pasar y se dirigió a la puerta. Entonces, se detuvo en seco.

—¿No puedo ayudaros?

—Las leyes que constriñen a sus adláteres no obligan a Muriel —gritó el abuelo—. Corre sin parar hasta casa, directamente por la carretera por la que vinisteis. ¡No causes daños por el camino! ¡No te salgas de la senda! ¡Y luego sal de la finca! ¡Apuntala la verja con mi furgoneta! ¡Fablehaven caerá! ¡Uno de nosotros debe sobrevivir!

Muriel se había lanzado ya en su persecución, agarrándose el hombro herido. Kendra subió las escaleras a toda prisa y cruzó la capilla como una exhalación en dirección a la puerta de entrada.

—¡Niña, aguarda! —la llamó la bruja.

Kendra se detuvo un instante en el umbral de la iglesia y miró atrás. Muriel se había apoyado en el vano que daba acceso al sótano. Estaba pálida. Tenía la manga del vestido empapada de sangre.

—¿Qué quieres? —dijo Kendra, tratando sonar valiente.

—¿Por qué sales corriendo con tanta prisa? Quédate, podemos solucionarlo hablando.

—No tienes buen aspecto.

—¿Esta bobada? Lo arreglaré simplemente soplando un nudo.

—Entonces, ¿por qué no lo has hecho ya?

—Quería hablar contigo antes de que huyeras —respondió la bruja en tono dulce y tranquilizador.

—¿De qué quieres que hablemos? ¡Suelta a mi familia! —le exigió Kendra.

—Puede que lo haga, a su debido tiempo. Niña, no te conviene correr por este bosque a estas horas de la noche. ¿Quién sabe qué horrores te esperan ahí fuera?

—No mayores que lo que está pasando aquí dentro. ¿Por qué tratas de liberar a ese demonio?

—No podrías entenderlo nunca —dijo Muriel.

—¿Tú crees que será amigo tuyo? Vas a terminar encadenada a la pared junto con los demás.

—No me sueltes discursos sobre asuntos que quedan totalmente fuera de tu comprensión —le espetó Muriel—. He firmado una alianza que me otorgará un poder inconmensurable. Después de aguardar mi momento durante interminables años, siento que tengo al alcance de la mano mi hora de triunfo. El lucero de la noche está saliendo.

247

—¿El lucero de la noche? —repitió Kendra.

Muriel se sonrió.

—Mis ambiciones van más allá de secuestrar una sola reserva. Formo parte de un movimiento que acaricia objetivos mucho más amplios.

—La Sociedad del Lucero de la Noche.

—Jamás imaginarías los designios que hay ya en marcha. He pasado años cautiva, sí, pero no me han faltado los medios para comunicarme con el mundo exterior.

—Los diablillos.

—Y otros colaboradores. Desde que lo capturaron, Bahumat ha estado organizando lo que ocurrirá hoy. El tiempo ha sido nuestro aliado. Observando y esperando, hemos perfeccionado en secreto infinidad de situaciones que han ido poco a poco garantizándonos la liberación. No hay prisión que dure eternamente. A veces nuestros esfuerzos han dado poco fruto. En ocasiones mejores, hemos derribado dominós enteros de un solo empujoncito. Cuando Éfira se las ingenió para convenceros de que abrieseis la ventana la noche del solsticio de verano, teníamos la esperanza de que los acontecimientos se desarrollasen como se han desarrollado hasta ahora.

—¿Éfira?

—La mujer a cuyos ojos miraste.

Kendra se estremeció. No le hacía ninguna gracia rememorar a la traslúcida mujer de los vaporosos ropajes negros.

Muriel asintió.

—Ella y otros están a punto de heredar esta reserva, un paso fundamental en el camino hacia nuestros fines últimos. Después de décadas de persistencia, nada puede detenerme.

—Entonces, ¿por qué no dejas libre a mi familia y listo? —le suplicó Kendra.

—Intentarían interferir. No es que a estas alturas pudieran hacer algo ya. Tuvieron su oportunidad y fracasaron. Pero no pienso correr ningún riesgo. Vamos, enfréntate al final junto a tus seres queridos, en vez de quedarte a solas en mitad de la noche.

Kendra negó con la cabeza.

Muriel extendió el brazo herido. Los dedos, rojos de su propia sangre, estaban retorcidos de manera antinatural. Entonces dijo algo en un idioma incomprensible que hizo pensar a Kendra en susurros de hombres enojados. Kendra salió corriendo de la iglesia, bajó los escalones y se dirigió a la carreta. Se detuvo para mirar atrás. Muriel no apareció en el umbral de la entrada. Fuera cual fuera el conjuro que la bruja había intentado echarle, al parecer no había surtido efecto.

Kendra corrió por la carretera. El atardecer tenía aún algo de luminosidad. Llevaban solamente unos minutos dentro de la iglesia. Las lágrimas le impedían ver, pero no por ello dejó de correr, sin estar muy segura de si alguien la perseguía o no.

¡Había perdido a toda su familia! ¡Todo había sucedido tan deprisa! En un momento, la abuela estaba dándoles ánimos y tranquilizándoles, y en el siguiente Hugo había sido destruido y habían capturado a Seth y a la abuela. Kendra debería haber sido capturada también, pero como había sido tan extremadamente cautelosa desde su llegada a Fablehaven, al parecer seguía protegida por el poder íntegro del tratado. Los diablillos no habían podido tocarle ni un pelo, y Muriel había salido tan malherida de la reyerta que no pudo perseguirla debidamente.

Kendra miró hacia atrás, a solas en medio de la carretera vacía. La bruja debía tener curada la herida ya, pero probablemente no iría a por ella hasta haber librado a Bahumat, teniendo en cuenta que Kendra le había sacado tanta delantera.

Pero, en fin, Muriel podría seguramente recurrir a la magia para acortar la distancia con ella. Sin embargo, Kendra sospechaba que la urgencia por liberar al demonio impediría a la bruja salir en su busca de momento.

¿Debía dar la vuelta y regresar a la iglesia? ¿Intentar rescatar a su familia? ¿Cómo? ¿Tirando rocas? Si se decidía a volver allí, Kendra no podía imaginar otro resultado que el de verse también ella capturada con toda certeza.

¡Pero algo tenía que hacer! Cuando el demonio fuese liberado, destruiría el tratado y ¡Seth moriría, juntamente con el abuelo, la abuela y Lena!

La única posibilidad que se le ocurría era volver a la casa y tratar de encontrar un arma en el desván. ¿Sería capaz de recordar la combinación que abría la puerta acorazada? Hacía sólo una hora que había visto a la abuela abrirla, y la había oído decir los números en voz alta. No era capaz de recordarlos, pero tenía la sensación de que quizá pudiera una vez allí.

Kendra sabía que se había quedado sin esperanzas. La casa quedaba a kilómetros de allí. ¿A cuántos? ¿A trece? ¿Dieciséis? ¿Veinte? Tendría suerte si lograba llegar antes de que Bahumat quedase libre, y más aún estando ella sola.

Por lo menos, buscar un arma en la casa representaba un objetivo. Por muy en contra que lo tuviera todo, aquello le proporcionó una dirección en la que encaminar sus pasos y un motivo para ir a la casa. ¿Quién sabe de qué arma podría tratarse, o cómo la utilizaría, o si podría siquiera acceder al desván? Pero al menos era un plan. Al menos podía decirse a sí misma que tenía un motivo valeroso por el cual debía huir.

17

Una apuesta desesperada

*T*emer el anochecer no sirvió para impedir que se hiciera de noche. El crepúsculo fue apagándose hasta desaparecer del todo, cuando Kendra se quedó sólo con el reflejo de una media luna por única guía. Refrescó, aunque no llegó a hacer frío. El bosque estaba envuelto en una espectral sombra. De vez en cuando, Kendra oía sonidos desasosegantes, pero en ningún momento vislumbró lo que los producía. Pese a mirar atrás con frecuencia, a su espalda la carretera estaba tan desierta como hacia el frente.

Unas veces iba corriendo ligeramente y otras andando. Sin puntos de referencia, le costaba discernir cuánta distancia llevaba recorrida. La pista de tierra parecía no tener fin.

Se inquietó por lo que pudiera ocurrirle a la abuela Sorenson. Al haber disparado contra Muriel y haber recurrido a Hugo para lisiar a los diablillos, probablemente nada protegería a la abuela de padecer una tortura semejante. Kendra empezó a desear haber aceptado la invitación de Muriel a quedarse en la iglesia junto a su familia. El sentimiento de culpa por ser la única que había podido salir de allí le resultaba casi demasiado intenso para sobrellevarlo.

Era difícil tener una noción clara del paso del tiempo. La noche avanzaba, tan interminable como la carretera. La luna migró paulatinamente por la bóveda celeste. ¿O era más bien que la carretera cambiaba de dirección?

Kendra tenía la certeza de llevar horas en la carretera cuando llegó a una zona despejada. La luz de la luna iluminaba una vereda medio desdibujada que salía de la propia carretera. Discurría en dirección a un seto alto y oscuro.

¡El estanque de los cenadores! Por fin, una referencia conocida. No podía quedarle más de media hora hasta la casa, y aún no se veía el menor atisbo del amanecer.

¿Cuánto tiempo pasaría hasta que Bahumat quedase libre? Tal vez el demonio andaba suelto ya. ¿Se enteraría cuando sucediese, o no lo sabría hasta verse rodeada de monstruos?

Kendra se frotó los ojos. Estaba agotada. Sus piernas se negaban a seguir andando. Reparó en que estaba hambrienta. Se detuvo y se desperezó durante unos minutos. Entonces, echó a correr a pasitos cortos. Podía hacer el resto del camino a la carrerilla, ¿verdad? No estaba demasiado lejos.

Cuando estaba pasando por delante del tenue sendero que salía de la carretera, se detuvo en seco. De pronto se le había ocurrido una nueva idea, inspirada por el seto de perfil irregular que se erguía a un lado de la carretera.

La reina de las hadas tenía un santuario en el islote que había en mitad del estanque. ¿No se suponía que era el ser más poderoso de todo el mundo de las hadas? A lo mejor Kendra podía intentar pedirle socorro.

Kendra se cruzó de brazos. Sabía muy poco sobre la reina de las hadas. Aparte de haber oído que era un personaje poderoso, sólo sabía que poner el pie en su isla implicaba una muerte segura. Alguien lo había intentado y había quedado convertido en pelusa de diente de león.

¿Por qué lo había intentado aquel tipo? Kendra no recordaba haber escuchado el motivo concreto que le impulsó a hacerlo. Simplemente el hombre se había visto en una situación desesperada. Pero el hecho de que lo hubiese intentado quería decir que pensó que tal vez podría conseguirlo. Tal vez su fracaso se debió sólo a que no tenía una razón lo suficientemente poderosa.

Kendra sopesó su situación de necesidad. Sus abuelos y su hermano estaban a punto de morir. Y Fablehaven se hallaba en un tris de ser destruida. Eso también resultaría nefasto para las hadas, ¿no? ¿O acaso no les importaría lo más mínimo? A lo mejor simplemente se marcharían a otro lugar.

Indecisa, Kendra clavó la mirada en el tenue sendero. ¿Qué arma esperaba encontrar en la casa? Probablemente no encontraría nada. Por tanto, lo más seguro es que terminase saliendo despavorida por la verja o trepándola para huir antes de que Bahumat y Muriel le dieran alcance y acabaran con ella. Y su familia perecería.

Pero quizás diese resultado el plan de recurrir a la reina de las hadas. Si tan poderosa era la reina, podría detener a Muriel y tal vez incluso a Bahumat. Kendra necesitaba un aliado. Pese a sus nobles intenciones, no podía imaginar la manera de conseguir ella sola sus propósitos.

Kendra había notado una nueva sensación en su fuero interno desde el instante mismo en que la idea le había brotado en la cabeza. Un sentimiento tan inesperado que le costó unos segundos identificarlo como una esperanza. No tendría que abrir ningún candado con combinación secreta. Sólo tenía que ponerse a merced de una criatura todopoderosa y suplicarle ayuda para rescatar a su familia.

¿Qué era lo peor que podía pasar? La muerte, pero conforme a sus propios términos. Nada de diablillos sedientos de sangre. Nada de brujas. Nada de demonios. Sólo una gran bola de pelusa de diente de león.

¿Cuál era la mejor de las posibilidades? La reina de las hadas podría convertir a Muriel en pelusa de diente de león y rescatar a la familia de Kendra.

Kendra empezó a recorrer el senderillo. Se dio cuenta de que estaba nerviosa. Era un tipo de nerviosismo alentador, muy preferible al miedo a un fracaso seguro. Se puso a correr.

Estaba vez no tuvo que colarse a gatas por debajo del seto. La vereda desembocaba en un arco. Kendra se metió por el arco y salió a la pradera perfectamente cuidada que había al otro lado.

A la luz de la luna, los blanquísimos pabellones y el paseo de tablones resultaban aún más pintorescos que durante el día. Kendra podía verdaderamente imaginarse a la reina de las hadas viviendo en la isla, en medio del apacible estanque. Por supuesto, en realidad allí no vivía la reina. Sólo se trataba de un santuario. Kendra tendría que rezarle y cruzar los dedos para recibir respuesta de la reina.

253

El primer reto consistía en cruzar hasta la isla. El estanque estaba plagado de náyades a las que les chiflaba ahogar a la gente, lo cual significaba que iba a necesitar un bote sólido y resistente.

Kendra cruzó la pradera de césped a toda prisa en dirección al cenador más próximo. Procuró hacer caso omiso de las sombras que, delante de ella, se movían de acá para allá; se trataba de diversas criaturas que se escabullían para no ser vistas. Kendra se anticipó a lo que se disponía a intentar y notó que los intestinos se le revolvían como si tuviera dentro una batidora. Se obligó a sí misma a expulsar de sí todo temor. ¿El abuelo se daría la vuelta y huiría? ¿También la abuela? ¿Y Seth? ¿O harían todo lo que estuviera en sus manos para salvarla?

Subió a toda velocidad los escalones que ascendían al pabellón más próximo y echó a correr por el paseo de madera. Con zapatos, sus pisadas resonaban estrepitosamente al golpear el entablado, desafiando el silencio reinante. Vio su destino: el cobertizo de las barcas, a tres cenadores de distancia.

254

La superficie del lago era un espejo negro en el que se reflejaba la luz de la luna. Justo por encima del agua revoloteaban unas cuantas hadas parpadeantes. Por lo demás, no se veía el menor indicio de vida.

Kendra llegó al pabellón anexo al pequeño embarcadero. Bajó los escalones a toda prisa y siguió corriendo por el pantalán. Llegó al cobertizo y probó a abrir la puerta. Exactamente como ya comprobara la vez anterior, estaba cerrada con llave. No era una puerta de grandes dimensiones, pero parecía maciza.

Le dio una patada con todas sus fuerzas. El impacto le recorrió la pierna entera y la hizo estremecerse de dolor. A continuación, se puso a propinar empujones a la puerta con el hombro, pero también esta vez sólo consiguió hacerse daño ella, y no causó desperfecto alguno en la puerta.

Dio unos pasos atrás. El cobertizo era, básicamente, una cabaña más bien grande que flotaba en el agua directamente. Carecía de ventanas. Kendra esperaba que dentro hubiera aún algunos botes. De ser así, estarían flotando en el agua, protegidos por las paredes y el tejado del cobertizo, pero sin suelo. Si se tirase al lago, podría reaparecer dentro del cobertizo y montarse en un bote.

Observó el agua detenidamente. Era imposible ver nada al otro lado de la negra y reflectante superficie. Podría haber cientos de náyades esperándola al acecho, o bien ninguna en absoluto; era imposible saberlo.

El plan entero se iría al traste si se ahogaba antes de alcanzar la isla. Teniendo en cuenta lo que Lena le había contado, las náyades estarían deseando que se acercase al agua. Zambullirse en el estanque sería un suicidio.

Se sentó en el suelo y empezó a aporrear la puerta con los dos pies, el mismo método que había empleado Seth para irrumpir en el granero. Pese al ruido tremendo que hacía, nada indicaba que la puerta estuviera cediendo lo más mínimo. Si golpeaba aún con más fuerza, sólo conseguiría hacerse más daño en las piernas.

Necesitaba alguna herramienta, una llave o un poco de dinamita…

Kendra regresó corriendo al pabellón para ver si podía encontrar algo que le sirviera para forzar la puerta del cobertizo. Pero no vio nada. Ojalá hubiera por allí tirado un mazo…

Trató de serenarse. ¡Necesitaba pensar! A lo mejor si seguía aporreando la puerta, ésta cedería finalmente. Algo así como por pura erosión. Pero aún no se había movido del quicio y además no disponía de la noche entera. Tenía que haber una solución más ingeniosa. ¿Qué tenía que pudiera servirle como herramienta? ¡Nada! Nada, salvo unas cuantas criaturas enigmáticas que se escabullían de su vista en cuanto se acercaba.

—¡Vale, oídme todas! —gritó—. Sé que podéis oírme. Tengo que entrar en el cobertizo de los botes. Una bruja se dispone a liberar a Bahumat y toda Fablehaven quedará destruida. No os pido a ninguna que asoméis la cabeza. Sólo necesito que alguien tumbe la puerta del cobertizo. Mi abuelo es el responsable de la finca y yo os doy pleno permiso para derribar la puerta. Me daré la vuelta y cerraré los ojos. Cuando oiga que la puerta se rompe, esperaré diez segundos antes de volver a darme la vuelta.

Kendra se dio la vuelta y cerró los ojos. No oyó nada.

—Cuando queráis. Simplemente derribad la puerta. Os prometo que no miraré.

Oyó un chapoteo suave y un tintineo.

—¡De acuerdo! ¡Parece que tenemos un voluntario! No tienes más que arrancar la puerta.

No oyó nada. De repente cayó en la cuenta de que tal vez algo había emergido del agua y estaba justo detrás de ella. Incapaz de resistir la curiosidad, se dio la vuelta y escudriñó la oscuridad.

Por allí no se veía ninguna criatura recién salida del agua. Todo estaba en silencio. En el estanque, previamente liso como un espejo, se veían unas ondas. En el suelo del embarcadero, cerca del cobertizo de las barcas, vio una llave.

Kendra bajó las escaleras a toda velocidad y cogió la llave del suelo. Estaba mojada, oxidada y un poco pegajosa. Era más larga que una llave corriente y de aspecto antiguo.

La secó con la tela de su camisa y fue con ella hasta el cobertizo para introducirla en la cerradura. Encajaba perfectamente. La giró y la puerta se abrió hacia dentro.

Kendra se estremeció. Las implicaciones de lo sucedido eran inquietantes. Al parecer, una náyade le había proporcionado la llave. Querían que saliese al estanque.

Con sólo la luz de la luna colándose por la puerta abierta como medio de iluminación, el interior del cobertizo estaba muy oscuro. Kendra aguzó la vista y pudo adivinar tres botes atados al estrecho embarcadero: dos botes grandes de remos, uno ligeramente más ancho que el otro, y un bote con pedales más pequeño. Kendra había ido en uno de ésos una vez en el lago de un parque.

En una pared había colgados varios remos de diversas longitudes. Cerca de la puerta había una manivela y una palanca. Kendra trató de girar la manivela, pero no hubo forma de moverla. Luego, tiró de la palanca. No ocurrió nada. Lo intentó nuevamente con la manivela, y esta vez sí que giró. En la pared del cobertizo más alejada del embarcadero, empezó a abrirse una puerta corredera, con lo que dejó entrar más luz. Kendra siguió girando la manivela, con el alivio de saber que podría salir al estanque directamente desde el cobertizo.

Entonces, se quedó mirando el estanque desde la puerta recién abierta, inmóvil en mitad de la penumbra del cobertizo, y le entraron las dudas. El miedo le producía náuseas. ¿De verdad estaba preparada para enfrentarse a su propia muerte? ¿Para que las náyades trataran de ahogarla o para caer víctima de un conjuro que tal vez protegiese una isla prohibida?

El abuelo y la abuela Sorenson eran personas de recursos. Tal vez habrían escapado ya de la iglesia. ¿Estaría ella haciendo todo esto para nada?

Kendra recordó un día de hacía tres años en que se encontraba en una piscina comunitaria. Tenía unas ganas locas de zambullirse desde un elevado trampolín. Su madre le había advertido de que era más alto de lo que parecía a simple vista, pero nada la disuadió. Muchos niños estaban tirándose desde el trampolín, varios de ellos de su misma edad o más pequeños.

Se puso a la cola para subir por la escalerilla. Cuando le llegó el turno, empezó a subir y se quedó asombrada de lo lejos que iba quedando del suelo conforme ascendía. Al llegar arriba, tuvo la sensación de estar en lo alto de un rascacielos. Quiso darse la vuelta, pero todos los niños de la fila se darían cuenta de que estaba muerta de miedo. Además, sus padres estaban mirándola.

Avanzó hasta el borde del trampolín. Soplaba una suave brisa. Se preguntó si la gente que estaba en tierra podría notarla. Cuando estaba cerca del final del trampolín, miró abajo, al fondo de la piscina: saltar había dejado de parecerle divertido.

Al darse cuenta de que cuanto más vacilase, más llamaría la atención, se dio la vuelta rápidamente y bajó la escalerilla, tratando de evitar mirar a los ojos a las personas que guardaban cola al pie del trampolín. Desde entonces no había vuelto a subirse a un trampolín alto. De hecho, rara vez se arriesgaba a nada.

Ahora se veía de nuevo a punto de hacer algo que le ponía los pelos de punta. Pero esta vez era diferente. Tirarse desde un trampolín o montar en una montaña rusa de múltiples espirales, o pasarle un papelito a Scott Thomas, eran situaciones trepidantes en las que podía participar voluntariamente. Evitar esos riesgos no entrañaba consecuencias reales. Pero en su situación actual, si no pasaba a la acción, su familia moriría. Tenía que apechugar con su decisión anterior y llevar a cabo su plan, fueran cuales fueran las consecuencias.

Kendra miró los remos detenidamente. Nunca había montado en una barca de remos y podía verse fácilmente a sí misma luchando por mantener el rumbo, sobre todo con el incordio de unas náyades empeñadas en hacérselo pasar mal. Examinó el bote de pedales. Diseñado para un solo pasajero, era más ancho de lo necesario, presumiblemente para darle más estabilidad. Aquel artilugio infantil no era ni mucho menos tan grande con las barcas de remos, y además estaría más cerca del agua, pero, por lo menos, pensó que podría manejarlo bien.

Kendra suspiró. Se arrodilló y desató la pequeña embarcación, tras lo cual echó la delgada cuerda al asiento. Se montó, y el bote de pedales zozobró. Tuvo que agacharse y apoyarse en las manos para evitar caerse al agua. La nave de pega tenía el fondo totalmente cerrado, de manera que nada podría intentar cogerla por los tobillos.

Después de estabilizarse, se sentó mirando hacia el embarcadero. Un volante permitía controlar el movimiento lateral. Lo giró totalmente en una dirección, y pedaleó marcha atrás para alejarse del muelle, deslizándose. Luego giró el volante en la dirección opuesta y empezó a pedalear hacia delante. El bote de pedales salió silenciosamente del cobertizo de las barcas.

Desde la parte delantera del bote de pedales se formaban ondas que se abrían a los lados, mientras Kendra se dirigía hacia la isla pedaleando a buen ritmo. La isla no quedaba lejos, a unos siete metros tal vez. El bote iba poco a poco acercándose a su destino. Hasta que, de repente, empezó a alejarse de la isla.

Kendra pedaleó con más ahínco, pero el bote de pedales siguió deslizándose en diagonal y hacia atrás. Algo tiraba de ella. La embarcación empezó a dar vueltas. Kendra no consiguió nada ni girando el volante ni pedaleando. De repente, el bote se movió hacia un lado, inclinándose peligrosamente. ¡Algo estaba intentado hacerla volcar!

Kendra se inclinó para impedir que el bote diese la vuelta y entonces éste se balanceó abruptamente hacia el otro lado.

Kendra cambió de posición para hacer contrapeso, desesperadamente. Entonces vio unos dedos mojados que asían el borde del bote de pedales, y se puso a golpearlos. Su gesto fue correspondido con unas risillas.

El bote empezó a rotar rápidamente.

—¡Dejadme en paz! —exclamó Kendra en tono de exigencia—. Tengo que llegar a la isla. —Un coro de risillas respondió a sus demandas.

Kendra pedaleó con todas sus fuerzas, pero no sirvió de nada. No paraba de dar vueltas y la embarcación seguía siendo arrastrada en la dirección contraria. Las náyades empezaron a zarandear el bote otra vez. Gracias a su bajo centro de gravedad, Kendra descubrió que sólo con inclinarse bastaba para impedir que el bote de pedales volcase. Pero las náyades no cesaban en su empeño. Intentaron distraerla aporreando el fondo de la embarcación y haciendo olas para moverla. El bote se levantaba, se balanceaba y daba vueltas. En ocasiones, las náyades levantaban la nave con todas sus fuerzas para ver si podían desequilibrar a Kendra. Una y otra vez, ella reaccionaba rápidamente y cambiaba su peso para hacer fracasar sus intentos de tirarla al agua. Habían llegado a un empate técnico.

259

Las náyades no se dejaban ver. Kendra oía sus risas y adivinaba sus manos, pero en ningún momento vio sus caras.

Kendra decidió dejar de pedalear. No la llevaba a ninguna parte y estaba malgastando energía. Resolvió dedicar sus fuerzas únicamente a evitar que el bote de pedales volcase.

Los intentos de las náyades empezaron a hacerse cada vez más espaciados entre sí. Ella no decía nada ni respondía de ninguna manera a sus risillas provocadoras. Simplemente, se inclinaba a un lado u otro cada vez que trataban de volcar el bote. Y cada vez lo hacía mejor. Ya no podían ladear tanto la embarcación como al principio.

Las intentonas cesaron. Al cabo de, aproximadamente, un minuto sin actividad, Kendra se puso a pedalear en dirección a la isla. Su avance se vio detenido al poco tiempo. De inmediato, dejó de pedalear; las náyades hicieron girar y tambalearse la embarcación un rato más.

Ella aguardó. Al cabo de otro minuto de quietud, volvió a pedalear. Nuevamente, las náyades tiraron del bote de pedales. Pero ahora con menos ímpetu. Kendra notó que empezaban a tirar la toalla y a aburrirse.

La octava vez que trató de emplear esta táctica, las náyades perdieron todo el interés, aparentemente. La isla estaba más cerca ya. A menos de veinte metros. A menos de diez. Kendra pensó que la detendrían en el último momento. Pero no lo hicieron. El morro del bote de pedales arañó la orilla. Todo permanecía en absoluto silencio y quietud.

Había llegado el momento de la verdad. Cuando pusiera el pie en la isla, o se transformaría en una pelusa de diente de león que se desperdigaría por el aire, o no.

Casi con indiferencia a aquellas alturas, Kendra saltó del bote y cayó en la orilla. El lugar no parecía tener nada de mágico ni de especial, ni ella se transformó en una pelusa de semillas.

Sin embargo, a sus espaldas oyó un aluvión de risas. Kendra se dio la vuelta rápidamente y le dio tiempo a ver que el bote de pedales se alejaba de la orilla, arrastrado por el agua. Era ya demasiado tarde para hacer nada sin tirarse al agua. Se dio una palmada en la frente. Las náyades no se habían dado por vencidas... ¡Estaban probando con una nueva estrategia! Se había distraído tanto con la perspectiva de convertirse en una pelusa de diente de león que no había sacado el bote fuera del agua, como debería haber hecho. ¡Al menos podría haber tendido el cabo!

Bueno, otro favor más que tendría que pedirle a la reina de las hadas.

La isla no era grande. Kendra no necesitó más de veinte pasos para darle la vuelta. Su recorrido por el perímetro de la isla no reveló nada interesante. Probablemente el santuario se hallaría cerca del centro.

Aunque la isla carecía de árboles, sí contenía numerosos arbustos, muchos de ellos más altos que Kendra. No había ningún sendero, y abrirse paso por entre la vegetación resultaba molestísimo. ¿Cómo sería el santuario? Se imaginaba una pequeña construcción. Pero después de cruzar varias veces toda la isla, se dio cuenta de que allí no había nada parecido.

A lo mejor no se había transformado en pelusa de diente de león porque la isla era un timo. O a lo mejor el santuario había sido trasladado a otro lugar. De cualquier modo, ahora estaba varada en un islote en mitad de un estanque lleno de criaturas empeñadas en ahogarla. ¿Cómo sería ahogarse? ¿Realmente tragaría agua o simplemente se asfixiaría? ¿O llegaría antes el demonio a por ella?

¡No! Había llegado hasta aquí. Inspeccionaría la isla otra vez, con más cuidado. A lo mejor el santuario era un elemento de la naturaleza, como un arbusto o un tocón especial.

Recorrió el perímetro nuevamente, más despacio esta vez. Entonces, reparó en un fino reguero de agua. Era raro encontrar agua en una isla tan diminuta, por pequeño que fuera el hilillo. Siguió el reguero en dirección al centro de la isla, hasta que encontró el punto del suelo del que manaba el agua.

Allí, en el nacimiento del manantial, había una estatua finamente tallada de un hada de unos cinco centímetros de alto, sobre un pedestal blanco que añadía unos cuantos centímetros más a la altura de la figurita. Delante, en el suelo, había un pequeño cuenco de plata.

¡Pues claro! ¡Las hadas eran tan diminutas que tenía sentido que el santuario fuese una miniatura también!

Kendra se puso de rodillas al lado del manantial, justo delante de la figurita. La noche estaba muy silenciosa. Kendra miró al cielo y se dio cuenta de que hacia el este el horizonte estaba cobrando un matiz morado. La noche tocaba a su fin.

Lo único que se le ocurrió fue hablar con absoluta sinceridad, con el corazón en la mano.

—Hola, reina de las hadas. Gracias por permitir que venga a verte sin convertirme en semillas de diente de león.

Kendra tragó saliva. Se le hacía tan raro hablar con una estatua en miniatura… No tenía nada de regio.

—Si puedes ayudarme…, realmente lo necesito. Una bruja de nombre Muriel está a punto de liberar a un demonio llamado Bahumat. La bruja tiene prisioneros a mi abuelo y a mi abuela Sorenson, junto con mi hermano, Seth, y mi amiga Lena. Si ese demonio queda libre, destruirá toda la reserva, y no tengo manera de impedir que eso ocurra sin tu ayuda. Por fa-

261

vor, amo de verdad a mi familia y, si no hago nada, ese demonio va a…, va a…

Entonces, sintió el impacto de todo el peso de la realidad que estaba tratando de plasmar con palabras, y no pudo contener las lágrimas. Por primera vez comprendió plenamente que Seth estaba a punto de morir. Recordó momentos vividos junto a él, tanto afectuosos como exasperantes, y se dio cuenta de que ya no habría más instantes ni de un tipo ni del otro.

Los sollozos la hacían agitar todo el cuerpo y le rodaban cálidos lagrimones por las mejillas. No los frenó. Necesitaba aquel desahogo, necesitaba dejar de hacer esfuerzos por suprimir el espanto que entrañaba toda aquella situación. Las lágrimas que había derramado al huir de la Capilla Olvidada habían sido lágrimas de espanto y de pavor. Éstas eran lágrimas causadas por la toma de conciencia.

Las lágrimas le resbalaban por la barbilla y caían directamente en el cuenco de plata. Entre sollozos, su respiración sonaba entrecortada.

—Por favor, ayúdame —logró decir por fin.

Una brisa fragante barrió toda la isla. Olía a tierra rica y a flores recién florecidas, con apenas una pizca de aroma de mar.

El llanto empezó a remitir. Kendra se quitó las lágrimas de las mejillas y se secó la nariz con la manga. Al respirar por la nariz se dio cuenta de lo rápido que se formaba la congestión.

La estatua en miniatura estaba empapada. ¿Había llorado encima de ella? ¡No! Le brotaban lágrimas de los ojos, que rodaban hasta caer en el cuenco de plata.

El aire volvió a moverse, cargado aún de intensos aromas. Inexplicablemente, Kendra percibió una presencia. Ya no estaba sola.

«Acepto tu ofrenda y me uno a ti en el llanto.»

Las palabras no fueron audibles, pero entraron en su mente con una impresión tan poderosa que Kendra se quedó boquiabierta. Nunca había experimentado algo parecido. De la estatua seguía manando un líquido transparente que caía en el cuenco.

«Con lágrimas, leche y sangre prepara un elixir, y mis siervas te atenderán.»

Las lágrimas eran evidentes. En cuanto a la leche, a Kendra no se le venía otra cosa a la cabeza que la imagen de *Viola*. ¿Y la sangre, de quién? ¿Suya? ¿De la vaca? Las siervas debían de ser las hadas.

—Espera, ¿qué hago? —preguntó Kendra—. ¿Cómo salgo de la isla?

A modo de contestación, el viento se arremolinó unos segundos y a continuación formó una fuerte ráfaga. Los agradables aromas se desvanecieron. La estatuilla dejó de llorar. La indefinible presencia había desaparecido.

Kendra cogió el cuenco del suelo. Medía aproximadamente lo mismo que la palma de su mano y estaba lleno hasta casi un tercio de su capacidad. Había esperado que la reina de las hadas resolviese la situación por ella. En lugar de eso, parecía como si le hubiese indicado la manera de resolver ella sola el problema. Su familia seguía en peligro, pero la chispa de la esperanza se había transformado ahora en una llamarada.

¿Cómo saldría de la isla? Kendra se puso en pie y fue hacia la orilla. El bote, increíblemente, se deslizaba por el agua en su dirección. Fue acercándose poco a poco hasta alcanzar la isla.

Kendra se subió a la embarcación. Ella sola se apartó de la orilla, dio la vuelta e inició el trayecto en dirección al pequeño embarcadero blanco.

Kendra no dijo nada. No pedaleó. Tenía miedo de hacer algo que pudiera interrumpir el suave avance hacia el embarcadero. Llevaba el cuenco apoyado en el regazo, con cuidado de no derramar ni una gota.

Entonces, lo vio: una silueta negra de pie en el embarcadero, esperando a que volviese. Una marioneta del tamaño de un hombre. Mendigo.

Se le cerró la garganta de puro espanto. ¡Había obrado magia estando en la isla! Porque… obtener las lágrimas de la estatua… era hacer magia, ¿no? Su estatus de persona protegida había quedado anulado. Y Mendigo había acudido para apresarla.

—¿Puedes dejarme en otro sitio? —preguntó.

El bote de pedales avanzaba en línea recta. ¿Qué podía hacer? Aun cuando la dejase en otro lugar, Mendigo no tendría más que seguirla.

La embarcación estaba ya a unos veinte metros del muelle; luego, a diez. Tenía que proteger el contenido del cuenco. Y debía impedir que Mendigo se la llevara a rastras. Pero ¿cómo?

El bote rozó el embarcadero y se detuvo en paralelo. Mendigo no hizo el menor movimiento de ir a apresarla. Era como si estuviese esperando a que desembarcase. Kendra depositó el cuenco en el muelle y, al ponerse de pie, se dio cuenta de que algo hacía que el bote no zozobrase lo más mínimo.

Cuando salió al embarcadero, Mendigo dio unos pasos al frente. Pero, igual que antes, no parecía que fuese a ir a por ella. Se quedó parado con los brazos a media altura y agitando los dedos. Kendra recogió el cuenco del suelo y echó a andar, rodeando al títere de madera. Mendigo la siguió hasta el final del embarcadero.

¿Por qué Muriel había enviado a Mendigo a por ella, si el títere no era capaz de apresarla? ¿Sabría la bruja que había entablado comunicación con la reina de las hadas? En tal caso, desde luego que la marioneta había acudido con prontitud. Probablemente su presencia allí respondía a una medida preventiva.

El problema que planteaba era grave. Evidentemente, Kendra no había obrado magia alguna estando en la isla; simplemente había recogido un ingrediente. Pero al preparar el elixir que le había descrito la reina de las hadas y al dárselo a las hadas, sin duda estaría llevando a cabo un acto mágico. En el instante en que su estatus de protección desapareciese, Mendigo se echaría sobre ella.

Ni hablar de eso.

Kendra depositó el cuenco de plata en las escaleras que subían al cenador. A continuación, se dio la vuelta y se enfrentó a Mendigo. El títere le sacaba más de media cabeza.

—Me parece que tú funcionas de modo parecido a Hugo. No tienes cerebro y simplemente haces lo que se te dice. ¿Es correcto, Mendigo?

La marioneta de madera permaneció en silencio, sin moverse. Kendra trató de impedir que el pánico se apoderase de ella.

—Tengo la sensación de que a mí no me vas a obedecer, pero merece la pena intentarlo. Mendigo, súbete a un árbol y quédate ahí sentado por siempre jamás.

Mendigo seguía inmóvil. Kendra dio unos pasos en dirección a él. La marioneta trataba de levantar los brazos para apresarla, pero era incapaz de llevar a cabo sus intenciones. De pie, muy cerca de él, Kendra levantó cautelosamente una mano para tocar con el dedo su torso de madera. Él no reaccionó, aparte de seguir luchando contra la misteriosa fuerza que le impedía apresar a Kendra.

—No puedes tocarme. No he hecho nada malintencionado ni he empleado la magia en ningún momento. Pero yo a ti sí puedo tocarte.

Dulcemente, Kendra acarició los dos brazos del títere justo por debajo de los hombros. El títere tembló por el esfuerzo que hizo para tratar de agarrarla.

—¿Quieres ver mi segundo paso decisivo de esta noche? —preguntó Kendra. Mendigo se estremeció, haciendo titilar todos sus ganchos, pero seguía sin poder apresar a Kendra.

Sin darse cuenta de que estaba mordiéndose el labio inferior, Kendra agarró los dos brazos del títere justo por debajo de los hombros, los desenganchó y se apartó rápidamente de él. Echó a correr a toda velocidad. Oyó que la marioneta gigante la perseguía hasta el borde del estanque, desde donde ella lanzó al agua los dos brazos de madera.

Algo pinzó el hombro de Kendra y la hizo girar como un torbellino hasta caer al suelo. Una fuerza aplastante le presionaba la espalda y la mantenía pegada al suelo. Casi no podía respirar.

Girando el cuello a más no poder, vio a Mendigo encima de ella, usando uno de sus pies para inmovilizarla. ¿Cómo podía ser tan fuerte una criatura que parecía tan enclenque? El punto de la espalda en el que le estaba clavando el pie…, seguro que se le quedaba marcado con un moratón.

Kendra trató de cogerle la otra pierna, con la esperanza de desengancharle el gemelo, pero la marioneta se alejó de ella ejecutando su danza. Por un instante, pareció haberse quedado sin saber qué hacer. Kendra se dispuso a rodar por el suelo para alejarse de él en cuanto le viese volver a la carga e intentase pisotearla otra vez. ¡Ojalá pudiera desengancharle una pierna!

En lugar de ir a por ella, Mendigo echó a correr por el embarcadero. Flotando en el agua estaban los dos brazos de la marioneta. Uno se había movido hasta quedar prácticamente fuera del alcance desde el pantalán. Mendigo se agachó, haciendo equilibrios con mucho cuidado sobre un solo pie, y estiró la otra pierna hacia el brazo que flotaba más cerca.

Justo en el instante en que los dedos del pie rozaron el agua, salió una mano blanca como una flecha y agarró a Mendigo por el tobillo para tirar de él con fuerza. La marioneta se zambulló en el estanque. Kendra aguardó, conteniendo la respiración mientras observaba el agua. El títere bailón no volvió a salir a la superficie.

Retrocedió a toda velocidad hasta los escalones para recoger el cuenco del suelo. Con el recipiente de las lágrimas en las manos, Kendra no se atrevió a correr. En vez de eso, se puso a caminar a paso rápido, procurando no desperdiciar ni una gota de su preciosa carga. Cruzó la pradera de césped, atravesó el arco, retomó el camino y salió a la carretera.

Las estrellas brillaban cada vez con menos fulgor en el lado este del cielo. Kendra apretó el paso por la carretera. Estaba prácticamente segura de que su estatus de protección había dejado de estar vigente. Pero si había tenido que cometer una fechoría, por lo menos le había dado la sensación de que había merecido la pena. Y tenía la impresión de que no iba a ser el último acto malicioso que tendría que cometer aquella noche.

18

Bahumat

Cuando Kendra llegó al establo, un gris preamanecer dominaba el horizonte al este. El itinerario desde el estanque había discurrido sin percances. Del cuenco de plata no había caído ni una sola gota. Rodeó el establo para llegar a la puertecilla que Seth había derribado a patadas y se coló dentro.

La monumental vaca estaba masticando heno de la artesa. Cada vez que Kendra veía a *Viola* se quedaba maravillada de nuevo ante su enormidad. La ubre de la vaca estaba inflada, casi tanto como la primera vez que la habían ordeñado.

Kendra tenía las lágrimas. Ahora necesitaba la leche y la sangre. Dado que la reina de las hadas se había comunicado con ella mentalmente, Kendra se fio de sus primeras impresiones. La leche tenía que ser la de *Viola*. ¿Y la sangre? ¿La suya propia? ¿La de la vaca? Probablemente de las dos, para estar segura. A lo mejor hacía falta sangre de las dos. Pero lo primero, la leche.

Kendra dejó el cuenco de plata en un rincón protegido y fue a por una de las escaleras de mano. Su intención era robar sólo unos cuantos chorritos. No había tiempo para ordeñar la vaca tal como se debería.

Nunca había intentado recoger leche de *Viola*. Seth y ella se habían limitado a aliviarle la presión a la vaca, dejando que la leche se derramara por el suelo. Había un montón de barriles, pero tratar de verter un barril en un cuenco pequeño de plata le parecía casi imposible. Y teniendo en cuenta que, para extraer la leche, estaría dejándose caer por la mama de la ubre, le pareció que le iba a costar lo suyo evitar caerse ella misma dentro del barril.

Localizó una tartera grande, de las que usaba Dale para repartir la leche por el jardín. Perfecto. Fácil de esquivar por ser lo suficientemente pequeña, pero a la vez lo bastante grande para recoger toda la leche que iba a necesitar. Colocó el recipiente debajo de la teta de la vaca, tras calcular dónde chorrearía la leche.

Subió por la escalera y saltó para abrazarse a la carnosa ubre. Salió un buen chorro de leche que empapó el suelo. Sólo cayó en el molde de tartas una pequeña cantidad. Kendra ajustó la posición del recipiente, volvió a subir la escalera y probó de nuevo. Esta vez acertó de pleno y el molde casi se llenó hasta el borde. Incluso se las apañó para caer de pie.

Kendra acercó el molde de tartas adonde había dejado el cuenco de plata. Vertió en él la leche hasta que el cuenco contuvo tres cuartos de su capacidad. Sólo le faltaba la sangre.

Viola mugió atronadoramente, al parecer disgustada por ver interrumpido de repente su ordeño nada más haber empezado.

—Vas a mugir mucho más fuerte aún —murmuró Kendra entre dientes.

¿Cuánta sangre necesitaría? La reina de las hadas no había especificado cantidades. Kendra fue revisando los armarios en busca de alguna herramienta. Acabó con un escardador y otro molde para tartas. Obtener sangre suficiente para verterla al cuenco desde un molde de tartas sería una tarea de lo más desagradable; le daba miedo intentar verter la sangre directamente de su fuente al cuenco y acabar derramándolo todo.

—¡*Viola*! —gritó Kendra—. No sé si me entiendes. Necesito un poco de sangre tuya para salvar Fablehaven. Puede que esto te duela un poco, así que intenta ser fuerte.

La vaca no dio la menor muestra de haber comprendido. Kendra volvió a la teta que había ordeñado hacía un momento. Era la única zona no protegida por pelambre, por lo que se figuró que sería el mejor lugar en el que recoger un poco de sangre.

Subió la escalera sólo un par de peldaños. Quería perforar

268

la mama a baja altura, para que gotease. Si hubiera encontrado un cuchillo, habría tratado de practicarle un corte. Lo único afilado que tenía el escardador eran los pinchos del extremo, por lo que iba a tener que arreglárselas con una herida producida por un pinchazo.

Desde allí arriba, mientras se planteaba la operación de clavarle el escardador, la teta rosada le parecía algo ajeno. Iba a tener que clavar con fuerza. En un animal de semejantes dimensiones, la piel sería más bien gruesa. Se dijo a sí misma que para la gigantesca vaca sería sólo como si se pinchara con una espina del campo. Pero ¿a ella le haría gracia que alguien viniese a clavarle una espina? Probablemente aquello molestaría mucho a la vaca.

Kendra izó el escardador, sosteniendo con la otra mano el molde para tartas.

—¡Lo siento, *Viola*! —gritó, y hundió la herramienta en la elástica carne de la mama. Se metió casi hasta el mango, y *Viola* profirió un mugido de horror.

La enorme mama rebotó contra Kendra, derribándola de la escalera. No soltó la herramienta, por lo que la extrajo de la herida al caer al vacío. La escalera se desplomó en el suelo, a su lado.

Viola se desplazó a un lado y echó arriba la cabeza, y soltó otro mugido. El granero se estremeció y Kendra empezó a oír el crujido de la madera al partirse. La cubierta tembló. Las paredes se combaron y crujieron. Kendra se tapó la cabeza. Unas pezuñas enormes pisotearon el suelo y *Viola* emitió otro mugido largo y lastimero. A continuación, la vaca se serenó.

Kendra levantó la vista. De arriba le caían encima polvo y heno. La sangre resbalaba por la teta y goteaba al suelo.

Al ver que *Viola* se había tranquilizado y que la sangre brotaba libremente, Kendra dejó a un lado el molde de tartas y fue a por el cuenco de plata. Se colocó debajo de la ubre y empezó a recoger gotas de sangre. Una vez había visitado junto a su familia una gruta, y la imagen que veía ahora le recordó el agua que goteaba de una estalactita.

Pronto la mezcla de líquidos del cuenco pasó del blanco al rosa. El flujo de sangre se ralentizó. La parte inferior y la punta de la mama estaban manchadas de sangre. Kendra supuso que sería suficiente.

Fue a sentarse junto a la puertecilla. Ahora le tocaba a su propia sangre. Quizá pudiera simplemente probar con la sangre de la vaca y ver si daba resultado. No, ante todo no debía perder tiempo. ¿Cómo iba a sacarse sangre? De ningún modo iba a utilizar el escardador, salvo que antes lo esterilizase.

Dejó el cuenco en el suelo y rebuscó otra vez dentro de los armarios. Se fijó en un imperdible que estaba prendido en un mono de trabajo. Lo desprendió y corrió hacia el cuenco.

Extendió la mano sobre el cuenco y vaciló sin saber qué hacer. Siempre había aborrecido las agujas, la idea de ser totalmente consciente de que algo estaba a punto de hacerle daño y, pese a ello, tener que soportarlo con serenidad. Pero hoy no era el día idóneo para ponerse tiquismiquis. Apretó los dientes, se pinchó el pulgar con el imperdible y se estrujó la yema hasta que salieron dos gotas de sangre que cayeron a la mezcla del cuenco. Con eso tendría que bastar.

Kendra miró el molde para tartas. Probablemente debería tomar un poco de leche, ya que empezaba un nuevo día. Dio un sorbo. Entonces, cayó en la cuenta de que su familia necesitaría también leche en cuanto se encontrase con ellos.

En uno de los armarios había visto agua embotellada. Kendra fue corriendo a ese armario, eligió una botella, le quitó el tapón de rosca, desechó el contenido y rellenó la botella con la leche que quedaba en el molde de tarta. La botella casi no le cupo en el bolsillo.

Kendra recogió el pequeño cuenco de plata. Removió un poco la solución y salió del granero. Los colores del alba teñían el horizonte a largos trazos. Faltaba poco para el amanecer.

¿Y ahora qué? No se veía ni rastro de hadas. Cuando la reina de las hadas le había comunicado lo que tenía que hacer, Kendra no había sentido la menor duda de que las siervas a las que se refería eran las hadas. Se suponía que tenía que preparar un brebaje que de alguna manera haría que la ayudasen.

¿Qué efecto provocaría? Kendra se dio cuenta de que no tenía la menor idea al respecto. ¿Qué podría provocar? ¿Que de pronto les cayese bien? Y entonces, ¿qué? A falta de otras opciones, tendría que confiar en la seguridad que había notado cuando la reina de las hadas habló con ella mentalmente.

En primer lugar, era preciso encontrar hadas. Deambuló por el jardín. Había una, vestida de naranja y negro de los pies a la cabeza, con unas alas de mariposa a juego.

—¡Oye, hada, tengo una cosita para ti! —exclamó Kendra.

El hada salió disparada hacia ella, miró el cuenco, se puso a parlotear con su vocecilla aguda y se marchó zumbando. Kendra se paseó por el jardín hasta que dio con otra hada y acabó presenciando exactamente la misma reacción. El hada primero se comportó con entusiasmo y a continuación se marchó volando.

Al poco rato, un buen número de hadas volaban hacia Kendra, echaban un vistazo al cuenco y se alejaban por el cielo. Al parecer estaban haciendo correr la voz.

Kendra acabó al lado de la estatua metálica de Dale. Depositó el cuenco en el suelo y se apartó de él, por si su proximidad pudiera estar disuadiendo a las hadas. La mañana se tornaba cada vez más luminosa. Antes de que hubiera transcurrido mucho tiempo, docenas de hadas revoloteaban en círculos por encima del cuenco. Ya no acudían sólo para marcharse acto seguido y a toda velocidad. Estaba formándose una auténtica multitud. De vez en cuando se acercaba una volando justo hasta el filo del cuenco para echar una ojeada a su contenido. Otra incluso apoyó su diminuta mano en el borde. Pero ninguna de ellas probó un solo sorbito. Casi todas permanecían a varios metros de distancia.

La muchedumbre aumentó hasta más de un centenar de hadas. Aun así, ninguna probaba el bebedizo. Kendra procuró ser paciente. No quería ahuyentarlas.

De repente, el sonido de un fuerte viento interrumpió la quietud de la mañana.

Kendra no percibió brisa alguna, pero sí que podía oír a lo lejos un vendaval atronador. Y cuando el sonido del viento se debilitó hasta desaparecer, un feroz rugido resonó por todo el jardín. Las hadas se desperdigaron.

Sólo podía significar una cosa.

—¡Esperad, por favor, tenéis que beberos esto! ¡Vuestra reina me encargó que os lo preparase! —Las hadas volaban de un lado para otro, presas de la confusión—. ¡Deprisa, el tiempo se acaba!

Ya fuera efecto de sus palabras, ya consecuencia de que el sobresalto inicial hubiera cesado, lo cierto es que las hadas se arremolinaron alrededor del cuenco otra vez.

—Probadlo —dijo Kendra—. Dad un sorbo.

Ninguna de las hadas aceptó la invitación. Kendra metió un dedo en el cuenco y probó el elixir. Trató de no poner cara de asco; sabía salado y desagradable.

—Hmm…, qué rico.

Un hada de cabellos negros como el azabache y alas de abejorro se acercó al cuenco. Imitando a Kendra, metió un dedito y probó el brebaje. De pronto, envuelta en un remolino de destellos y chispas, el hada creció hasta medir casi dos metros de alto. Kendra percibió el fértil aroma que había acompañado a la reina de las hadas. El hada agrandada pestañeó sin poder dar crédito a sus ojos, y a continuación se elevó muchísimo por el aire.

272 Las otras hadas se apiñaron sobre el cuenco. Una lluvia de chispas refulgió por todo el jardín a medida que las hadas iban transformándose en versiones de sí mismas a tamaño gigante. Kendra retrocedió, protegiéndose los ojos de aquellos deslumbrantes fuegos artificiales. En cuestión de segundos se vio rodeada de una gloriosa hueste de hadas de tamaño humano, unas de pie en el suelo, pero la mayoría aleteando suspendidas en el aire.

Las hadas medían todas más o menos lo mismo y eran igualmente hermosas, con la alargada musculatura de las bailarinas profesionales. Vestían prendas exóticas de vivos colores. Conservaban sus majestuosas alas y seguían emitiendo luz, aunque el suave fulgor se había convertido en un resplandor brillante. El cambio más notorio era el que habían experimentado sus ojos. La picardía de antes había sido reemplazada por un reflejo severo y vehemente.

Un hada de lustrosas alas color plata y el pelo corto y azul se posó en el suelo delante de Kendra.

—Nos has convocado a una guerra —anunció el hada, hablando con fuerte acento—. ¿Qué ordenas?

Kendra tragó saliva. Un centenar de hadas de tamaño humano ocupaban mucho más espacio que un centenar de hadas diminutas. Antes eran un primor. Ahora resultaban más bien imponentes. No le haría gracia tener de enemigas a estas orgullosas serafinas.

—¿Podéis devolver a Dale a su estado original? —preguntó Kendra.

Un par de hadas se agacharon junto a Dale, pusieron las manos encima de él y le ayudaron a ponerse de pie. Dale miró a Kendra maravillado y ofuscado a la vez, y se palpó el cuerpo, como asombrado de saberse intacto.

—¿Qué está pasando aquí? —preguntó—. ¿Y Stan?

—Las hadas te han curado —le explicó Kendra—. El abuelo y los demás están aún en apuros. Pero me parece… que estas hadas nos van a ayudar.

Kendra volvió a dirigir la mirada a la deslumbrante hada de plata.

—Muriel, la bruja, está intentado soltar a un demonio que se llama Bahumat.

—El demonio está suelto —dijo el hada—. No tienes más que darnos la orden.

Kendra apretó los labios.

—Tenemos que encerrarlo de nuevo. Y a la bruja también. Y tenemos que rescatar a mis abuelos Sorenson, y a mi hermano, Seth, y a Lena.

El hada de cabellos azules asintió en silencio y transmitió las órdenes en un lenguaje musical. Algunas de las hadas se pusieron a rebuscar algo entre las plantas próximas. Sacaron de ellas un arma para cada una. Un hada amarilla sacó una espada de cristal de la tierra de un parterre. Un hada violeta transformó la espina de un rosal en una lanza. El hada de plata con el pelo azul transformó la concha de un caracol en un hermoso escudo. El pétalo de un pensamiento se convirtió en una reluciente hacha en su otra mano.

—Ésta es tu voluntad —confirmó el hada de plata.

—Sí —respondió Kendra en tono firme.

Las hadas alzaron el vuelo todas a la vez. Kendra se volvió para observarlas mientras ellas se alejaban. Entonces, una mano le asió el brazo izquierdo y otra el derecho y se encontró despegando del suelo entre dos hadas: una esbelta albina de ojos negros y una azul con el cuerpo cubierto de suave vello. Kendra reconoció a la azul como el aterciopelado duendecillo de fontana que había visto en el despacho del abuelo.

La repentina aceleración le cortó la respiración. Volaban a escasa distancia del suelo, rozando arbustos, esquivando troncos de árboles y sobrepasando a toda velocidad las ramas que se interponían en su vuelo. Kendra volaba cerca de la retaguardia y desde allí contemplaba maravillada el escuadrón de hadas, que sorteaban todos los obstáculos sin el menor esfuerzo a una velocidad increíble.

La sensación de júbilo era embriagadora. Al volar tan deprisa, el aire en la cara le hacía llorar los ojos. Por debajo vio pasar el estanque con los cenadores. A ese paso llegarían a la Capilla Olvidada al cabo de unos segundos.

Pero ¿qué pasaría cuando llegasen? Se suponía que Bahumat era increíblemente poderoso. Aun así, teniendo en cuenta el batallón de fieras hadas que la rodeaba, Kendra vio que tenían probabilidades.

La chica miró hacia atrás y vio que no había más hadas a su espalda. Al parecer, habían dejado a Dale en el jardín.

El vertiginoso vuelo a través del bosque prosiguió hasta que las hadas de delante subieron abruptamente hacia el cielo. Las escoltas de Kendra siguieron el mismo camino, y ascendieron como flechas hasta dejar abajo las copas de los árboles. El repentino ascenso le dejó la boca seca y el estómago revuelto.

Una vez arriba, vio que ya no se desplazaba. Kendra y sus escoltas se habían quedado suspendidas por encima de los árboles y observaban que el resto del grupo se lanzaba en picado hacia la Capilla Olvidada. Kendra trató de recuperarse de la emoción que representaba para ella el estar volando, con el fin de digerir lo que estaba ocurriendo abajo.

Cuatro criaturas aladas ascendían desde el suelo para acudir al encuentro de las hadas. Las gigantescas gárgolas medían como mínimo tres metros de alto y tenían unas zarpas afiladas como cuchillas y cuernos enroscados como los de los carneros. Unas cuantas hadas se descolgaron del pelotón para bajar a interceptarlos. Las bestias aladas lanzaron zarpazos a sus más pequeñas adversarias, pero las hadas esquivaron diestramente el ataque y respondieron rasgándoles las alas, con lo que las gárgolas se precipitaron al suelo.

Kendra notó un brillo en algún lugar. Era el sol, que asomaba ya por el horizonte.

—Vamos —dijo Kendra a sus escoltas.

Las hadas se lanzaron en picado. Kendra notó que el estómago se le subía a la garganta durante el veloz descenso en dirección a la iglesia. De la puerta de entrada salía un torrente de diablillos de tamaño humano, agitando los puños y siseando a las hadas. Muchas de ellas soltaron las armas y se lanzaron derechas a por los diablillos, y se abrazaron a ellos con saña y los besaron en la boca. ¡Cada diablillo que era besado se transformaba en un hada de tamaño humano, en medio de un radiante estallido de chispas!

Kendra vio al hada plateada del pelo azul plantarle un beso a un obeso diablillo. Al instante, el diablillo se metamorfoseó en una rechoncha hada de alas color cobre. Cuando el hada de plata se alejó volando, el hada rechoncha cogió a otro diablillo, le robó un beso y, con un resplandor, el diablillo se transformó en un hada delgada de aspecto asiático y alas de colibrí.

Las hadas entraron en pelotón en la iglesia. La mayoría no se molestó en entrar por la puerta. Se colaban por las ventanas o se metían por el tejado medio derruido.

Las escoltas de Kendra se colocaron encima de un hueco de la cubierta. Desde allí, Kendra vio a las hadas besar a más diablillos. Otras hadas hacían retroceder a toda una variedad de bestias asquerosas. Un hada se valió de un látigo de oro para estrellar contra la pared a una monstruosidad parecida a un sapo. Otra sujetó a una bestia cubierta de costras por su melena de pelambre blanca y la lanzó por una ventana. Un hada gris con las alas como las de las polillas perseguía a un musculoso minotauro, azuzándole con un chorro de vapor abrasador que manaba del extremo de su vara, hasta obligarlo a salir por la puerta de la iglesia. Muchas de las mugrientas criaturas huían voluntariamente ante la terrible escabechina.

Otras plantaban cara.

275

Un enano diabólico con el pellejo cubierto de escamas negras brincaba por toda la sala haciendo estragos con un par de cuchillos. Una atrocidad parecida a un cruce entre un oso y un pulpo arrasaba el lugar, atizando a las hadas con sus tentáculos. Una criatura grasienta tosía al aire pegotes de baba. Tenía el aspecto general de una tortuga enorme, pero sin caparazón, por lo que su cuerpo venía a ser un charco de amebas conectado a un cuello alargado. Varias hadas se estamparon en el suelo del templo, pues les había pringado las alas con aquella sustancia pegajosa.

Las hadas, impertérritas, contraatacaron. La mitad inferior del enano quedó convertida en piedra. Con los tentáculos seccionados, el pulpo-oso se batió en retirada. Un chorro de agua ahuyentó a la grasienta criatura. Algunas hadas asistían a sus compañeras caídas, para curarles las heridas y quitarles la baba.

Cuando la sala quedó despejada, las hadas se lanzaron en tropel por la puerta que daba al sótano.

—¡Llevadme al sótano! —gritó Kendra.

Sus escoltas respondieron de inmediato, tanto que estuvieron a punto de provocarle un traumatismo cervical al lanzarse en picado al interior de la iglesia y deslizarse por el aire en dirección a la puerta del sótano. Las hadas tuvieron que replegar las alas para bajar por las escaleras, así que Kendra bajó los escalones corriendo junto con el hada aterciopelada y el hada albina.

El sótano se había agrandado. Se había hecho una excavación y una reforma a gran escala. Ahora era más profundo, más ancho y más largo. La hornacina del fondo también había aumentado de tamaño y estaba totalmente libre de cuerdas anudadas.

Ya no estaba iluminado tan intensamente como antes, si bien las hadas portaban consigo su propia luminosidad. En las paredes, unas espantosas tallas miraban burlonas hacia el centro de la sala. En un rincón había una pila de extraños tesoros: ídolos de jade, cetros con puntas y máscaras con incrustaciones de gemas.

Kendra registró la sala con la mirada en busca de su fami-

lia. El más fácil de encontrar fue Seth. Estaba dentro de un tarro enorme, con una tapa provista de orificios para permitirle
respirar. Dentro había también unas cuantas hojas y ramas. No
había aumentado su estatura, pero parecía tener cien años de
edad. Su cara estaba surcada de arrugas curvilíneas, y sólo le
quedaban unos pocos mechones de pelo blanco en la coronilla.
Apoyó la palma reseca de una mano contra el cristal.

Kendra adivinó que el orangután encadenado a la pared era
el abuelo. Y el enorme pez gato que nadaba en el tanque de
agua, a su lado, debía de ser seguramente Lena. De la abuela no
vio ni rastro.

Flanqueada por sus escoltas, Kendra cruzó la sala como
una flecha para ir al encuentro de sus familiares. Montones de
asquerosos diablillos se las veían con multitud de hadas. Las
escaramuzas no duraron mucho, pues enseguida los besos
transformaron a los diablillos en los seres que habían sido originalmente.

Kendra llegó hasta el tarro gigante.

—¿Te encuentras bien, Seth?

Su hermano asintió débilmente. Su sonrisa reveló unas encías desdentadas.

Un diablillo con los labios contraídos para mostrar los dientes saltó sobre Kendra. El hada azul aterciopelada atrapó a la
criatura en mitad del vuelo y le pegó los brazos a los costados.
Se parecía al diablillo que horas antes había apresado a su hermano. El hada albina alzó el vuelo y dio al diablillo un beso en
la boca, y éste se transformó en un hada despampanante, con
cabellos rojo encendido y alas iridiscentes de libélula.

Seth empezó a dar golpecitos contra el cristal. Estaba señalando al hada, muy alterado. Kendra comprendió que se trataba del hada que su hermano había transformado sin querer.

El hada pelirroja se acercó al tarro, agitando al mismo tiempo un dedo a modo de reprimenda en dirección a Seth.

—Lo siento —dijo Seth vocalizando mucho para que le en-
tendiera desde el otro lado del cristal. Juntó las manos e hizo
un gesto de súplica.

El hada le observó detenidamente con los ojos entrecerrados. A continuación, chasqueó los dedos y el tarro se hizo añi-

cos. Se inclinó hacia delante y besó a Seth en la frente. Las arrugas se le alisaron y los cabellos volvieron a crecerle, y en un instante volvió a tener su aspecto de siempre.

Kendra sacó la botella de leche del bolsillo y se la pasó a Seth.

—Guarda un poco para la abuela y para el abuelo.

—Pero si puedo ver...

Un rugido desgarrador estremeció toda la sala. Una criatura que no podía ser otra que Bahumat emergió del interior de la hornacina. El aborrecible demonio era tres veces más alto que un hombre y tenía una cabeza de dragón coronada con tres cuernos. El demonio caminaba erguido, contaba con tres brazos, tres piernas y tres colas. Unas grasientas escamas negras, rematadas con unas afiladas cerdas de púas, cubrían su grotesco cuerpo. Sus ojos malévolos tenían un brillo de retorcida inteligencia.

A un lado de Bahumat flotaba la espectral mujer que Kendra había visto al otro lado de su ventana en la noche del solsticio de verano. Sus ropajes color ébano flotaban en el aire de manera antinatural, como si su dueña estuviese bajo el agua. La fantasmal aparición hizo pensar a Kendra en el negativo de una fotografía.

Al otro lado de Bahumat estaba Muriel, ahora ataviada con un vestido largo, negro como la noche. Miró lascivamente a las hadas y luego dedicó una mirada de confianza al impresionante demonio.

En la sala no quedaba ningún diablillo. Una nutrida multitud de resplandecientes hadas hacía frente a estos últimos adversarios.

Bahumat se agachó. A su alrededor se formó una densa negrura. El demonio saltó hacia delante emitiendo un rugido parecido a mil cañones que disparasen a la vez. Un manto de sombra negra fluyó desde Bahumat, cual una oleada de brea. La sala quedó sumida en la más absoluta oscuridad. Kendra tuvo la sensación de haberse quedado ciega. Incluso tapándose los oídos con las manos, el prolongado bramido del demonio resultaba prácticamente ensordecedor.

La sombra que había emitido Bahumat parecía carente de

toda sustancia. Era simplemente tiniebla. ¿Dónde se habían metido las hadas? ¿Dónde estaba su luminosidad?

El suelo tembló y un sonido parecido al de una avalancha se impuso al rugido de demonio. De repente, la luz del día inundó la habitación. Kendra alzó la vista y contempló un cielo azul. Los rayos oblicuos del sol naciente bañaban el sótano. ¡La iglesia entera había saltado por los aires!

Descendiendo desde lo alto y atacando desde todas direcciones, las hadas se echaron sobre Bahumat como un enjambre. El demonio fustigó a un hada con una de sus colas, mientras arañaba a otra con un movimiento increíblemente veloz de las zarpas. Chascando con las mandíbulas, la criatura engulló entera a un hada amarilla. Muchas otras fueron cayendo. Mientras la mayoría atacaba, otras asistían a las heridas, curándolas a casi todas rápidamente.

Muriel permanecía en su sitio con una pose teatral, entonando un cántico hecho de palabras apenas audibles que iban encadenándose unas a otras casi por un hilo. Un par de hadas a su lado se convirtieron en cristal y se hicieron añicos. Alargó una mano retorcida y otra hada se convirtió en cenizas y se desintegró en una nube gris.

De la mujer espectral salieron unas largas lenguas de tela negra que, flotando por el aire, se enredaron en las hadas que estaban más cerca. Las hadas así cazadas empezaron a perder su lustre y a marchitarse. Apareció entonces el hada de plata y con su hacha de fuego rasgó la tela. Se le unieron otras hadas, que usaron sus relucientes espadas para cortar la negra tela.

Las hadas que se arremolinaban alrededor de Bahumat sujetaban ahora unas sogas. Se asemejaban a las cuerdas que habían formado la malla de sogas por delante de la hornacina, con la diferencia de que ahora parecían tejidas de oro. Bahumat no paraba de rugir y repartir zarpazos a diestro y siniestro y de morder, pero las cuerdas estaban empezando a entorpecer sus movimientos. En las cuerdas iban formándose nudos. La dragónica criatura perdía fuelle. Cerró de golpe sus poderosas mandíbulas, rasgando con ello la sedosa ala de un hada que lucía manchas de mariquita.

La mujer espectral se dio la vuelta y se alejó flotando por el

279

aire, pero sus etéreos ropajes ya no parecían flotar como antes. Las hadas no hicieron el menor caso de su huida. Un par de hadas habían apresado a Muriel y ahora la empujaron al lado de Bahumat. Pronto estuvo atada al demonio con aquellas cuerdas rubísimas. Y se puso a proferir alaridos al ver que el cuerpo volvía a arrugársele de viejo y el vestido se le convertía en harapos.

Tres hadas se posaron encima de la cabeza del demonio. Cada una agarró un cuerno y se los arrancaron. El demonio gimió de dolor. Docenas de hadas asieron las cuerdas que ataban al demonio y obligaron a Bahumat a entrar de nuevo en la hornacina. Afanosamente, las hadas se pusieron a tejer una malla con las cuerdas llenas de nudos para tapar la entrada.

Kendra se dio la vuelta. El hada azul aterciopelada hizo un ademán en dirección al orangután y los grilletes que lo mantenían pegado a la pared se abrieron y cayeron al suelo. Otro gesto más, y un resplandor convirtió al orangután en el abuelo Sorenson.

El hada albina sacó del acuario al pez gato, que empezó a agitarse con convulsiones. Y lo transformó en Lena.

—¿Y mi abuela? —clamó Kendra.

El hada pelirroja que había liberado a Seth se acercó al acuario y levantó con los dedos una babosa, pequeña y pútrida, que había estado aferrándose a un lado del cristal justo por encima del agua. Y la transformó en la abuela.

La abuela Sorenson se frotó las sienes.

—Y yo que pensaba que de gallina había tenido la mente empanada —musitó.

El abuelo corrió hacia ella y la abrazó.

—¿Necesitas leche? —preguntó Kendra, tendiendo la botella en dirección a su abuelo.

Él negó con la cabeza.

—Como no hemos dormido, el velo aún no nos ha cubierto los ojos.

Un grupo de hadas se apiñó junto a la hornacina y extendieron los brazos con las palmas hacia abajo. Arena, barro y piedra empezaron a mezclarse como en un remolino y a amontonarse hasta hacer que Hugo volviera a cobrar vida. El golem se desperezó y soltó un gruñido digno de medirse con los rugidos del desaparecido demonio.

Las hadas se afanaron para curarse unas a otras, arreglándose mutuamente las alas desgarradas o cerrándose heridas. Un grupito formó un corro de hadas y extendieron los brazos; entonces, los fragmentos de cristal se pegaron entre sí, adoptaron la forma de un par de hadas y éstas volvieron a la vida. Otras cuantas hadas se cogieron de las manos y se pusieron a zumbar con las alas. El revuelo formó una polvareda de cenizas algo dispersa, pero no conseguían que las partículas se fusionaran. Las hadas fueron soltándose las manos y la nube de cenizas se dispersó. Al parecer, iba a resultar imposible rescatar a algunas de las hadas desaparecidas.

Unas cuantas hadas asieron a Hugo y lo sacaron volando del sótano. Otras hicieron lo mismo con el abuelo, con la abuela, con Lena, con Seth y con Kendra. En volandas otra vez, Kendra pudo contemplar el panorama de la iglesia, completamente destruida. Los escombros estaban esparcidos por todo el claro y ocupaban un par de cientos de metros. No era que la Capilla Olvidada hubiese saltado simplemente por los aires; es que había sido totalmente arrasada.

Las hadas los depositaron bien lejos de los escombros y del sótano. A todos excepto a Lena. Dos hadas se la llevaban de allí. La ex náyade estaba teniendo unas palabritas con ellas, en un idioma extranjero, y trataba de zafarse de sus manos.

Kendra tocó el brazo del abuelo Sorenson y señaló con la barbilla en dirección a la trifulca.

—Ahí no podemos meternos —dijo, y suspiró mientras seguía con la mirada a las hadas que se llevaban a Lena por los aires. Rodeaba con un brazo a la abuela, a la que tenía bien abrazada junto a sí.

—¡Eh! —gritó Kendra—. ¡Traed aquí a Lena!

Las hadas que se llevaban a Lena no le prestaron la menor atención y se perdieron de vista por el interior del bosque.

El resto de las hadas se congregaron encima del sótano y formaron un enorme corro volador. Con todos los diablillos que habían ganado para su bando, ahora eran más del triple que al principio. Kendra había visto caer a muchas hadas durante el combate, pero la mayoría habían sido resucitadas y curadas por obra de la magia de sus compañeras.

Las radiantes hadas levantaron todas juntas los brazos y se pusieron a cantar. La música sonaba improvisada, llena de cientos de melodías que se entrelazaban unas con otras, prácticamente sin armonía. Al cantar, el suelo del claro empezó a ondularse. Los escombros de la iglesia fueron deslizándose por el suelo, amontonándose estrepitosamente encima del sótano abierto. El suelo empezó a crujir. Las paredes del sótano se desmoronaron. El espacio circundante se plegó sobre sí y engulló el sótano. El terreno se agitaba como un mar encabritado.

Cuando cesaron las ondulaciones, el sótano había quedado sustituido por un montecillo. El coro de hadas se volvió más agudo y estridente. Por todo el claro y por encima del montecillo empezaron a brotar flores silvestres y árboles frutales, que parecieron alcanzar su máximo esplendor en cuestión de segundos. Al final cesaron los cánticos y una alegre colina cubierta de un fragante conjunto de brillantes flores y árboles frutales con los frutos maduros ocupó el lugar de la Capilla Olvidada.

—Por su culpa Hugo parecía una mariquita —se quejó Seth.

La legión de hadas se acercó volando hasta ellos, los levantaron del suelo uno a uno y los llevaron a casa en un vuelo vertiginosamente veloz. Kendra estaba dichosa de verse formando parte de la mercurial comitiva y exultante de alegría ante el feliz desenlace de aquella noche aciaga. Seth fue todo el camino aullando de emoción, como si estuviese montado en la montaña rusa más alucinante del planeta.

Finalmente, las hadas los depositaron en el jardín, donde los esperaba Dale.

—Ahora sí que lo he visto todo —dijo al tiempo que las hadas dejaban al abuelo y a la abuela Sorenson junto a él.

El hada del pelo corto azul y de las alas de plata se puso frente a Kendra.

—Gracias —dijo Kendra—. Lo habéis hecho de maravilla. Estaremos siempre en deuda con vosotras.

El hada de plata asintió simplemente una vez, con los ojos muy brillantes.

Entonces, como respondiendo a una señal, las hadas se apiñaron alrededor de Kendra y fueron dándole un beso rápido una por una. Cada vez que recibía un beso, el hada que se lo había dado recuperaba su tamaño anterior en medio de una nube de destellos y a continuación salía volando como una flecha. La rápida sucesión de besos iba acompañada de unas sensaciones embriagadoras. Una vez más, Kendra olió los aromas terrosos de la reina de las hadas, el aroma de un suelo rico y de flores jóvenes. Notó sabores de miel, de fruta y de bayas, todos incomparablemente dulces. Oyó la música de la lluvia, el llanto del viento y el rugido del mar. Notó algo parecido a que el calor del sol la abrazase y fluyese a través de su cuerpo. Las hadas le besaban los ojos, las mejillas, las orejas, la frente.

Cuando la hubieron besado las últimas de las más de trescientas hadas, Kendra se tambaleó hacia atrás y se sentó de culo en la hierba. No sintió dolor alguno. De hecho, le extrañó un poco no verse flotando por el aire, de tan liviana y borracha como se sentía.

El abuelo y Dale ayudaron a Kendra a levantarse.

—Me apuesto lo que sea a que esta jovencita tiene toda una historia que contarnos —dijo el abuelo—. Y también apostaría a que ahora no es el mejor momento para eso. Hugo, ve a ocuparte de tus labores.

Dale ayudó a Kendra a entrar en la casa. Se sentía eufórica y distante. Se alegraba de que su familia estuviera sana y salva. Pero a la vez se sentía tan inexplicablemente dichosa, y tan remotos le parecían ahora todos los problemas de la noche anterior, que empezó a preguntarse si no habría sido todo un sueño surrealista.

El abuelo cogió a la abuela de las manos.

—Siento haber tardado tanto en hacerte volver —dijo él en voz baja.

—Puedo adivinar las razones —respondió ella—. Tenemos que hablar sobre eso de que te hayas comido mis huevos.

—No eran tuyos —protestó el abuelo—. Eran los huevos de la gallina en cuyo cuerpo habitabas.

—Me alegro de que seas tan desapegado.

—Todavía quedan unos cuantos en la nevera.

283

Kendra se tropezó al subir los escalones del porche. El abuelo y Dale la ayudaron a subir y a entrar en la casa. ¡Los muebles estaban otra vez en su sitio! Casi todos ellos habían sido reparados, con alguna que otra alteración. Un sofá había sido reconvertido en silla. Unas cuantas pantallas de lámpara estaban hechas de material diferente. El marco de un cuadro había quedado aderezado con incrustaciones de gemas.

¿Tan rápido habían podido trabajar los duendes? A Kendra se le cerraban los ojos. El abuelo llevaba de la mano a la abuela y le susurraba algo al oído. Seth parloteaba, pero no se entendía lo que decía. Dale la sujetaba por los hombros para guiar sus pasos. Casi habían llegado a las escaleras, pero Kendra ya no podía tener los ojos abiertos más tiempo. Notó que se desplomaba, y que unas manos la agarraban, y entonces perdió la conciencia.

19

Adiós a Fablehaven

$\mathcal{K}$endra y el abuelo iban recostados dentro de la carreta mientras Hugo los llevaba por la camino de tierra, andando con parsimonia. La mañana estaba despejada y soleada, con sólo unas pocas nubes altas y diluidas, apenas visibles, cual accidentales pinceladas sobre un lienzo azul. Iba a ser un día de mucho calor, pero de momento la temperatura resultaba agradable.

Un par de hadas se acercaron volando a la carreta y saludaron a Kendra con la mano. Ella les devolvió el saludo y las hadas ganaron velocidad, volando alrededor la una de la otra. El jardín estaba otra vez lleno de hadas, y todas prestaban una atención especial a Kendra. Cada vez que ella daba muestras de verlas, parecían alegrarse mucho.

—Desde que ocurrió todo, no hemos tenido realmente un momento para charlar —observó Kendra.

—Te has pasado la mitad del tiempo durmiendo —respondió el abuelo.

Era verdad. Después del tormento, se había tirado dos días y dos noches durmiendo sin parar: un récord personal.

—Todos aquellos besos me dejaron exhausta —dijo.

—¿Tienes ganas de ver por fin a tus padres? —preguntó el abuelo.

—Sí y no. —Habían pasado tres días desde que Kendra se había despertado. Sus padres iban a ir a recogerlos esa misma tarde—. Estar en casa va a ser un rollo después de todo lo que hemos vivido aquí.

—Bueno, tendréis unos cuantos demonios menos de los que preocuparos.

Kendra sonrió.

—Cierto.

El abuelo se cruzó de brazos.

—Lo que hiciste fue tan extraordinario que no sé cómo hablar de ello.

—A mí apenas me parece real.

—Oh, fue real. Solucionaste una situación irreparable, y de paso nos salvaste la vida a todos. Hace siglos que las hadas no intervenían en una guerra. En ese estado, su poderío prácticamente no tenía rival. Bahumat no tuvo la menor oportunidad. Lo que hiciste requirió tanto valor, y estaba tan abocado al fracaso, que no se me ocurre pensar en nadie que yo conozca que se hubiera atrevido siquiera a intentarlo.

—Para mí fue como si se tratase de mi única esperanza. ¿Por qué crees que la reina de las hadas quiso ayudarme?

—Estoy tan perdido como tú. A lo mejor para salvar la reserva. A lo mejor percibió la sinceridad de tus intenciones. Tu juventud debió de ser un punto a tu favor. Estoy seguro de que las hadas prefieren mil veces seguir a una chiquilla a una guerra que a un pomposo general. Pero lo cierto es que jamás hubiera imaginado que algo así funcionara. Fue un milagro.

Hugo detuvo la carreta. El abuelo se apeó y ayudó a bajar a Kendra. Ella llevaba el pequeño cuenco de plata que había cogido en la isla. Empezaron a bajar por una tenue vereda en dirección a un arco abierto en un seto alto y descuidado.

—Se me hace raro no tener que beber más esa leche —dijo Kendra.

La noche que se despertó después de la ronda de besos de las hadas, cuando se asomó a la ventana vio hadas revoloteando por todo el jardín. Tardó unos segundos en darse cuenta de que ese día aún no había probado una gota de leche.

—Reconozco que eso me tiene algo preocupado —dijo el abuelo—. Las criaturas fantásticas no viven recluidas únicamente dentro de estas reservas. La ceguera de los mortales puede ser una bendición. Ve con cuidado cuando mires.

—Yo prefiero ver las cosas tal como son —declaró Kendra.

Cruzaron el arco del seto. Un grupo de sátiros estaban jugando a perseguir a varias esbeltas doncellas que lucían flores en el pelo. El bote de pedales flotaba a la deriva en mitad del estanque. Las hadas se acercaban y volaban a ras del agua, para alzar el vuelo a continuación entre los cenadores.

—Tengo curiosidad por saber qué otros cambios han obrado en ti las hadas —dijo el abuelo—. Es la primera vez que conozco un caso como el tuyo. ¿Me lo contarás si descubres alguna otra rareza?

—¿Como si soy capaz de convertir a Seth en una morsa?

—Me alegro de que puedas bromear con el asunto. Pero te hablo en serio.

Subieron los escalones del pabellón más próximo.

—¿Lo lanzo sin más? —preguntó Kendra.

—Creo que sería lo mejor —dijo el abuelo—. Si el cuenco vino de esa isla, tendrías que devolverlo.

Kendra lanzó el cuenco como si de un *frisby* se tratase. Acabó cayendo al agua. Casi de inmediato, una mano salió disparada del agua y lo cogió.

287

—Qué velocidad —dijo Kendra—. Probablemente terminará junto a Mendigo.

—Las náyades respetan a la reina de las hadas. Se asegurarán de que el cuenco acabe donde tiene que estar.

Kendra miró el embarcadero.

—Es posible que no te conozca —dijo el abuelo.

—Sólo quiero despedirme, tanto si lo entiende como si no.

Fueron por la pasarela de tablones de madera hasta llegar al cenador de al lado del embarcadero. Kendra recorrió todo el pantalán hasta el final. El abuelo se quedó unos pasos detrás de ella.

—Recuerda: no te acerques demasiado al agua.

—Ya lo sé —replicó Kendra.

La chica se inclinó para mirar las aguas del estanque. Estaban mucho más claras que por la noche. Al darse cuenta de que la cara que la estaba mirando no era su propio reflejo, dio un brinco. La náyade parecía una niña de unos dieciséis años, con los labios carnosos y una abundante melena dorada alrededor de una cara en forma de corazón.

—Quiero hablar con Lena —dijo en voz bien alta y vocalizando exageradamente cada sílaba.

—Puede que no acuda —dijo el abuelo.

La náyade seguía mirándola fijamente.

—Trae a Lena, por favor —repitió Kendra. La náyade se marchó nadando—. Vendrá —dijo Kendra con seguridad.

Aguardaron. No venía nadie. Kendra observó el agua atentamente. Hizo bocina con las manos y exclamó:

—¡Lena! ¡Soy Kendra! ¡Quiero hablar contigo!

Transcurrieron varios minutos. El abuelo esperó con ella pacientemente. Entonces, un rostro ascendió del fondo hasta casi la superficie del agua, justo en el extremo del muelle. Era Lena. Seguía teniendo el pelo blanco con algún que otro mechón negro. Aunque no parecía más joven que antes, su rostro poseía la misma cualidad intemporal de siempre.

—Lena, hola, soy Kendra, ¿te acuerdas de mí?

Lena sonrió. Tenía la cara a apenas dos centímetros de la superficie.

—Sólo quería despedirme. Me encantaba hablar contigo, de verdad. Espero que no te importe volver a ser una náyade otra vez. ¿Estás enfadada conmigo?

Lena indicó por gestos a Kendra que se acercase un poco más. Se llevó una mano a la boca como si quisiera contarle un secreto. Sus ojos con forma de almendra lucían una expresión alegre y emocionada. No casaban con los cabellos canos. Kendra se dobló un poco por la cintura.

—¿Qué? —preguntó.

Lena puso los ojos en blanco y le hizo gestos para que se acercase más. Kendra se agachó un poquito más y, en el preciso instante Lena sacaba el brazo para agarrarla, el abuelo Sorenson tiró de ella hacia atrás.

—Te lo dije —dijo el abuelo—. No es la misma mujer que conociste en casa.

Kendra se inclinó lo justo para poder echar un vistazo desde el borde del embarcadero. Lena le sacó la lengua y se alejó buceando.

—Por lo menos no está sufriendo —dijo Kendra.

El abuelo la llevó al cenador otra vez, sin decir nada.

—Ella me contó que jamás elegiría recuperar su vida de ná-yade —comentó Kendra al cabo de un ratito—. Más de una vez me lo dijo.

—Estoy seguro de que lo decía en serio —dijo el abuelo—. Desde donde yo me encontraba, no me pareció que se fuera de buena gana.

—Yo también me fijé. Tenía miedo de que estuviera su-friendo. Creí que a lo mejor nos necesitaba para que la rescatá-semos.

—¿Te has quedado satisfecha? —preguntó el abuelo.

—Ni siquiera estoy segura de si se acordaba de mí —reco-noció Kendra—. Al principio creí que sí, pero me apuesto lo que sea a que estaba fingiendo, haciendo lo posible para que me acercase lo suficiente para tirar de mí y ahogarme.

—Probablemente.

—No echa de menos ser humana.

—No desde su punto de vista actual —coincidió el abue-lo—. Del mismo modo que ser una náyade no debía de pare-cerle muy enriquecedor desde el punto de vista de los mor-tales.

—¿Por qué las hadas le habrán hecho esto?

—No creo que para ellas fuese un castigo. Seguramente Lena ha sido víctima de la mejor de las intenciones.

—Pero iba discutiendo con ellas. No quería acompañarlas.

El abuelo se encogió de hombros.

—Puede que las hadas supieran que, una vez recuperase su forma anterior, cambiaría de idea. Y parece que estaban en lo cierto. Recuerda que las hadas experimentan la existencia igual que las náyades. Desde su punto de vista, Lena estaba loca por querer ser mortal. Seguramente pensaban que iban a curarle la locura.

—Me alegro de que devolviesen a todo el mundo su forma anterior —dijo Kendra—. Sólo que con Lena se pasaron de la raya.

—¿Estás segura? Lena era una náyade en su origen.

—No le agradaba la idea de envejecer. Por lo menos así no se morirá. Ni se hará más vieja.

—No, eso es verdad.

—Aun así, creo que prefería ser humana.

El abuelo arrugó el entrecejo.

—Puede que tengas razón. La verdad sea dicha: si yo conociera el modo de reclamar la devolución de Lena, no dudaría en hacerlo. Estoy convencido de que, una vez convertida de nuevo en mortal, nos estaría agradecida. Pero una náyade sólo puede descender al nivel mortal por propia voluntad. En su estado actual, dudo de que eligiese eso. Estoy seguro de que está muy desorientada. A lo mejor con el tiempo ve las cosas con algo de perspectiva.

—¿Cómo es ahora la vida para ella?

—No hay forma de saberlo. Por lo que sé, se trata de una situación excepcional. Sus recuerdos de su vida mortal han quedado distorsionados, al parecer, si es que conserva alguno.

Kendra se retorció inconscientemente la manga de la camisa, con un gesto de dolor en el rostro.

—Entonces, ¿simplemente la dejamos aquí?

—De momento. Haré unas pesquisas y meditaré sobre la cuestión. No te preocupes demasiado. Lena no querría que sufrieras por ello. La alternativa era ser devorada por un demonio. A mí me pareció que estaba conforme.

Iniciaron el regreso a la carreta.

—¿Qué pasa con la Sociedad del Lucero de la Noche? —preguntó Kendra—. ¿Siguen siendo una amenaza? Muriel dijo que estaba en contacto con ellos.

El abuelo se mordió el labio inferior.

—Esa sociedad representará una amenaza siempre que siga existiendo. Es difícil que un visitante que no ha sido invitado tenga permiso para entrar en una reserva, ya sea mortal o no. Hay quien diría que es imposible, pero la sociedad ha dado repetidas muestras de tener recursos para sortear obstáculos considerados imposibles de vencer. Por fortuna, hemos frustrado sus intentos de utilizar a Muriel para liberar a Bahumat y para apoderarse de la reserva. Pero ahora sabemos que están enterados de la ubicación de Fablehaven. Tendremos que estar más alerta que nunca.

—¿Qué artefacto secreto se guarda aquí?

—Es una lástima que tu abuela tuviera que compartir con

vosotros ese secreto. Soy consciente de que era una medida de precaución, por si los dos quedábamos incapacitados. Pero esa información es una carga terrible para que la lleven unos niños. Jamás deberás hablar de ello con nadie. He tratado de inculcar esta misma idea a Seth… Que el Cielo nos proteja. Yo soy el responsable de Fablehaven, y apenas sé nada sobre el artefacto, salvo que está escondido en algún lugar de esta finca. Si los miembros de la Sociedad del Lucero de la Noche saben que el artefacto se encuentra aquí, y tenemos motivos de sobra para creer que lo saben, no se detendrán ante nada para penetrar nuestras defensas y echarle el guante.

—¿Qué vais a hacer? —preguntó Kendra.

—Lo que hacemos siempre —dijo el abuelo—: consultar con nuestros aliados y tomar todas las medidas necesarias para garantizar que nuestras defensas sigan intactas. Hace siglos que esa sociedad conoce la ubicación de docenas de reservas, y aun así no ha conseguido infiltrarse en ellas. Puede que ahora nos dediquen algo más de atención, pero si no bajamos la guardia, poco pueden hacer.

291

—¿Y la dama fantasma? ¿La que escapó mientras las hadas encerraban a Bahumat?

—No conozco su historia, aparte de que evidentemente actuaba en connivencia con nuestros enemigos. Nunca he conocido a muchos de los seres siniestros que merodean por los rincones inhóspitos de Fablehaven.

Llegaron a la carreta. El abuelo ayudó a Kendra a montarse y luego subió él.

—Hugo, llévanos a casa.

Se pusieron en camino en silencio. Kendra reflexionó sobre todo lo que habían hablado: el sino de Lena y la amenaza inminente de la Sociedad del Lucero de la Noche. La noche funesta que a Kendra le había parecido el fin de todos sus problemas empezaba a parecerle ahora como si hubiese sido el principio.

Más adelante, a un lado de la carretera, vieron a Dale, que estaba trabajando con el hacha en un árbol caído, para convertirlo en leña. Empapado de sudor, blandía el hacha agresivamente. Cuando la carreta pasó por su lado, Dale levantó la vista hacia Kendra. Ella sonrió y le saludó con la mano. Dale le dedicó una tensa sonrisa y apartó la mirada, antes de retornar a su quehacer.

Kendra arrugó la frente.

—¿Qué le pasa últimamente a Dale? ¿Crees que haber sido convertido en una estatua de plomo ha podido dejarle traumatizado?

—Dudo de que sintiera algo. Se está torturando por otra cosa.

—¿El qué?

—No le digas ni una palabra a él. —El abuelo guardó silencio unos segundos, miró atrás, a Dale, y prosiguió—: Se siente mal porque su hermano Warren no estuviera presente cuando las hadas estaban curando a todo el mundo.

—La abuela me contó que el hermano de Dale es catatónico. Yo aún no le he visto. ¿Las hadas habrían podido ayudarle?

El abuelo se encogió de hombros.

—Teniendo en cuenta que volvieron a llevar a Lena al agua, que devolvieron a los diablillos a su estado anterior de hadas y que rehicieron a Hugo a partir de un montón de barro, sí, imagino que habrían podido curar a Warren. En teoría, toda magia que haya sido llevada a cabo puede deshacerse igualmente. —El abuelo se rascó la mejilla—. Tienes que comprenderlo, la semana pasada yo habría dicho que no había forma humana de curar a Warren. Créeme, he investigado la cuestión a fondo. Pero tampoco había oído nunca que un diablillo pudiera volver a su estado de hada. No es algo que pase, simplemente.

—Ojalá se me hubiese ocurrido —dijo Kendra—. Ni siquiera pensé en él.

—No es culpa tuya, ni mucho menos. Warren simplemente no estaba en el lugar adecuado en el momento oportuno. Yo doy gracias por que el resto de nosotros sí.

—¿Cómo entró Warren en ese estado?

—Eso, querida mía, es parte del problema. No tenemos ni idea. Estuvo tres días desaparecido. Al cuarto, regresó, blanco como una sábana. Se sentó en el jardín y desde entonces no ha dicho ni una palabra a nadie ni ha respondido a nada. Es capaz de masticar la comida, y de caminar si se le lleva de la mano. Incluso es capaz de hacer tareas sencillas si le enseñas cómo. Pero no hay comunicación. Tiene la mente en blanco.

Hugo se detuvo en el lindero del jardín. El abuelo y Kendra bajaron de la carreta.

—Hugo, ocúpate de tus labores.

El golem levantó la carreta y se marchó.

—Voy a echar de menos este lugar —dijo Kendra, al tiempo que abarcaba con la vista las brillantes flores que cuidaban unas hadas resplandecientes.

—Tu abuela y yo hemos esperado mucho tiempo para encontrar a alguien como tú entre nuestros descendientes —dijo el abuelo—. Confía en mí. Volverás.

—Kendra —la llamó la abuela desde la planta baja—. ¡Han llegado tus padres!

—Enseguida bajo.

A solas en el cuarto de juegos, Kendra se sentó en su cama. Seth estaba ya abajo. Kendra había preparado sus maletas y había ayudado a su hermano con las suyas.

Suspiró. El día que sus padres les habían traído, ella había empezado a contar los días que faltaban para que volviesen a por ellos. Ahora casi se sentía reacia a verlos. Como ellos no sabían nada sobre la mágica naturaleza de la reserva, no habría manera de poder contarles lo que había vivido allí. La única persona a la que podría contárselo era Seth. Cualquier otro pensaría que estaba chiflada.

Sólo de pensarlo ya se sentía aislada.

Cruzó la habitación en dirección al cuadro que había pintado del estanque. Era un recuerdo perfecto de su estancia allí, un dibujo numerado trazado por una náyade que describía el escenario en el que se había desarrollado el acto más valeroso de toda su vida.

Con todo, no estaba segura de si llevárselo o no. ¿Provocaría aquella imagen demasiados recuerdos dolorosos? Muchas de las experiencias que había vivido en ese lugar habían sido espantosas. Ella y su familia habían estado a punto de morir. Y cuando Lena regresó al estanque, ella se había quedado sin su nueva amiga.

Al mismo tiempo, el cuadro podría hacerle añorar el mundo encantado de la reserva. Eran tantos los aspectos de Fablehaven que resultaban maravillosos... Después de los extraordinarios acontecimientos de las últimas dos semanas, la vida iba a parecerle demasiado sosa.

Fuera como fuese, tal vez el cuadro le haría sufrir. Pero, por supuesto, esos recuerdos persistirían con o sin el cuadro del estanque. Así que lo cogió.

El resto de las maletas estaban ya en la plata baja. Kendra echó un último vistazo al cuarto de juegos, atesorando en su memoria hasta el último detalle, y salió por la puerta. Bajó las escaleras, recorrió el pasillo y empezó a bajar las escaleras que daban al vestíbulo.

Sonriéndole desde abajo estaban su madre y su padre. Los dos habían ganado peso notablemente, sobre todo él, que parecía haber engordado casi diez kilos. Seth estaba al lado de su padre, abrazando su dibujo del dragón.

—¡Tú también has hecho un cuadro! —exclamó su madre—. ¡Kendra, es precioso!

—Algo me ayudaron —respondió la chica, que llegaba ya al pie de las escaleras—. ¿Qué tal el crucero?

—Tenemos un montón de buenos recuerdos —respondió su madre.

—Parece que papá ha comido caracoles hasta reventar —comentó Seth.

El hombre se acarició la panza.

—Nadie me avisó sobre todos aquellos postres.

—¿Estás lista, cariño? —preguntó su madre, que rodeó los hombros de Kendra con el brazo.

—¿No vais a echar un vistazo? —preguntó Kendra.

—Estuvimos dando un paseo por fuera mientras estabas arriba, y recorrimos las habitaciones de aquí abajo. ¿Hay algo en concreto que quieras enseñarnos?

—En realidad no.

—Creo que deberíamos ponernos en marcha —dijo su padre, abriendo ya la puerta de la casa. No hacía muchos días esa misma puerta había estado destrozada y con una flecha clavada en el marco.

En el exterior, Dale cargaba las últimas bolsas de viaje en el todoterreno deportivo. La abuela y el abuelo aguardaban cerca del vehículo, en el camino de acceso. Kendra y Seth metieron los cuadros en el coche con ayuda de su padre; su madre les dio las gracias efusivamente a la abuela y al abuelo Sorenson.

—El placer ha sido nuestro —respondió la abuela de todo corazón.

—Tendréis que dejarles que vuelvan pronto a vernos —insistió el abuelo.

Seth y Kendra se despidieron de sus abuelos con sendos abrazos y se subieron al todoterreno. El abuelo le guiñó un ojo a Kendra. El motor del coche se puso en marcha.

—¿Lo habéis pasado bien, chicos?

—Sí, sí —respondió Seth.

—Bomba —añadió Kendra.

—¿Os acordáis de lo preocupados que estabais cuando vinimos a traeros? —les preguntó su madre mientras se abrochaba el cinturón de seguridad—. Seguro que al final no ha sido ni la mitad de espeluznante de lo que vosotros imaginabais.

Kendra y Seth se cruzaron una mirada muy especial.

Agradecimientos

Un agradecimiento especial a Chris Schoebinger por haber visto potencial en este relato y haberlo hecho realidad. Gracias también a Brandon Dorman por sus maravillosas ilustraciones; a Emily Watts, cuyo talento para las tareas de edición pulió las aristas; y a Richard Erickson, Sheryl Dickert Smith y Tonya Facemyer, cuya destreza para el diseño hizo que todo adoptase una apariencia verdaderamente genial. Todo mi afecto para el equipo al completo de Shadow Mountain, por la inmensa labor realizada.

Gracias a los amigos que me aportaron sus impresiones tras la lectura de los primeros borradores: Jason y Natalie Conforto, Randy y Rachel Davis, Mike Walton, Lisa Mangum, Tony Benjamin, el equipo de Excel, Nancy, Liz, Tamara, Bryson y Cherie, Summer, Mary, mi padre, mi madre y todos los demás. ¿Lo ves, Ty?, tenías que haberlo leído.

Gracias a Aaron Allen y familia por el portátil y por su apoyo. Gracias a Tiffany por deshacer determinados nudos. Gracias a Ryan Hamilton y Dean Hale por haberme dado tantos ánimos. Gracias a Tuck por el diccionario y por las aportaciones de última hora.

Gracias a mis padres por haberme transmitido tantísimas otras cosas aparte del material genético, y a mis hermanos y hermanas por ayudarme a aprender a chinchar, y al resto de mi familia por estar ahí más de lo que muchos considerarían normal.

Gracias a todos mis ex profesores, compañeros de clase, colegas, novias, amigos, conocidos, miembros del grupo de teatro, rivales, enemigos y desinteresadas terceras partes. Seguid así.

Gracias a ti por leer estos agradecimientos y, con suerte, el resto del libro. Y el siguiente. Y el siguiente.

Por encima de todo, mi agradecimiento especial a mi encantadora mujer, Mary, y a mis preciosos retoños, Sadie y Chase. Gracias por darle a mi vida algo en torno a lo cual pueda girar, aparte del sol.

Aquí va un avance de

FABLEHAVEN:
LA ASCENSIÓN DEL LUCERO DE LA NOCHE

*K*endra guardaba silencio mientras su padre la llevaba en coche al cine. Había intentado convencer a Alyssa para que no fuera. Alyssa había empezado a comportarse como si sospechara que Kendra en secreto quisiera a Case todo para él. Y como Kendra no podía contarle a su amiga la verdad, no le quedó más remedio que tirar la toalla. Al final, Kendra había decidido ir con ellos, pues concluyó que no podía dejar a sus amigos en compañía de un trasgo que andaba haciendo malévolos planes.

—¿Qué peli vais a ver? —preguntó su padre.

—Lo decidiremos cuando estemos allí —respondió Kendra—. No te preocupes, nada picante. —Kendra deseó poder contarle a su padre el tormento que estaba pasando, pero él no sabía nada sobre las propiedades mágicas de la reserva natural que dirigían los abuelos Sorenson. Él creía que se trataba de una finca normal y corriente.

—¿Estás segura de que llevas bien la preparación de los exámenes finales?

—No he dejado de hacer ninguno de los deberes del colegio en todo el año. Ahora sólo tengo que dar un rápido repaso. Pienso arrasar. —Kendra lamentó no poder hablar con el abuelo Sorenson de la situación. Había intentado llamarle por teléfono. Por desgracia, el único teléfono que tenían sus padres de él siempre daba el mismo resultado: un mensaje automatizado que informaba de que la llamada no podía realizarse con los números que había marcado. La única alternativa de que disponía para contactar con él era el correo postal. Así pues, por si acaso la comunicación telefónica fuese a resultar imposible en un tiempo, había escrito una carta al abuelo en la que le describía lo que estaba pasando, una carta que tenía pensado poner en el correo al día siguiente. Le había ido bien contar el martirio que estaba viviendo a otra persona que no fuera Seth, aunque sólo fuese por escrito. Con suerte, podría hablar con el abuelo por teléfono antes incluso de que le llegase la carta.

Su padre aparcó en el aparcamiento del cine. Alyssa y Trina esperaban en la fachada principal del edificio. A su lado había un asqueroso trasgo vestido de camiseta y pantalones de camuflaje.

—¿Cómo sé a qué hora venir a buscarte? —preguntó su padre.

—Le dije a mamá que os llamaría desde el móvil de Alyssa.

—De acuerdo. Que lo pases bien.

Cosa muy poco probable, pensó Kendra al bajarse del todoterreno.

—He, Kendra —la llamó Case con su voz ronca. Le llegaba el perfume de su colonia a tres metros de distancia.

—Estábamos empezando a preocuparnos de que no vinieses —dijo Alyssa.

—Llego justo a tiempo —recalcó Kendra—. Los que habéis llegado pronto sois vosotros.

—Vamos a elegir la peli —propuso Trina.

—¿Y Brittany? —preguntó Kendra.

—Sus padres no la han dejado venir —dijo Trina—. Están obligándola a estudiar.

Case dio una palmada.

—Bueno, ¿qué vamos a ver?

Negociaron la cuestión durante unos pocos minutos. Case quería ver *La medalla de la vergüenza*, sobre un asesino en serie aficionado a atemorizar a veteranos que habían recibido la Medalla de Honor del Congreso. Al final renunció a ver su peli de acción cuando Trina le prometió que le compraría palomitas. La película ganadora fue *Cámbiame el puesto*, la historia de una chica bastante torpe que consigue quedar con el chico de sus sueños cuando su mente cambia de cuerpo y entra en el de la chica más popular de la escuela.

Kendra no había querido perderse esa película, pero le preocupaba pasar un mal rato viéndola ahora. Nada como hacer arrumacos con un trasgo calvo durante una peli mala de chicas.

Tal como había sospechado, a Kendra le costó muchísimo concentrarse en la historia. Trina se había sentado a un lado de Case y Alyssa al otro, y estaban compitiendo por atraer su atención. Habían comprado un envase de palomitas tamaño gigante para los cuatro. Kendra declinaba la invitación cada vez que le ofrecían palomitas. No quería coger nada que esas zarpas llenas de verrugas hubiesen tocado.

Para cuando los créditos de la producción aparecieron en la pan-

talla, Case ya tenía un brazo alrededor de Alyssa. No paraban de cu-
chichear y reírse en voz baja. Trina se había cruzado de brazos y miraba con cara de pocos amigos. Con monstruito o sin él, ¿cuándo había salido algo bien si varias chicas salían juntas en compañía de un
chico en el que todas estaban interesadas?

Case y Alyssa iban cogidos de la mano al salir del cine. La madre
de Trina la esperaba en el aparcamiento. Trina se despidió secamente
y se marchó muy indignada.

—¿Me dejas el móvil un momento? —preguntó Kendra—. Tengo que llamar a mi padre.

—Claro —respondió Alyssa, tendiéndoselo.

—¿Quieres que te llevemos? —le preguntó Kendra mientras
marcaba el número.

—No estoy lejos —respondió Alyssa—. Case me ha dicho que
me acompaña.

El trasgo dirigió a Kendra una extraña sonrisa maliciosa. Por primera vez, Kendra se preguntó si Case era consciente de que ella conocía su verdadera identidad. Parecía regodearse de ver que Kendra
no podía hacer nada al respecto.

Kendra intentó mantener una expresión neutra. Su madre contestó la llamada y Kendra le comunicó que necesitaba que fueran a
buscarla. Después, le devolvió a Alyssa el teléfono.

—¿No es un trecho bastante largo para ir andando? Os podemos
llevar a los dos.

Alyssa lanzó a Kendra una mirada en la que le preguntaba por
qué se empeñaba en arruinar algo que era espectacular. Case le rodeó
los hombros con el brazo con una mirada lasciva.

—Alyssa —dijo Kendra en tono firme y cogiéndola de la mano—,
necesito hablar contigo en privado un segundo. —Tiró de Alyssa hacia ella.— ¿No te importa, Case?

—Ningún problema. De todos modos, tengo que ir corriendo al
lavabo. —Y entró en el edificio del cine.

—¿Qué te pasa? —se quejó Alyssa.

—Piénsalo —dijo Kendra—. Casi no sabemos nada de él. Acabas
de conocerle hoy. No es ningún chaval. ¿Estás segura de que quieres
irte andando tú sola en mitad de la oscuridad con él? Así es como una
chica puede meterse en un buen lío.

Alyssa la miró con cara de incredulidad.

—Estoy segura de que es un buen chico.

—No, de lo que estás segura es de que es guapo y bastante gracioso. Muchos psicópatas parecen chicos majos al principio. Por eso,

301

antes de pasar un rato a solas, los chicos y las chicas salen unas cuantas veces y van a sitios públicos. ¡Sobre todo si tienes catorce años!

—No lo había pensado así —admitió Alyssa.

—Deja que mi padre os lleve a los dos a casa. Si quieres hablar con él, hazlo delante de tu casa. No en una calle oscura y solitaria.

Alyssa dijo que sí con la cabeza.

—Puede que tengas razón. Seguro que no pasa nada por estar un rato con él a una distancia de mi casa desde la que puedan oír mis gritos...

Cuando Case volvió a salir, Alyssa le explicó el plan, excepto la parte en que habían hablado de la posibilidad de que fuese un psicópata. Al principio se opuso, diciendo que sería un crimen no ir andando a casa en una noche tan agradable como aquélla. Pero al final consintió cuando Kendra le recordó que eran más de las nueve.

El padre de Kendra se presentó a los pocos minutos con el todoterreno deportivo y no tuvo ningún inconveniente en acercar a Alyssa y a Case a su casa. Kendra se montó en el asiento delantero. Alyssa y Case iban detrás, hablándose en susurros y cogidos de la mano. El padre de Kendra dejó a los tortolitos delante de la casa de Alyssa; Case le explicó que vivía en esa misma calle.

Al marcharse, Kendra miró atrás para verles. Dejaba a su amiga junto a un trasgo repulsivo y maquinador. ¡Pero no podía hacer nada más! Por lo menos, Alyssa estaba delante de su casa. Si pasaba algo, podría gritar o correr a refugiarse dentro. Dadas las circunstancias, eso tendría que bastar.

—Parece que Alyssa tiene novio —observó su padre.

Kendra apoyó la cabeza contra la ventanilla.

—Las apariencias pueden ser engañosas.

Este libro utiliza el tipo Aldus, que toma su nombre
del vanguardista impresor del Renacimiento
italiano, Aldus Manutius. Hermann Zapf
diseñó el tipo Aldus para la imprenta
Stempel en 1954, como una réplica
más ligera y elegante del
popular tipo
Palatino

* * *

* *

*

Fablehaven se acabó de imprimir
en un día de verano de 2009, en los
talleres de Brosmac, Carretera
Villaviciosa – Móstoles, km 1,
Villaviciosa de Odón
(Madrid)

* * *

* *

*